寄席品川清洲亭

奥山景布子

集英社文庫

目次

本文デザイン／高橋健二（テラエンジン）

寄席品川清洲亭

第一話

寄席はいつ開く？

一

泰平の眠りを覚ますじょうきせん
たった四はいで　夜も寝られず

「物見高いは江戸の常、ってか」

金槌《かなづち》を丁寧に道具箱へ収めた秀八《ひではち》は、残った釘《くぎ》の数も改め終えて、海藏寺《かいぞうじ》の庫裏《くり》の屋根から海を見下ろした。

日頃から人馬往来の激しい品川《しながわ》だが、この六月のはじめ、浦賀《うらが》に黒船が来てからというもの、お天道《てんとう》さまが照っている間は、異国の大船を一目見ようという人々で、街道はまるで祭りのようなにぎわいである。

正直に言うと秀八もその蒸気船とやらいう大きな大きな船を見てみたいと思うのだが、残念ながら今は、そんなことにかけている手間も暇もない。

「おっと、良い風だ」

海からの風に思わずふうっと息を吐く。梅雨《つゆ》の明けた空からお天道さまが容赦なく照りつけ、秀八の首筋にも腋《わき》にも、汗が滴っていた。

——しかしまあ、どこもかしこもだいぶ年季が入っているな。

寺の格で言えば海藏寺は相当上等の方だと聞いたことがあるが、金儲《かねもう》けの方はあまりうまくないのか、建物は古くて傷みも激しく、頻繁に修繕を頼まれる。景気よく新普請《しんぶしん》とはなかなかいかないようで、嵐の季節になる前にどうにかせめて、雨風しのげる程度に直してくれというのが、住職の昴勝《ぼうしょう》からの注文だった。

本当は屋根をぜんぶ取っ替えてやりたいところだが、そこまですると、材木代もこちらの手間賃も、かなりの額になってしまう。秀八は寺の懐具合を酌んで、どうにか、現状精一杯の手入れを尽くした。

「珍念《ちんねん》さん。もうこれで当分、漏ることはなかろうよ。和尚さんによろしくな」

はしごを下り、小坊主の珍念に声をかけながら、道具箱を肩に担ぎ上げる。

「良かった。じゃあもう雨のたんびに、桶《おけ》やらお椀《わん》やら持って、走り回らなくてもいいんですね。梅雨の間はそれはそれはたいへんだったんですから」

いかにも大事《おおごと》であったかのように嘆息する珍念の顔を見て、秀八は軽く吹き出しそうになった。

「なんだい珍念さん、その眉間のしわは。おまえさんまだ十にもなっていないだろうに、おれのしわより深ぇじゃねぇか」

え、としきりに手で眉間のあたりをごしごしとこする珍念を尻目に、秀八は寺を後にした。

参道を抜ける途中に、あまり様子の良くない松の木がひょろっと伸びていて、その脇にはいくつもの供養塔がある。

「片手で、ごめんなさいよ」

道具箱を抱えていない右の手指を胸のあたりにそろえて、秀八はかろうじて拝む形を作った。

「南無阿弥陀仏《なむあみだぶつ》……」

ここで供養されているのは主に、死んだ時に引き取り手のなかった品川の女郎や、鈴《すず》ケ森《がもり》でお仕置きになった者たちだ。海藏寺は時宗《じしゆう》の寺で、そうした無縁仏を受け入れている。

特に信心深い性分というのでもないのだが、秀八はどうにもここを素通りすることができない。

酒も博打《ばくち》もやらない秀八のたったひとつの道楽は、寄席《よせ》へ行って噺《はなし》を聞くことだ。落噺《おとしばなし》や芝居噺など、うまい噺家の高座だと、頭の中にいろんな光景が浮かんできて、存分に泣いたり笑ったりできる。

辻斬《つじぎ》りに斬られた男の腰から上と下とが別々になって、上は湯屋の番台をつとめ、下はこんにゃく屋の踏み職人として働く、なんていうどうしようもなくばかばかしい噺を聞くのも楽しいが、一方で、真に迫った噺もある。中でも怪談噺なんてのは、人の悪事と恨みの深さがとびきりで、肝の冷えることこの上ない。

「世に恐ろしき、執念かなぁ……」

お約束の決め台詞《ぜりふ》とともに、寄席の灯《あか》りがふっと消えると、架空事《つくりごと》だと分かっていても、背筋がぞっとする。

主人に横恋慕されたあげくに手討ちにされてしまう腰元や、信じていた亭主に毒を盛られる貞女のお内儀など、いかにも恨みの深そうな女の幽霊が、髪を振り乱して本当にそこにいそうな気がしてしまう。

そういったあれやこれやの恨みを呑《の》んだまま、語り継がれることもなく亡くなった人が、実際にはもっと大勢いるんだろうな。ここを通るたび、そんな想像で秀八の頭はいっぱいになってしまうのだ。

――浮かんでおくんなさいよ、みなさん。

ちょっとだけ立ち止まってこうして拝むのが、この寺へ来た時の〝お約束〟だった。

寺の白く古ぼけた塀が途切れると、目の前がいっぺんに青く開ける。

海沿いの街道へ入ると、あたりは生きている人間の気配でいっぱいになった。気の早い宿の客引きたちの顔が幾人か見える。

「お宿、お決まりですかぁ」

「お泊まり、いかがですかぁ。良《い》い妓《こ》もおりますよぉ」

日本橋《にほんばし》までは二里、江戸への旅ならば、もはや足を止めずに行き過ぎることも無理ではない道のりだが、百軒近い旅籠《はたご》が建ち並び、遊里としても〝北の吉原《よしわら》、南の品川〟と並び称される風情に惹《ひ》かれ、ここに一晩足を止める者は数知れない。むしろ吉原より気取りがなくて良いと、旅ではなくとも品川で遊ぶことを楽しみに、そこここから集まる者も多いらしい。

「よう、秀さん。今日は早仕舞いかい」

「いや、これからもう一仕事で」

「もう一仕事ったって、あれだろ」

客引きの一人がにやにやと笑った。

「あれ。……でも、ほんとにできんのかい、秀さん」

何言ってやんでぃ、と言いたいところだが、ここはぐっと我慢だ。おまえさんは何かって言うとけんかっ早くていけない、それじゃあ気まぐれな客相手の寄席なんかできないよ、というおえいの言葉を思い出す。

「まあ、そうさなぁ。細工は流《りゅうりゅう》々、仕上げを御覧《ごろう》じろってことで、今は勘弁しておくんなさいよ。できあがったら必ず、引き札持って、ここへもごあいさつに来やすから」

さらっと受け流して歩き出す。

秀八は今年三十五歳になった。大工の棟梁《とうりよう》としては若い方だろうが、品川ではそれなりにお得意さんもでき、信用もある。

品川へ来て今年で十年。一昔とも言われる歳《とし》まわりを機に、とうとう、念願だった寄席開きにかかることにしたのだ。

お江戸の町は八百八町といわれるが、ならばきっと、寄席も八百は大げさとしても、二百近くはあるだろう。それくらい江戸の者にとって、寄席は身近な楽しみだ。一日がかりで金も相応にかかる芝居と違い、町内で気軽に安く、毎日でも行ける。

噺の他にも、講釈《こうしやく》、音曲《おんぎよく》、声色《こわいろ》、手妻《てづま》、太神楽《だいかぐら》などなど、寄席で披露される芸は様々ある。席亭と呼ばれてそうした芸人を招いているのはだいたい、町火消しの組頭や大工の棟梁、お店《たな》の旦那衆といった人たちで、生業《なりわい》というよりは道楽、とは言わないまでも、副業に近いところがほとんどだ。

いつか自分も、自分で自分の寄席を普請して、自分の気に入った芸人を呼びたい――そんな夢みたいなことを、秀八は、この品川で本気で考えていた。

「留《とめ》……いるかい」

普請場は静まりかえっている。

——なんだ。あのやろう、どこ行きやがった。海藏寺の修繕は自分ひとりで行くから、おまえはこっちをやってくれって言っておいたのに。

寄席の普請の方は、大勢の人手のいる作業はだいたい済んで、今は秀八と留吉《とめきち》、二人でおおよそのことをやっている。

秀八が常時抱えている大工は三人だが、上の二人はいつ一本立ちしてもおかしくない一人前の職人だ。普請の依頼が重なって秀八が行けないときなど、代わりに行かせても十分用事の足りる、ありがたい助《すけ》っ人《と》たちである。

一方留吉は、秀八が品川へ来てから入ってきた、いわば子飼《こが》いの弟子だ。腕はずいぶん上がってきたが、まだまだ一人でお得意先に行かせたりはできないので、だいたい秀八と行動を共にすることになっている。近頃では秀八の寄席の普請場が留吉の主な仕事場だ。

しかし、あたりをぐるっと見渡してみても、どうやら今日は、ここで仕事をした跡がない。

「留」

返事はない。秀八はちぇっと舌打ちをした。

——また酒かな。

腕だけでなく人も悪くない留吉だが、酒好きなのが玉に瑕《きず》だ。時折酒を過ごしては、お天道さまが高くなってから赤い目とむくんだ頬で申し訳なさそうに仕事場に現れ、秀八にこっぴどく灸《きゆう》を据えられることがある。

ただ今日のように、まったく姿を見せないというのは、これまでにないことだ。一緒に住むおっ母《か》さんの言いつけなのか、どんなに怒られると分かっていても、必ず顔は見せてわびを言う律儀さが、留吉の良いところなのだが。

「やあ棟梁。ご精が出ますな」

ふと振り返ると、ごま塩頭の隠居がこちらをのぞき込んでいた。留吉が住む長屋の大家、幸兵衛《こうべえ》であった。

「あ、これはどうも、幸兵衛さん。何かご用で」

幸兵衛は口のあたりを少しもごもごとさせてから、ゆっくりと言った。

「ご自分の普請にご精が出るのはたいそうけっこうだが、配下の者のことも、もうちょっと面倒見てやったらどうでしょうねえ。仮にも棟梁と呼ばれていなさる御仁《ごじん》なら」

――なんだ、いやな言い方をするな。

「留吉が、何かご迷惑でも……」

「さあて。ま、ご迷惑といえばご迷惑かな。しかし、困るのはどっちでしょうかね」

そりゃあいったいなんのことで、と聞き返そうとすると、幸兵衛はくるっと背を向けて行ってしまった。

――なんなんだ。

「ちぇ。気になるじゃねえか」

このままでは落ち着いて仕事ができない。秀八は諦めて、留吉の様子を見に行くことにした。

「おい、おれだ。いるかい」

長屋の戸を開けると、留吉は膝を抱えてつくねんと座っていた。

「なんだ。いるんじゃねえか。なんで仕事に来ない」

「親方……面目ねぇ」

「どうしたってんだ。その顔色なら、深酒ってこともなさそうだ。すぐ仕事に来い」

「それが……行かれねぇ」

「なんで」

「道具箱、とられちまった」

「なんだってぇ。泥棒か。まさかこんなぼろ長屋に入る間抜けなヤツが」

「や、あの、ちがうんだ……その」

「じゃあなんだ。もごもごしてねぇでさっさと言え」

ついついまくしたてて怒鳴ってしまう。秀八の声に驚いたのか、近所のおかみさんの一人が開いた戸口からちらっと顔をのぞかせて、行き過ぎた。きっと今頃聞き耳を立てているのだろう。

「その……店賃《たなちん》のカタに」

——店賃のカタ？

そうか。だから幸兵衛が来たのか。

そうならそうと言やぁいいのに、もったいぶりやがって。何が「ご精が出ますな」だ。

「いくら」

「一両二分と八百……」

すぐ肩代わりしてやるつもりで尋ねて、金額の存外な大きさに、ぐっと唾を呑む。

「ず、ずいぶん溜《た》めたな」

秀八は腹掛けのどんぶりを探った。なんとか、ありそうだ。

「よし。すぐ行くぞ。ついてこい」

留吉の背中をどやしつけるようにして立たせると、秀八は長屋の路地へ出た。

……ぴん、こん、からんこん、ぴん、こん、からんこん……

ごく小さい音だが、高く澄み切った、金っ気の強い音がする。刀についている、小柄《こづか》や笄《こうがい》をうちあわせるような音だ。

「ああ、お袋さま、どうも。いつもお世話になっておりやす」

留吉の母親が何かを抱えて前のめりで歩いてきた。

「お袋、ちょっと親方のお供で行ってくるから。留守を頼むよ」

「はいはい。はいよー、お留守番」

母親が唄うように言いながら家の中へ入ると、音は止《や》んだ。

——何の音だろう？

不思議に思ったが、ともかく今はまず道具箱だ。

——しかし、これじゃあまるで〈大工調べ〉だ。

口の悪い大工の棟梁が、店賃と道具箱をめぐって大家と口論になり、後にはお白州へ持ち込まれて……というおなじみの噺だ。

きれいな啖呵《たんか》の切れる、口跡《こうせき》さわやかな噺家で聞いていると、たいそう胸のすく噺だが、あとからよく考えるといささか大家が気の毒になる噺でもある。おえいからは「おまえさんはついあんなふうになるんだから。実際には噺みたいにこっちに味方してくれるお奉行さまなんていやしないんだから、気をつけるんだよ」とよくたしなめられる。

——よし。気をつけよう。

幸兵衛の家まで来ると、二人は裏口へ回った。

「ごめんくだせぇ。先ほどはどうも」

「おやおや。これはこれは、棟梁。表の玄関からおいでくだされぱいいのに」

――何が「これはこれは」だ。

幸兵衛のこうした慇懃《いんぎん》な物腰が、秀八はどうしても苦手だ。溜めた店賃を返すのに、玄関からじゃ入りづらいに決まっているじゃないか。

――いやいや、ここで腹を立てちゃいけねぇ。

丁寧に。穏やかに。

「こいつがご面倒をおかけしたそうで。申し訳ねぇ。すぐに払いやす」

「ほう。それはご奇特な。ありがたい。留吉さん、良い親方をお持ちなすったな」

幸兵衛がにやにやと両の目尻を下げた。まるで出来損ないの信楽焼《しがらきやき》の狸《たぬき》だ。

――何がご奇特なだ。

秀八はどんぶりに入っている銭をつかみ出し、座っている幸兵衛の膝の前へと並べた。

「ひぃふぅみぃよ、ひぃふぅみぃよ……すいやせん、ここに一両二分と四百文、ございやす。これをどうかお納めいただいて」

――しまった。

どんぶりをひっくり返してみても、どうしても四百文足りない。

しかし、どうしても道具箱は返してもらいたい。ともかく秀八は頭を下げた。

「四百文、足りませんな」

狸の口の端が見事にひんまがった。

──くっそ。なんとか、言い訳を。

「面目ねぇ。どうぞここはひとつ」

「そう言われてもねえ」

「そこを曲げて、どうぞお願い申しやす。あっしも一応棟梁と呼ばれる立場だ、責めはこのとおり」

秀八は改めて畳に手をついた。

「四百くらいなら、いつでも持ってこられやすから。ついでのときに、ささっと、入れさしていただきやす」

──もういいじゃねえか。ここまで頼んでるんだ。

「じゃあ、あっしらはこれで」

秀八は立ち上がると、棚の上に載っていた留吉の道具箱に手をかけた。

「お待ちなさい。誰が持ってって良いと言ったね」

狸がよっこいしょ、と立ち上がって、秀八の前に立ち塞がった。

「溜まった店賃は一両二分と八百。今いただいたのは一両二分と四百文。さっきも言ったが、四百足りませんよ。それを、ついでの、い、い、ついでのときにとは、なんていう言い草だ」

「だからそれは、いつでも……」

「いつでもだろうとなんだろうと、今ここにまだ払っていただいていない以上、道具箱をお返しするわけにはいきませんよ」

――な、なんだとぉ。

「おまえさんも、ご自分で言いなさったとおり、棟梁と呼ばれるお人だ。ものの道理は分かるでしょう」

「ですが、そちらも大家さんでしょう。大家と言えば親も同然。たかが四百くらいで」

「たかがとはなんですか。四百だって百だって、何にもしないで出てくるおあしなんてないことくらい、お職人衆を束ねるお人なら言われなくたって分かるはずだ。おまえさんが仕事に使う釘の一本だって、百足りなくて買えますか。そんなことで、よく棟梁でございなどと言えたものだ」

「なにを」

頭がくらくらっとした。

「なんだとお。さっきから黙って聞いてりゃぱあぱあぱあぱあ言いやがって。てめえみたいに、人様の銭かき集めるだけの仕事してるヤツに、どうこう言われる筋合いはねぇ。だいたいいくら店賃溜めたからって、大工から道具箱取り上げちまったら、おあしを稼ぐ算段なんかできやしねえじゃないか」

「それはそちらのご都合でしょう。あたしはあたしで、人様のお金をきちんと集めて、納めるところへ納めるのが仕事です。さ、どうしても四百出ないなら、今日はまずあきらめてお帰りなさい……でないと、出るとこへ出ますよ。理はこちらにあるんだ」

幸兵衛がつかんだ箒《ほうき》の柄《え》で床をとん、と突いた。本当に掃き出されそうだ。

「ち、ちきしょう……覚えてやがれ」

——くそったれ大家め。

表へ出て毒づいてしまって、はっとした。

——しまった……。これじゃあ本当に。

〈大工調べ〉になっちまったじゃないか。

「あ、あのね、親方」

「なんだ」

「すまねぇ」

「うるせぇ。今てめぇにわび入れられたって、しょうがねえよ」

うちへ帰ると、女房のおえいが店から帰っていた。夕餉《ゆうげ》の支度を始めるところだったのだろう、袖にたすきをかけようと口にひもをきりっとくわえていたが、禿八の顔を見るとひもを手に戻し、間髪《かんはつ》入れずに言った。

「おまえさん。なんかしくじったね」

「うわ、さすがおかみさん地獄耳、あのね……」

「うるさい、留、おまえは黙ってろ。それにこういうのは地獄耳ってんじゃねえ」

——お見通し、っててんだろう。

お天道さま、仏さま、おえいさまだ。

そんなにいつでも機嫌を顔に出しているつもりはないのに、どういうものだか、秀八のその日のしくじりやけんかが、おえいには手に取るように分かるらしい。

秀八はしかたなく、幸兵衛とのいきさつをおえいに洗いざらいしゃべって聞かせた。

うん、うん、と聞いていたおえいは、途中で一度「あらやっちまった」とつぶやいて、あとは二度ほど、深々とため息をついた。

——おまえさんが悪い、って言うんだろうな。

だんだん落ち着いてきた秀八は、しまいまでしゃべる前に、おえいが言いそうなことが見えてきた。まちがいなく秀八にはぐうの音も出ない。

「あのねおまえさん。もうきっと自分でも分かっているんだろうけど、でもあえて言うよ。おまえさんが悪い」

留吉が脇でにやにやしている。

「おあしを払うのに、〃ついで〃なんて。なんで、今すぐとって返してあと四百持ってきます、どうぞこのままお待ちを、って言わなかったの。そしたらきっと幸兵衛さんのほうが〃ああ、ついでのある時でいいよ〃って言ってくれたろうに。あの人は、口うるさいけど、その分、下手《したて》に出る人間には〃よしよし〃って言う人なんだから」

そうなのだ。そう言ってくれるだろう、と相手に甘える気持ちが、つい、先に口に出ちまったのだ。秀八はよく、この手の舌の間違いをしてしまう。

おえいは手早く四百文を半紙に包み、さらに戸棚にあったもらいものの羊羹《ようかん》を一本出すと、風呂敷に包んで秀八に押しつけた。

「さ、善は急げ、思い立ったが吉日。すぐに行っておいでよ」

「うん……でもこんな羊羹より、おまえの店の団子の方が、幸兵衛さんの好みなんじゃないか。店のお得意さんなんだろ」

「何言ってんの。こういう時はね、形が大事なの。ああいう人だもの、普段はそうでも、こういう時だよ、待ち構えてまた小言言おう言おうと思っているにちがいないでしょ。あたしの店のお団子じゃ、〝商売ものの売れ残りを持ってきたのか〟ってまた小言の種にならないとも限らない。そしたら、またおまえさん、かっとなっちまって、けんかになる」

なるほど。それもそうだ。

「ほら、行っておいで。くれぐれも言葉には気をつけて。あ、待って、その前に」

おえいは改めて、留吉に向き直った。

「留さん。うちの人は、おまえさんにきちんと手間賃を渡しているよね？　よそよりたくさんあげているとまでは言えないけど、おっ母さんと二人暮らし、困るような思いはさせてないはずだけど」

「うん……」

　留吉が下を向いた。

「じゃあ、なんで店賃、そんなに溜めたの？　一両二分八百なんて、四つ分でしょ」

　そうだ。肝心のそれを聞いていなかった。大事なことをよくも忘れていたものだと、秀八は自分で自分がいやになった。

「それは……実は」

「なんだ、妙にもじもじして。おれたちに隠し事してもしょうがないだろ。また酒か。それにしちゃ額が大きいが。それとも博打か。あれほど博打には手を出すなって言ったろ。それとも、まさか女じゃないだろうな」

「おまえさん。そんなにぽんぽん言ったんじゃ、当人が話せやしないじゃないか」

　おえいに言われて、秀八は口をつぐみ、留吉が話し出すのをじっと待った。

「実は……ちゃ、ちゃるごろを」

「ちゃるごろ？　なんだそれ」

「そのう……お袋が、浅田屋《あさだや》さんから……」

「お袋さんが？　浅田屋で？」

　浅田屋といえばここらでは一番の質屋だ。主人の宗助《そうすけ》は講釈好きで知られていて、副業で釈場――講釈のみの寄席――も持っている。秀八は宗助に遠慮して、自分の寄席ができても講釈師は呼ばないつもりでいた。

「なんだ、わけが分かんないな、ちゃる……」

「待って待って。あたしが聞くよ。おっ母さん、最近ちょっと……ごめんよ、こんなこと言って。でもはっきり言うよ。ちょっと、様子がおかしいよね？」

諭《さと》すように水を向けたおえいの言葉に、留吉は半べそをかいた顔になった。

その後、少しずつ語ったところによると、母親のおよしが浅田屋から無断で持ってきてしまった「ちゃるごろ」とかいう妙なものの代金として、留吉は大枚二両を払ったというのだった。

「これっくらいの木の箱で、なんか細けえ金細工が入っててんでさ。そのねじをくるくる巻いてやると、きらきら、ぴんぴん、なんだか不思議な良い音が鳴りやす。南蛮の品で、どっかのお旗本がこっそり浅田屋さんに入れたものだって。そのお旗本はもうその品を諦めたって言うんで、宗助さんは骨董屋《こっとうや》にでも売るつもりだったって」

留吉がおっ母さんと呼ぶおよしは、実は母ではなく、母の姉にあたる人だ。留吉には奉公に出ているおつるという妹がいるが、兄妹の生みの母は、おつるが生まれて間もない頃に亡くなったらしい。

以来、およしは甥《おい》と姪《めい》を自分の子として面倒を見てきたという。

「おっ母さん、ちょっとこの頃おかしなことをするんだ。うちへ帰ってこられなくなったり、よそさまへ勝手に上がり込んで、そこのものを黙って持ち出してきちまったり。そのちゃるごろも……」

他のものは、留吉が「返そう」と言うと素直に従うというのだが、ちゃるごろだけはどうしても返そうとせず、取り上げるとひどく怒るらしい。

「そのかわり、ちゃるごろを持ってきてからはおかしなことがずいぶん減って。機嫌良くあの音を聞いてると、よそへ上がり込むこともなくなったし、道に迷うことも。いくらですかって聞いたら、二両って。ひえぇって思ったけど、二両思い切って払いました。そしたら、店賃払えなくなっちまって……」

おえいがため息をついた。

——じゃあ、あの音は。

長屋の路地で聞こえたぴん、こん、からんこん、を思い出した。

「えらい。よし。留吉。それでこそ、おれんとこの大工だ。見上げたもんだ。二両、よく払った。よし」

秀八は留吉の背中をばんばんと手でたたいた。

「留さん。これからは、そんなことがあったら必ずあたしたちにも言うんだよ。で、おっ母さん、家の中のことはちゃんとできてるのかい？」

「うん。飯も炊けるし、洗濯もしてくれる。味噌汁《みそしる》の味が濃くなったくらいかな」

「そうか……よし、おっ母さんのことは、おれたちも気にかけておいてやる。とりあえず、店賃の残り払って、道具箱もらってこよう。でないと、何も始まらないからな」

秀八は、改めて、四百文と羊羹の入った風呂敷包みを持ち、留吉を連れて家を出た。

二

──ああいう人だからねぇ。

ああいう人だから……この次にくる文句が、おえいにはいろいろ、思い浮かぶ。

腕のわりに、金が貯まらない。存外なところから、なぜか目の敵《かたき》にされている……。ずっと開きたがっている寄席も、秀八の腕があって、かつ、もっと如才なくて要領のいい人なら、うんと早くに手を付けることができていただろう。

それも品川でなくて、もっと市中の、公方《くぼう》さまのお膝元に近いところで。

──すまないね、おまえさん。

御府内の境目、朱引きの際《きわ》の、ぎりぎりになっちまって。

人馬往来繁多とはいえ、そこはやはり宿場町だ。なじみの客になじみの芸人、というわけにはなかなかいくまい。たとえば、秀八がもともと住んでいた、今も舅《しゅうと》と姑《しゅうとめ》の住んでいる、神田《かんだ》あたりの方がやりやすいに決まっていよう。

　——あたしのせいで。

　おえいの耳に、姑おとよと秀八との、最後のやりとりがよみがえってくる。

「……顔さえ見りゃあ子ども子どもってぎゃあぎゃあ言いやがって。おっ母さんがそんなだから、できるもんもできやしねえんだ」

「なんだって。もういっぺん言ってごらん。だいたいあたしはおまえには、もっと良いところから嫁をもらってやろうってあちこち掛け合ってたのに。こっちの気も知らないで、あんな……」

「あんなとはなんだ。おえいのどこが気に入らねえ」

「ああ気に入らないよ。お茶お花の免状もない、夏冬の着物もまともに持ってこない」

「おれがそんなものなくたって良いって言ったんだ。それにこっちだって支度金なんぞ渡しちゃいない」

「それがいやだってあたしは何度も言ったじゃないか。こっちは用意してたんだ。それをおまえが受け取らないって、つまらない意地を張って」

「うるさい。ともかく、子ができねぇのはおえいのせいじゃねぇ」

「じゃあさっさと孫の顔を見せておくれ。跡取りの顔を見て、気楽に隠居がしたいじゃないか。もう三年にもなるんだよ。何なら離縁でも何でもすれば」

「やかましい！」

秀八の怒鳴り声には慣れているおえいだが、このときの声ばかりは、常とはまるで違っていた。

――あの家が、震えるようだったもの。

秀八の父、神田の大工の万蔵《まんぞう》が丹精込めて建てた家。結局そこは若夫婦の安住の地とならず、秀八はおえいを連れてこの品川へ移ってきた。

あれ以来、秀八は一度も神田に足を向けていない。

秀八の生母は亡くなっていて、おとよとは、いわゆるなさぬ仲――継子《ままこ》継母《ままはは》の間柄だと聞いている。そのせいなのかどうなのか分からないが、秀八が普請先で知り合ったおえいを嫁にしたいと言い出した一番初めから、おとよはおえいのことが気に入らなかったようだ。

舅の万蔵は良い人だったが、女房には頭が上がらないらしく、おとよがおえいに嫌みを言うのを、いつも渋面を作りつつ、聞かぬふりを決め込んでいた。

それでもまだ、初めの一年くらいはましだったが、子どもが授からないまま、二年が過ぎた頃には、それを理由に露骨に離縁を言い出されるまでになった。

ここを出たいと、心底では何度思ったことだろう。しかし、一人っ子で、大工の棟梁の跡取りである秀八に、そんなことができるはずもない。おえいはおとよに何をされてもがまんしていた。

だがあれは、秀八と一緒になって、三年目のことだった。ずっと以前に亡くなった、秀八のひいじいさんと大おばさんだったか、ともかく、三十三回忌と十七回忌だかをいっしょにやるという話になった。

「おまえは表に出なくていいから。裏を手伝いなさい」

おとよにこう命じられたおえいは、台所や蔵を走り回って懸命に働いた。どの器を使うのが良いのか分からない折があって、おとよに尋ねたときのことだ。

「これはちがうよ。家紋のついてる箱をお探し。相変わらず、ものが分からない子だね」

木で鼻をくくるような物言い。それでも、答えをもらえただけでも十分と立ち去りかけたおえいの背中で、こんな声が聞こえたのだ。

「あれ確か、お嫁さんでしたよね？」

「いいえ。嫁じゃありませんよ。下女です。うちの嫁取りはこれからですから」

おれはここを出る――その日、蔵の中でこっそり涙を拭っているおえいを見つけた秀八は、そう言っておとよと最後のけんかをした。

――すまなかったね。

女房冥利に尽きる。

でも、申し訳なくもある。

孫ができたと知らせることができたら、おとよも少しは変わるだろうか。赤子が、夫婦だけじゃなくて、親子の鎹《かすがい》にもなってくれるだろうか。

そう願い続けてきたものの、結局おえいは子を授からぬまま、三十歳を一つ過ぎてしまった。これくらいの歳で初産《ういざん》という話は聞かないわけではないけれど、いっしょになって十三年、夫婦の間では子どもの話はもう、いつしか禁句になっている。

――それでも、いつか。

神田の舅と姑に、穏やかに会えるようなことがあったらいいと思う。どういう形でかは分からないけれど。

――やだ、あたしったら。

思いがけず心の中が殊勝な愁嘆場《しゅうたんば》になって、おえいは我に返った。

「さ、お菜の支度をしておかないとね」

ぬか床から上げたキュウリは、なかなか良い加減の色艶になっている。

「ごめんくださいよ。大工の秀八さんはこちらかい」

聞き慣れない、男の声だ。

「はい。秀八は今ちょっと出かけておりますが、どちらさま」

答えながら出て行って、おえいはぞっとした。

「あ、あの、どちらさまでしょうか」

──こんな風体の悪い人に、知り人なんぞあったかしら。

巾の広い派手な鰹縞《かつおじま》の着物に、山吹色の帯。まくったりはしょったり、腕もすねもあらわに伝法な着方で、龍だか蛇だかなんだか、段だらうろこの青黒い彫り物が、傾いてきた夕日に浮いて、嫌でも目に入る。

「おまえさん、秀の女房かい。なかなか良い女じゃないか。あいつにはもったいたいねぇ」

「あの、どちらさまですか」

こういうとき、あまり強く出てもいけないが、弱気になってもいけない。品川で商いをするようになって、おえいは、往来する人々のあしらい方も、だんだんと分かるようになっていた。

「寄席をやるんだってな。羽振りの良いこった。上がりは、いくらか回してくれるんだろうな」

男はそう言いながら、おえいの口元や首筋を、なめるような目で見ている。

「ついでに、女も貸してもらうかな」

──おまえさん、早く帰ってきておくれ。

ここは長屋だ。いざとなれば、悲鳴でも上げれば誰かが駆けつけてくれるだろうとは思うものの、おえいは帯の下にじっとりと冷たい汗が伝うのが分かった。

「おかみさん。ただいま……あれ、お客さん？」

——留さん……。

いっぺんに、体の力が抜ける。

「うわ、ずいぶんおっかないお兄《あにい》さんだね、親方のお知り合い？　なら、もうすぐ帰ってくるから、どうぞお待ちを。あ、おかみさん、おかげさまで、道具箱はほら、このとおり」

「良かったね。うちの人は、幸兵衛さんとけんかにならなかったかい」

「はい。それどころか、大家さんの家の棚を直してあげてましたよ」

「そう。良かった。ところでおまえさん……」

おえいが留吉とことさらに他愛ないやりとりを始めてしまうと、男はなんとなく鼻白んだのか、「おう、また来るからな。秀にそう言っとけ」と吐き捨てて、出て行った。

おえいはその場にへなへなと座り込んでしまった。

「ああ留さん、良いところへ戻ってきてくれたよ、助かった」

「おかみさん、知っている人？」

「いいや。でも向こうはうちの人を知っているような口ぶりで」

「ふうん。あ、そうだ、あのね、おかみさん、親方がもうすぐ帰ってくるってのは、うそ」

「え？　どういうこと」

「いや、さっきはそう言った方がいいのかなぁって思ったから。でも、ちがうんだ」

留吉は、日頃はだいたいぼんやりなのに、たまに妙にカンの良いところもあって、おえいにはもうひとつ、捉えどころのない若い衆だ。ただ、人の好《よ》いのだけは疑う余地はないので、安心して身内づきあいをしている。

「で、うちの人、どうしたの？」

「うん。あのね。島崎楼《しまざきろう》に行っちゃった。遅くなるかもって、おかみさんに言ってくれって」

「島崎楼だって？」

おえいは軽く悲鳴を上げてしまった。

――なんでそんなところへ。

「いったい誰と？」

「うん。ちょうど大家さんところを出たら、島崎楼の若い衆に会って。その人が〝ああ、親方、ちょうど良いところへ〟って言って、そのまま」

――あたしに隠れて女郎遊びを？

そんなはずはない。絶対、そんなはずは。

だいたいもしそうだったら、留吉に「遅くなるかもって言ってくれ」なんて、言うはずがないじゃないか。

そう打ち消したものの、おえいはなんだか急に悲しくなってしまった。

——怖い思いして待ってるのに。

ご飯だってちゃんと支度してるのに。

「あれ、おかみさん、どうしたの、涙なんかこぼして。なんかおれ悪いことした？」

「ううん、ちがうちがう、そうじゃないよ」

——ちがうちがう。そうじゃない。

「ちょっとさっきの人が怖かったからさ。ただそれだけ。それより留さん、これ持っておいき。売れ残りで悪いけど、おっ母さんとお食べ」

「うわ、お団子。いつもすみません。じゃ、また」

「じゃね。気をつけて」

留吉が路地を歩く下駄《げた》の音が遠ざかっていく。

——ちがうちがう。

絶対、そうじゃないから。

三

……トチ　トンツン　トンチト　チリンツ　ツンツ……

せっかくの三味の音なのに、まったく合っていない、調子っぱずれの都々逸《どどいつ》が聞こえてくる。合間に「おーい、酒」と手が幾度も鳴らされ、そのたびに「あいあーい」と答える甲高い声がする。

まだ宵の口にも届かぬ頃だというのに、島崎楼は今日も繁盛しているらしい。

――ほんとに、ここで会えるんだろうか。

はしご段脇の小座敷で、秀八は膝を小刻みに震わせながらお目当てを待っていた。小さな花かごに白い夕顔なんぞが活《い》けてあるのが廓《くるわ》らしくて良い風情なのだが、今の秀八にはそれを愛《め》でるようなゆとりはまるでなかった。

「秀さん。そうしゃっちょこばってちゃあいけない。もうちょっとしたら連れて来るから、まあゆったり待ってな」

楼主の佐平次《さへいじ》がそう言い置いて姿を消してから、どれくらい経《た》ったのだろう。

――所作がほんとにきれいだからな。

すっと伸びる背筋。一瞬に決まるまなざし。手を広げただけでも絵になる人だ。きっと踊りなんかもずいぶんやっているにちがいない。

――声も良いし。

あの涼しい声で「苦しうない」なんて言われたら、誰だってぞくぞくっとするだろう。

「秀さん。ご案内したよ」

しゃらっという衣鳴《きぬな》りとともに、銀鼠《ぎんねず》のお召しの単衣《ひとえ》を着た細身の男が現れた。

「こちらさんかな。新しく寄席をやろうというご奇特な方は」

——ほ、ほんものだ。

「は、はい。み、南品川の大工で、ひ、秀八と申します。あ、あの……」

舌がもつれてしまう。

「こちらのご亭主のお話では、こけら落としに私をお呼びになりたいとか」

おおよそのことは佐平次が伝えてくれたらしい。秀八はようやく心持ちが落ち着いてきた。

御伽家桃太郎《おとぎやももたろう》。今、江戸で一、二を争う人気の噺家である。

両国の垢離場《りょうごくのこりば》に、三百人もの客がいっぺんに入れる、大きな寄席がある。ここで興行の真を打って、毎日満員にできる噺家は、今やこの桃太郎と、あとは九尾亭狐火《きゅうびていきつねび》、塗壁屋漆喰《ぬりかべやしっくい》ら、ごく限られた数人だけだ。

秀八は、神田にいた頃、まだ桃太郎が前名の犬吉《いぬきち》を名乗っていた折に聞いて以来、すっかり魅了されてしまい、品川に移ってきてからも、芝《しば》あたりの寄席に桃太郎が出ると聞けば、暇を作って出向いて聞いている。

まさか、こんな大物といきなりやりとりできるとは。

——夢は、口に出してみるもんだな。

しばらく前、佐平次に仕事を頼まれた折、「寄席をやるんだって。おまえさん誰のひいきなんだ」と聞かれ「桃太郎」と答えたことがあった。

「じゃあ、呼ぶかい。こけら落としの真打ちに」

「呼ぶかいって簡単に言ってくれるなよ。あんな大看板が、いきなり品川の、しかもこんな小さくて出来たてってか、まだ出来てもいねぇ寄席に出てくれるわけねぇだろ」

「いや、そう諦めたもんでもなかろう。実はうちにはちょくちょく、噺家も遊びに来るんだ。……まあ、桃太郎はまだ見かけねぇが、でも御伽家の誰だったか、浦島《うらしま》だったか、金太郎《きんたろう》だったか、ここらへんは桃太郎とは兄弟弟子だよな、そのへんが上がったことはあったぞ。もし、なんか折があったら、知らせてやるよ」

こんな話をしたのが確か三月ほど前だ。そんな夢みたいなことは起きるまいと、あてにも思わずいたのだが、今ここに、確かにほんものの桃太郎がいる。

「品川ってのははじめて遊びに来ましたが、実に良いところだ。これもご縁、都合がつけば出てあげましょう。こけら落とし、いつですか」

いつ、と聞かれて秀八は答えにつまった。何せ、他で頼まれる仕事をこなしながらの普請だから、きっちりいつという期限を切って仕事をしていない。出てくれる芸人については、もう少し経ってから算段するつもりだった。

しかし、ここでこの機会を逃すわけにはいかない。秀八は頭の中で急ぎ、残りの仕事の手間を繰った。

「七月の下席《しもせき》、二十一日から七日間、お願いしとう存じやす。もし、さらに二日増えれば、こんなありがたいことはありませんが」

寄席はおおよそ七日しばりで番組を作り、客の入りがよければ日延べする。今年の七月は小の月だから、二十一日から始めて、月末までできたら九日間ということになる。

「七月二十一日……うーん」

桃太郎が端正な眉をひそめたのを見て、秀八は慌てた。

「だめですか。なんなら、師匠のご都合に合わせて日延べしてもいい」

「いや、七月のそのあたりは空いているんですよ。むしろ日延べされて八月へ入ると、あちこち約束がありましてね。ただ、その二十一日ってのが……実は亡くなったうちの師匠、先代の桃太郎の命日、十三回忌なんですよ。一門で法事をいたします。なので、どうでしょう、翌日の二十二日から月末の二十九日まで、八日間というのでは」

――やった！

「はい。それは、もう。はい、はい」

「じゃあ、そうさせていただきましょう。で、せっかくのこけら落としだ。何か噺の方にお望みがありますか」

――なんて良い師匠なんだ。

「あ、あの、もし、もしお願いできるんでしたら」

「はいはい。なんでしょう」

「〈将棋の殿様〉を」

「おや、それはまた」

桃太郎がほほう、というように、鼻をうごめかした。

〈将棋の殿様〉――筋を語ってしまうと、何が面白いのかよく分からない噺だ。落噺には、こうしたものが多々ある。

とある大名が将棋に凝って、家来たちにのべつ相手をさせる。ただ、なにぶんそこは殿さまと家来なので、大名は家来の指す手にああでもない、こうでもないと文句を言って、どうあっても常に自分の勝ちに持ち込んでしまう。

それだけならまだ家来たちもがまんができる。殿さまが鉄扇《てっせん》を持ち出してきて、「これからは勝った者がこの鉄扇で負けた者を一撃する」と言ったからたまらない。

そこで殿さまに一矢報いようと登場するのが、重役で知恵者の田中三太夫《たなかさんだゆう》。果たして……というのが、噺のあらましである。

男、しかもお武家ばかりの登場人物をその性格や位に応じて演じ分け、かつ笑わせる。他愛ない筋である分、演じる方によほどの力量がないと難しい噺、と秀八は思う。

桃太郎の演じる侍は、一人ずつが至ってきれいで、かつ嫌みがない。横暴だがどこか憎めない育ちの良い殿さま、困惑しきりの家来たち、知恵者で長老の三太夫と、みながまるで芝居を見ているように浮かんでくる。

　また、これをこけら落としで桃太郎に、というのには、もう一つ理由があった。この噺の最後につく、厄払いの口上である。

「鶴は千年、亀は万年。東方朔《とうぼうさく》は九千歳、浦島太郎は八千歳。この厄払いがひっとらえ、西の海へさらーり、さらーり」

　お殿さまがこう言うと、家来たちが、「よーく笑いましょ、笑いましょ」と声をそろえて、めでたく終わる。それだけでもこけら落としにはおあつらえの良いネタだと思うのだが、桃太郎がやる場合は、「この厄払いが」ではなくて、「この桃太郎が」と言う。「浦島太郎は八千歳」から御伽噺の人物名が並んで、縁のある言葉が連なるのが、聞いていて心地が良い。残念ながら他の名ではこうはいかない。

　他愛もないことなのだが、耳で楽しむ芸は、こういう小さいことも実は小さくない。こうしたほんの一節が、妙に心に残るものなのだ。

「いいでしょう。お引き受けしましょう。弟子の一寸《いっすん》を連れてきますから、前座に出していただけますかな」

「はい、それはもう」

「それから、場所はここから遠くないと聞いていますが」

「はい。歩《ある》ってすぐ行かれます」

「じゃあ、八日間、ここへ逗留《とうりゅう》させていただくということで」

「はい」

答えてしまって、秀八は「あっ」と思った。

俗にアゴ、アシ、マクラというが、芸人にきてもらおうと思えば、食事や宿のことも考えておかなければならない。品川宿近辺に住まいしている者ならば良いが、そうでない者を呼ぶならば、当然、その分入費がかかる。

――島崎楼に、八日間。

いったい、いくらかかるやら。

もうけどころか、こちらのアシが出ちまうかもしれない。

秀八は頭が少しくらくらしたが、しかし今更、それは困るとは言えなかった。

「それじゃ、そういうことで。……女の子を待たせてますから、これで失礼しますよ」

桃太郎はすっと立ち上がった。献上博多の帯から、桃の根付けが下がっているのがなんとも良い形である。

「ああ、そうそう、秀八さん、でしたな」

しゃらしゃら、きれいな足取りが、敷居を跨《また》ごうとして止まった。

「お席亭としてずっとやっていきなさるおつもりなら、各一門の紋日《もんぴ》ぐらいはひととおり調べて覚えておかれるといいですよ。難しいお人もいなさるから」

法事のことを言っているらしい。

「面目ねえ。勉強いたしやす」

秀八は改めて畳に手をついた。

——紋日か。

本来は廓の言葉だ。祭りやら何やら、なんらか行事のある日のことだが、芸人の法事をこういう言い方をするあたりが、さすがにしゃれている。

「よう。良かったじゃねえか」

佐平次がにやにやと笑った。

——こいつ。

引き受ける代わりに、ここへ逗留させろと言うがいいとかなんとか、桃太郎に入れ知恵したにちがいない。

何か言ってやりたいと思ったが、相手は品川一とも言われる遊女宿の主だ。口の巧《うま》さや知恵で、とても敵《かな》うはずもない。

「ま、引き札やら何やら、できることはさせてもらうから。楽しみにしてるよ。で、おまえさんは、遊んでいかないのかい」

「冗談じゃない。そんなつもりで来たんじゃありやせんよ」

「ふん、いつもながら堅いな。じゃあま、せいぜい恋女房がサザエにならねえうちに帰りな」

「なんですかそりゃ」

「なんだおまえさん、〈梅は咲いたか〉の二番を知らねえのか」

「え？」

「アサリとれたか、はまぐりゃまだかいなってんだ」

それくらい、秀八だってもちろん知っている。続きはこうだ。

……サザエは悋気《りんき》で　角ばっかり　しょんがいな……

「何言ってんですか。うちのはサザエになんかなりゃしません。そいじゃ。あ、提灯《ちょうちん》借りますよ」

「ああ、持って行きな」

まったく夜更けというほどでもないが、角々の陰は暗そうだ。足下は気をつけるにこしたことはない。今けがでもしたらたいへんなことになる。

宿の灯《あか》りと客や女たちのさざめきでにぎやかな街道を通り抜け、長屋の路地へ曲がる。誰かが蹴倒しでもしたか、転がった朝顔の鉢から土がこぼれて、根がむき出しになっている。秀八は気の毒に思ってとりあえず鉢を元に戻した。

もうすぐ、夫婦でこの長屋を出る。表通りで普請中の寄席は二階建てで、一階に十二畳の寄席、廊下を挟んで自分たち夫婦の居間が八畳、二階は楽屋用の座敷が三つ。楽屋を一つにしないで分けたのは、場合によっては芸人に泊まってもらうこともできるようにとの心づもりだ。

建てるには、二階を寄席にする方が造りやすいのだが、数年前、その造りになっていた神田の寄席で、人が入りすぎて落ちたことがある。その寄席を作った大工は秀八も名を知っている人で、決して腕の悪い者ではなかったから、いくら良い普請でも、耐えられる重みには限度があるということだろう。そのことが頭にあったので、寄席は一階に造ることにしたのだ。

――もうすぐだ。

「おうい。今帰った」

声といっしょに戸に手をかけたが、開かない。

――あれ、締まりをしちまったのか。

「おうい。おれだ。開けてくれ」

すぐ出てきてくれるだろうと思ったおえいの影だが、なかなか現れない。

「おえい。いるんだろ」

灯りはついている。

「おうい」

やがて、がたがた、ぴしっと鋭い音がして、おえいの顔が現れた。

「なんだよ、そんな乱暴な開け方をして。壊れちまったらどうする」

「なんだい戸のひとつやふたつ。おまえさん大工なんだから、壊れたってすぐ直せばいいだろう」

ふくよかなおえいの頬だが、今日はよくない形に膨れている。何があったか、機嫌が悪いようだ。留吉が何かしでかしたんだろうか。

「どうしたんだ。さ、飯にしてくれよ」

島崎楼を出てから、急に腹の虫がぎゅうぎゅう言い出していた。虫も、桃太郎の前ではかしこまっていたらしい。

「そんな粋な提灯下げて、良い気分でお帰りの人に、お召し上がりいただくものなんて、ありませんよ」

おえいが、島崎楼の紋の浮いた提灯をきっとにらみつけた。

――あれ？

おれ、もしかして、怒られてる？

秀八は、土間に提灯をそっと置くと、まず息を吐き出した。落ち着いて気をつけてものを言わないと、おえいの機嫌がますます悪くなりかねない。

――なんでサザエなんだよ。

桃太郎が出てくれることになった。そんな良い話を伝えようっていうときに。

——こういうときは。

どうすればいいんだっけ。なんだか分からなくても、とにかくまず謝るのがいいのか。でも、いつだったかそうしたら、おえいが「なんでもすぐに謝ればいいと思って」と、よけいに怒ったことがあったっけ……。

「島崎楼、誰と行ったの」

「誰って。おれ一人だよ」

「ふうん」

それっきり、おえいは黙ってしまったが、やがてぽろぽろと涙をこぼし始めた。

「なんか怖い人が来たんだよう。大工の秀八はここかって。手も足も、彫り物いっぱい入ってて、いやな目つきで。ほんっとに、ほんっとに、怖かったんだからぁ。あのとき留さんが来てくれなかったら、どうなっていたか。なのに、おまえさんはこんな時分まで、いったい何してたんだよう」

——彫り物の入った男？

誰だろう。

「すまねえ。まさかそんなことがあったとは知らねえから。すまねえ。そいで、何かされなかったか、だいじょうぶだったか」

「うん、うん……」

あがりかまちにいっしょに腰をかけて、泣き続けるおえいの背中をさする。

――もしかして。いや、そんなはずはねぇ。

一番いやな想像が頭にわいて、秀八はそれを思いっきり打ち消した。

――それに、万一そうだったとしても。

おえいにだって、寄席にだって、指一本触れさせるもんか。おれにだって覚悟がある。なんたって、あの桃太郎が来てくれるんだ。鬼だって退治してやる。

今は、とにかくこの良い話をしたい。

「すまねえ。実はな。えっと」

佐平次から使いが来たところから話すのが順序だが、まどろっこしい。

「御伽家桃太郎が、出てくれるんだ」

「御伽家桃太郎？　って、あの桃太郎さん？　どこに」

「どこにって、決まってるだろ。うちの寄席の、こけら落としの真打ちにさ。その話をまとめに島崎楼へ行ったんだ。桃太郎本人に、会ってきた」

「えええ。そりゃあすごいじゃないか。どこにそんな伝手《つて》があったんだい。たいしたもんだねぇ」

「な。いい話だろ。だから、そんなおかしなヤツのことは忘れろ。もしまた来たら、絶対うちへ入れるな。長屋中に響き渡るような声で追っ払え」

「うん。分かった」

——ふう。

機嫌は直ったらしい。おえいのふっくらした頬にいつものえくぼが戻り、膳にお菜が並んだ。

「おっ。ねぎ味噌和《あ》えか。いいな」

「いいでしょ、今日はサザエだよ。良いのがたくさん入ったって、魚屋の勝《か》っつぁんが言ってた」

——サザエ、か。

思い出し笑い、苦笑い。

ほろ苦いサザエの肝。秀八は決して、嫌いではない。

四

七月の八日——。

「留、すまねぇな」

「ううん、だいじょうぶっす。大工がこれくらい運べないんじゃ、名折れだ」

秀八が引く荷車の後ろを、背中に大きな葛籠《つづら》を背負った留吉が押して行く。秋とは言っても暦の上だけ、まだまだ暑さがどんと居座っていて、拭うそばから、額にも首筋にも汗が滴る。

今頃、寄席の方ではおえいがくるくると動いて、掃除をしてくれているだろう。

「しかし親方。この葛籠の中、何入ってるのかな、重い」

「それか。まあ、それはうちのヤツのお宝箱みたいなものだから、とにかく背負っていってやってくれ」

大工道具はすでにあらかた寄席の方にある。あとは夫婦二人の所帯道具、たいしたものはないから、おおよそ、荷車ひとつに収まると思った秀八の見込みを、ひとつ裏切ったのが、この葛籠だった。

おえいは宿場に小さな店を一軒借りて、団子屋をやっている。ただ団子だけではというので、得意のお針で着物の仕立て余りの小裂《こぎれ》を縫って、袋ものやお手玉、人形などをこしらえては、客の子どもへのおまけにしたりしていたら、そのうち「それを売ってくれ」と言う人が増え始めた。

ならばと、知り合いの古手屋などにも頼んで、小裂を集め、いくつも細工物を売り物に置いてみると、案外に売れ行きが良い。結局団子を売る方には人手を頼み、おえいは店先でチクチクやりながら客の応対もするようになっていた。葛籠にはぎっしり、材料になる小裂が入っている。
これから寄席を開くにあたり、大工、団子屋、寄席を夫婦でどう切り回していくか
――あれこれと算段をして、今のところは、寄席に一人、団子屋にもう一人、人を雇お
うか、どうしようか――このあたりが思案のしどころだ。
――大工がおろそかになっちゃ、元も子もないからな。
ついつい寄席のことばかり考えそうになるのを、秀八は懸命に気を持ち直した。
「寄席なんて、どんな博打より大博打だぞ」――普請の得意先の旦那衆の中には、そん
な耳の痛い助言をしてくれる人もいる。それは分かっているが、今更後へ引きたくなか
った。
「本業の方はだいじょうぶなんだろうな」――こう言われることも増えている。普請を
頼む客の立場からすれば、無理もないことだろう。
「よし、着いた」
二階でおえいがぱたぱたやっている気配がある。
「おーい。下りてきてくれ」
「あいよー」
たすきがけに姉さんかぶり、手にははたきを持って、おえいが姿を見せた。
「さ、これで荷物は全部だ」

「お疲れさま。じゃあちょっと一息入れようか」

井戸で冷やしてあった麦湯が、喉をつーっと通っていく。

――いよいよだ。

新しい木の香り、畳の青い香り。これからはここで暮らしながら、こけら落としへと支度を進めていく。

まだ細かな仕上げはいくつかやり残しているが、夫婦が暮らすには差し支えない。全部仕上げてから引っ越す方がきれいごとだが、そこは気持ちに折り合いをつけ、秀八は七月分の長屋の店賃を日割りにしてもらい、少しでも入費を減らす方を取った。

「ねえ、さっき浅田屋さんの定吉《さだきち》さんが来たよ。引越祝いって、これ持って」

おえいが祝儀袋を差し出しながら、うふふと笑った。

「でね、定吉さんが口上を言ってったの。〝本来ならばめでたき折とて角樽《つのだる》をお持ちすべき段なれど、その献上は寄席開場の折に改めて参らせることといたし、こたびはこちらをお納めくだされ〟だって。あの小僧さん、しっかりしてるけど、なんだかいちいちちょっと芝居がかっていて、面白いね」

「ああ、定吉か。あれは面白い小僧だな。たぶん、講釈の聞きすぎなんだろう」

祝儀袋を開けると、蕎麦《そば》切手が入っていた。

「ありがてぇ。こういうのは、助かるな」

必要な時に蕎麦に替えられる。このままどこかへご進物にもできる。さすが、世慣れた商人の仕方だ。

「あとであいさつに行かないとな」

釈場の席亭でもある浅田屋の宗助は、質屋という商売柄なのか、人の裏の裏を読んで皮肉を言うようなところがあって、正直秀八はちょっと苦手だ。しかし、今日といい、留吉の母親のちゃるごろの件――母親が番屋へ突き出されずに済んだのは、宗助の指図によるところが大きいと、秀八は後から聞いた――といい、何かと世話になることが多い。

三人で所帯道具を運び入れている間にも、酒や油、豆腐などの切手を届けてくれるところがいくつかあった。秀八とおえいはそれらをいちいち神棚へ上げて拝んだ。

「木曽屋《きそや》さんからも来たよ。なんだか申し訳ないねえ」

「庄助《しようすけ》さんか」

馴染《なじ》みの材木問屋、木曽屋の庄助は、こたびの寄席造りに、もっとも世話になった人の一人だ。まだ目指すほど金が貯まっていないと迷う秀八に、「材木代は少しずつの後払いで良いから今やれ。そういうことは迷っていると結局できずに終わってしまうぞ」と言ってくれたのだ。庄助の後押しがなければ、もう三年くらいは、手を付けられなかったにちがいない。

――庄助さん。この借りは、必ず。

秀八は庄助から届いた油の切手を神棚に上げ、ぱんぱんと柏手《かしわで》を打った。

荷車に載っていた荷物は、ほどなく新しい住まいに落ち着いた。

「あらかた済んだね。ゆっくりお茶にするかい」

おえいの団子屋から届いた団子を三人で頬張りながら、話はどうしても、寄席の顔付けの方に流れていく。

「宗助さんと張り合うようになるのは避けたいから、講釈は当分なしだ。トリは何せあの桃太郎だからな。太神楽は決まったから、あとひとつ」

開場式にめでたい芸をというので、秀八はかねて目を付けていた太神楽の二人に話を持ちかけた。荏原《えばら》神社に祭礼があるときによく顔を見せる円屋《つぶらや》万之助《まんのすけ》、万太郎《まんたろう》という兄弟で、傘の上で鞠《まり》やら銀の輪やらを回したり、口に挟んだ扇の上に、次々と湯飲みやお膳を積み上げたりと、誰が見ても分かる楽しい軽業《かるわざ》だ。このあたりに住まいする者ということで、話はとんとん拍子にまとまった。

「やっぱり何か音曲がいいんじゃない。なんたってここは品川だし」

「そうだなあ。ちょっと艶っぽいヤツか」

「あ、でも女浄瑠璃《おんなじょうるり》はだめだよ」

「だめかぁ?」

「うん。だってあれはよくお触れで止められるじゃない。心づもりしておいて、当日になって万一お役人なんぞに来られたら、台無しになっちゃう。それに、前があんまり艶っぽくなりすぎると、せっかくの桃太郎さんがもったいない」

確かに、女浄瑠璃を桃太郎の噺の前というのは、そぐわない気がする。

「もっとあっさりしてるけど、艶っぽいの。なんかないかな」

「おまえ、それこそあっさり言うなあ。そんな都合の良いの、あるかなぁ」

二人は湯飲みを抱えたまま思案顔になってしまった。

「親方、今日はあと何しましょう」

それまでひたすら口をもぐもぐさせていた留吉が、茶を飲み干して立ち上がった。

「おう。おまえ留守番かねて、二階の仕上げしておくれ。おえい、おまえは……」

留吉を残し、届け物をしてくれたそここへのあいさつをおえいと自分とにそれぞれ割り当てて、出かけることにした。

――浅田屋はやっぱりおえいに行ってもらおう。

左官の長兵衛《ちょうべえ》のところへちょっとだけ顔を出したあと、秀八は島崎楼に佐平次を訪ねた。油断のならない男ではあるが、やはりこういう相談事は佐平次が一番頼りになる。

「女浄瑠璃はどうだ。客が入るだろう。震える声、落ちるかんざし、乱れる黒髪、玉散る汗に染まる頰……。良いねぇ」

佐平次もこう言ったが、秀八は首を横に振った。

「せっかく桃太郎師匠が真打ちをつとめてくださるんだ。女浄瑠璃では、場が乱れすぎると思わねえか」

「うーん、まあ、確かにそうだな……分かった。考えておこう」

「頼む。もうあんまり日がないし」

言い置いて、島崎楼を出た頃には日が暮れかかっていた。またおえいの機嫌を損ねては敵わないと、秀八は足を急がせた。

「おおい。誰か来てくれ」

「おおい。人が溺れている」

境橋《さかいばし》の近くまで来た時、人が怒鳴っているのが聞こえてきた。見れば、川面《かわも》にもがく人影らしきものがある。

——二人いる？

溺れる者を助けるのは難しい。船頭か漁師でもいないかと見回してみるが、周りもみなどうやら同じことを思っているような顔つきだ。

——泳ぎなんて、したことないからな。

助けてやりたいのはやまやまだが、勢いだけで軽々しく飛び込んだりしたら、土左衛《どざえ》門《もん》がひとつ増えるだけで、かえって迷惑だろう。

「おい、動きが止まっちまったぞ。このまま沈んだら助からない」

誰かがまた怒鳴った。そのときである。

どぶん。どぶん。

威勢の良い音がして、男が二人飛び込んだ。周りがみな、おっ、と息を呑んだ。

二人は泳ぎながら目で合図し、それぞれ、一人ずつに近づいていく。

――頼む。四人とも、死なないでくれ。

溺れている者にうかつに近づくと、必死にしがみつかれるので、達者な人でも泳ぎができなくなってしまうと聞いたことがある。秀八は思わず祈った。

――南無阿弥陀仏、南無阿弥陀仏。

袖すり合うも多生の縁。こんなところで見ず知らずの人の死に目に遭うなんぞ、御免被りたい。

やがて、一人が、赤い着物――長襦袢《ながじゅばん》だろうか――を片方の手で引っ張るようにしながら、ようやくのことで岸までたどり着いた。それからしばらくして、もう一人、紺の着物が岸に引きずり上げられた。

「心中かな」

「女と客だろ」

ぼそぼそと、野次馬の声がさざ波を立てていく。

「おうい。まだ息がある。手伝ってくれ」

幾人かで水を吐かせるやら、何やらしているうちに、「これ、島崎楼の如月《きさらぎ》じゃないか」と言う者があった。秀八は「島崎楼ならおれが知らせに行こう」と役目をひとつ買って出た。

秀八の知らせに、大急ぎで駆けつけた佐平次は、女の顔を見るなり「馬鹿なことを」と眉根にしわを寄せた。

「こっちは」

「間違いありやせん。今日上がった客でさぁ。まったくどの隙を突いてこんなまねを」

佐平次が連れてきた若い衆が、ぐったりしている男の方の顔を確かめた。

——あの顔……。

秀八も、そのときはじめて男の顔をまともに見た。確かめようと近づいてみる。

「ちょいと、ごめんなさいよ」

唇が真っ青になっているが、息はしている。猿のような愛嬌《あいきょう》のある顔で、小柄な男だ。

——間違いない。

「おい。もう一人誰か呼んでこい。男の方もうちで預かる。事と次第によっちゃあ、カタを付けてもらわなきゃならんからな」

若い衆にそう命じている佐平次を、秀八は横から「悪いが」と遮った。

「この人、おれの知り合いなんだ。悪いようにはしねえから、おれに預からしてくれ」

「なんだとぉ」

佐平次は倒れている男と秀八とを、何度も交互に見た。

「おまえ、物好きだなぁ。知り合いだからって、女郎と心中するようなヤツ抱え込んだら、どんな難儀がかかるか、知れやしないぞ。こっちだって、如月の話次第じゃ、そっちに始末の尻を持ち込むことだってあるかもしれねえし」

「いいんだ。頼む」

「よし、分かった。で、そいつの素性は」

「たいがい分かっているが」

秀八はあたりを見回し、声を低めた。

「今ここではちょっと、勘弁してくんねぇ」

「ふうん。なんかワケがありそうだな。まあいいや。秀さんがそこまで言うんなら、若い衆に背負わして付けてやらあ……ところで、こいつらを助けておくんなさったお手柄の衆はどちらさんで」

「へい、一人はあそこに」

漁師町の者らしい男が、川岸近くを指さした。日に焼けて黒い、盛り上がった肩や腕をした男が、濡《ぬ》れたふんどしを絞っていた。

「おーい、そこのお兄さん。礼はちゃんとさせてもらうよ。あとで島崎楼まで来てくんねい。で、もう一人は」

「えっと……あれ、さっきまでそのへんに。お武家さまのようでやしたが……おやおや、あんなところに」

刀と脱いだ着物とを無造作に丸めて抱えた若侍が、ふんどし姿のまま、川の面をじいっとのぞき込んでいる。

「お武家さま。おや、先生じゃありませんか」

どうやら、佐平次の知り合いらしい。

「やあ、佐平次さん。カッパを探していたんだが……人がこんなふうに飛び込んでしまったから、しばらく見つからないかもしれないね」

――何言ってんだ？　妙な人だな。

さっきの漁師とはまったく違って、よくこんな人が泳ぎをと思うような、生っ白く手足の細い、華奢《きやしや》なお武家だ。

「先生が助けてくだすったんですか。それはそれは。どうぞ、うちへお戻りください。着替えを差し上げましょう」

「そうですか。じゃあ、お言葉に甘えます」

佐平次は、その華奢なお武家を促して、島崎楼へ戻る様子を見せつつ、秀八に改めて釘を刺した。

「じゃあ秀さん、そいつは預ける。ただ、あくまでも預けるんだからな。勝手によそへやったりするんじゃないぞ」

「分かった。約束する」

五

——もう、五日目だよ。

おえいは目をちらっと上へ動かした。

見えるのは秀八が丹精込めてかんなで削りだした天井板だが、見たいのは、というか、目障りなのは、もちろんそれではない。

——なんなのよ、あれは。

居候《いそうろう》　角な座敷を丸く掃き
そんな川柳を聞いたことがあるが、今おえいのところにいる居候は、丸く掃くどころか箒を持つことさえない。ただただ、二階でぐずぐず寝ているだけ、起きてくるのは、飯と雪隠《はばかり》に用のあるときだけだ。留守番の役にさえ、立っているかどうかあやしい。

「ちょいとおまえさん。どうするんだよ」

朝飯を食べ終わって、頼まれている普請場へ出かけようとしている秀八に、おえいはとうとう詰め寄った。

「どうするって、何を」

「何をじゃないよ。二階のあれ」

「うん、そうだな。そろそろ起きて飯を食ってもらわないと」

「そうじゃないよ。あれ、いつまで置いておく気なの。だいたい、あれいったい誰なんだい」

「だから、溺れかけたお人を……」

「それは分かってるよ。で、なんでうちで預かってて、この先どうするつもりなのか、って聞いてんじゃないか」

「うん。ま、それは、ご本人さん次第なんだが……」

秀八の話はいっこうに要領を得ない。おえいのいらいらは募る一方だった。

「分かった。今話すと、仕事場に着くのが遅くなっちまうから、今日帰ってきたら、必ずおまえにもあの人にも、事を分けて話す。頼む」

「きっとだよ。でないともう居候の分のご飯なんて、用意しないからね」

言葉の後ろを二階へ聞こえるように言って、おえいも自分の仕事に向かった。

夏場はどうしても団子の売り上げが落ちる。今年は立秋を過ぎても雨が少なく、暑さが続いていた。少しでも涼しげにと始めた、井戸で冷やした砂糖水をかけた冷やし団子はまあまあの人気だが、どうしても手間がかかるので、一日はあっという間に過ぎる。

――ふう。

で、いったいあの居候は誰なんだろう。

うちへ戻るとすでに秀八は戻ってきていた。若い男が背を丸くして、秀八の前に座っている。良い男というわけではないが、猿に似た愛嬌のある顔だ。

――なんか、どこかで見たような。

居候の顔をこんなに正面からちゃんと見る機会はこれまでなかったので、おえいはついつい、じろじろと、伸びかけた月代《さかやき》からアゴの先まで、三往復くらい見てしまった。

「おいおい、そんなにおまえに睨《ね》めつけられちゃあ、話がしづらいじゃないか……さてと、若旦那。いや、九尾亭木霊《こだま》さん。そうですよね？」

――九尾亭木霊？

九尾亭は御伽家と並ぶ噺家の一門である。今、人気なのは狐火やその弟子の火車《かしゃ》などで、いずれも怪談噺や芝居噺などを得意とする者が多い。

「え、じゃあもしかして、おまえさん、天狗《てんぐ》さんの」

「……どうも、おかみさん、このたびはお世話になりやして……面目ねぇこって」

三代目九尾亭天狗。本来なら九尾亭のもっとも大きな名で、一門の要《かなめ》だ。数年前までは同門の狐火や、御伽家桃太郎とも並ぶ人気者だったが、このところ、まったくどこの寄席へも出ていないと聞いている。

おえいもいっしょになったばかりの頃、何度か秀八に連れられて天狗の高座を聞いたことがあった。

「お弟子さんで、しかも息子さんなんだ。二つ目までにはなっていなさった」

「えっ、じゃあほんとに若旦那じゃないか」

「そうなんだけどね」

おえいはいろいろ尋ねたいことが湧き上がってきたが、秀八が目でそれを制してきた。

「ね、木霊さん。見て分かると思いますが、うち、もうすぐ開けようっていう、新しい寄席なんですよ」

「ああ。そうみたいだな……でももうあたしは、噺をやる気はない。どうでもいいよ」

「……そうですか。で、これからどうする気ですか」

「どうって……」

「なんで女郎と心中なんぞ。本当に死ぬ気だったんですか」

木霊は黙ったまま答えない。

「水が冷たくない時分で幸いでしたがね。いったいどうしてあんなことに」

どうやら、どうしても言いたくないらしい。小猿の口は堅く結ばれたままだ。

「いきさつはどうあれ、女郎と心中しようとして生き残って、ただで済むかどうか、それくらいのことはお分かりですよね」

「たまり場送り……か？」

ご定法《じょうほう》どおりに届を出すなら、咎人《とがにん》としてたまり場と呼ばれる寄場《よせば》へ送られることになるはずだ。

「まあそこは、島崎楼のご亭主がどうなさるかによりますが……。どうですか、うちで働いてみちゃ」

「だから、噺はやらないって」

「おっと、この秀八をそう馬鹿にしてもらっちゃ、困りますよ、若旦那」

――おや、うちの人、妙に威勢がいいね。

秀八がぐっと胸を反らしたのを見て、おえいはほほう、という心持ちになった。

「まともに高座をつとめられないようなお人に、芸人として出てくれなんて頼むなんぞ。そんなにこっちを安く見てもらっちゃあ困ります。なにせ真打ちはあの御伽家桃太郎師匠だ。若旦那なんぞ、たとえ前座にだって使うわけにはいきません」

「なにを……」

木霊はこめかみのあたりをぴくりとさせたが、秀八はかまわずまくしたてていく。おえいははらはらしつつも、ちょっと面白くもあった。

「どうせ今空《から》っ穴《けつ》なんでしょう。どうです、うちで当分、住み込みの下足番をなさっちゃあ。そうですね、まず三月、しっかり働くって約束してくださるんなら、心中の件、内済《ないさい》にしてくれって頼んであげないこともない。ただ、アゴとマクラがあるだけで、それ以上の手間賃はなしだから、そのつもりで」

──ふうん。

確かに寄席に誰か人手を、とは考えていたから、アゴとマクラだけでいいなら、助かるけれど。でも、だいじょうぶかしらん、この若旦那。

「どうしますか。お嫌ならお嫌でいい。すぐにでも島崎楼へお連れしやしょう」

「分かったよ……やるよ」

「そうですか。そうと決まれば話は早い。まずは掃除をしてもらいましょう。さ、二階から順に。ああ、おれらの座敷はしなくていいですし、外は明日の朝一番でいいですが、寄席の広座敷は、丁寧にお願いします」

「え、これから……だって、夕飯」

「掃除、終わってからですよ。おれらは、先に済ませちまいますからね」

しぶしぶながら、木霊がはたきと箒を持ってはしご段を上がっていった。

「おまえさん」

「なんだ」

「よくよくお人好《ひとよ》しだね、おまえさんも」

「なんだそれ。死に損ないをタダで働かせようってのが、どこがお人好しなんだ」

「何言ってんだよ。顔が、留さんに話しているときとおんなじになってたよ。……なんとかしてやりたいんだろ」

「え……うん、まあ、な」

それから秀八がおえいに話したところによると。

木霊の父、三代目天狗は、父も兄も名人と言われた噺家だ。とりわけ、兄の二代目天狗は巧みで華やかな芝居噺でたいへんな人気者だった。普段三百人でいっぱいの寄席に、無理矢理人が詰めかけ五百も入ってしまったため、建物の二階が落ちてしまったことから〝寄席落とし〟との異名の持ち主だったらしい。

ただ、四十過ぎ、まだまだこれからというときに、二代目は酒席でのけんかに巻き込まれて命を落としてしまった。

弟として三代目を継いだ当代の天狗は、二代目のような華やかさには乏しく、ともすれば、兄の弟子であった狐火の方が良いという声も聞かれた。が、努力家で、遅咲きな性質《たち》だったのだろう、じっくり語って聞かせる話しぶりで次第にひいきを増やし、狐火とともに九尾亭の二大看板と呼ばれるようになった。

そんな噺家の家に生まれた木霊は、十になるやならずの頃から高座に上がり、愛嬌のある顔とこまっしゃくれた早熟な口ぶりで人気となったという。高座姿は父よりもむしろ伯父《おじ》に似ているという評判もあって、早々と二つ目に上がった、までは良かったが。

「ある時、高座で噺を忘れちまったんだ。それまでとんとんときれいに運んでたのに、急におかしな間が空いて。ごまかすこともできなくて、焦っちまったんだろうな。気を取り直そうと思ったのか、もう言ったはずの台詞をもういっぺん繰り返した。そしたらそこですかさずヤジった客がいたんだ。〝さすが木霊、繰り返しの術！〟って」

九尾亭の名前は妖怪変化から取られていることが多い。大きな名ほど妖術妖力のありそうな名で、前座や二つ目のうちは、さほど能のなさそうな名がついている。

木霊は、ただただ声や物音を跳ね返すだけの変化だ。そんなふうにヤジられたら、さぞやりにくかったろう。

「寄席のお客さん、きつい人もいるからねえ」

「ああ。そのヤジで客席が大笑いになっちまったから、木霊は続きがどうしてもできなくなったんだろう、そのまま高座下りちまった」

それ以後、木霊は寄席の出番をすっぽかすことが重なったのだという。

父親の天狗は、息子がすっぽかした寄席にいちいち謝りに出向き、義理立てして、掛け持ちしてでも自分が出演を引き受けて出るようになった。しかし、木霊のすっぽかしはそのまま癖になり、とうとうどこの寄席も木霊を使わなくなった。

「木霊は行き方知れず、天狗師匠は無理がたたって病の床だ。――まさか、こんなところで木霊に出会うとは思わなかったよ。何かで身の立つように、できればまた高座に上がれるように、してやれるといいがなぁ」

おえいはやれやれ、と小さくため息を吐《つ》いた。

秀八の心意気は分かるが――果たして、どうだろう。

生まれながらに何でも持っている人は、たいてい、自分の持っているもののありがたさに、なかなか気づかない。そうして簡単に手放してしまうのだ。お金でも、親兄弟でも、芸事でも。

やっと気づいた時には、もうどうしようもなくなっていることの方が多い気がする。というか、どうしようもなくなるまで、気づけないものなのかもしれない。

真面目《まじめ》に他の仕事をして働いていたというならまだしも、身を持ち崩したあげくに女郎と心中し損なうような男が、本当に立ち直れるだろうか。

――死ねちゃった方が、良かったかもよ。

おえいはいくらか意地悪な気持ちになった。

嫌いなのだ。そういう甘えてる馬鹿は。

まあしかし、秀八がここまで入れ込んでいるのでは仕方ない。むしろ自分がしっかりして、秀八のお人好しが過ぎないよう、見張っていなくては。

翌朝になると、おえいは容赦なく、木霊が寝ている枕元に箒をとん、と突き立てた。

「ほら、なにいつまでも寝てるの。さっさと起きて、掃除して。表は両隣さんの分まで、きれいにするんだよ」

「え……あ……はい」

猿に似たくしゃくしゃな顔がうなずいた。

——どうなることやら。


「お団子ぉ、いかがですかぁ。冷たぁい蜜をかけて、お涼しう、お召し上がりなさいませぇ、とろぉり、甘ぁい、お団子ぉ」

新しく手伝ってくれることになったお弓《ゆみ》は、売り声がうまい。おえいはころころとよく響くその声を聞きながら、店先で針を持ったり、客の相手をしたりしていた。

「ねえねえおえいさん。長屋に、お引っ越しだよ」

「お引っ越しって、あたしたちが出たあと？　埋まるの早いね」

長屋で隣だった、髪結いのお光《みつ》である。お得意先を回る途中らしい。

「違うのよ。あの、一番奥」

「え、あそこに？　だってあそこ」

「そ、お化け部屋」

つい先日までおえいたち夫婦が借りていた長屋には、長らく借り手のつかない「お化け部屋」と呼ばれる部屋がある。

おえいの知る限り、三年ほど前だろうか、一度だけ、独り者のご浪人が入ったことがある。おそらく四十がらみの、いかついお方だったが、二月もしないうちに行き方知れずになってしまい、いつの間にか再び「貸し家」の札が貼られていた。そのご浪人の姿を見た者は、その後誰もいない。

お化け部屋という言い方がいつ頃からされるようになったのかとか、そもそもなぜそう呼ばれるようになったのかは、おえいもお光も分からない。

「で、どんな人なの、お化け部屋借りようってのは」

「それがね」

お光はちょっとうれしそうに言った。

「さっきちらっとあいさつしたんだけど。若くって、すっきりしてて。役者のようなとまでは言わないけど、なんていうのかな、ほらほら。なんか、あるじゃない、ほら」

「ほら、じゃ分かんないわよ」

……お団子ぉ、いかがですかぁ。冷たぁい蜜をかけて、お涼しう……

お弓の売り声が響いた。

「あっそうそう、涼しげな、よ」

「え？」

「涼しげな、って言うじゃない。そうそう、涼しげなご浪人さん。あれはきっと、おかみさん連中がほっとかないよ」

——へぇ……。

「そうだ、棟梁、新しい弟子を取ったの？」

「弟子？」

「うん。なんか見慣れない若い衆が掃除していたけど。なんだかヤワそうで、大工になんて向かなそうだなぁと思って」

「ああ。あれね。あれは」

——やれやれ。めざといこと。

なんて言おうか。

「知り合いの、若旦那。ちょいとワケありで、預かっているのよ」

「ふうん。もうちょっと良い男だったら面白いのに。お猿さんみたいだったわね」

木霊の顔をもうとっくり見てきたのだろうか。まあ、あまり良い男とは言えまい。もっとも、噺家は役者と違って、あんまり良い男じゃない方が良い、といつも秀八は言っているが。

それにしても、どうもお光は、〝良い男〟と見るとそわそわして、危なっかしくていけない。そのくせ、亭主にたいしてはひどいやきもち焼きで、時に盛大にけんかをするから、はた迷惑この上ない。

お光の亭主は、かなり年下で、それこそ役者にしたいような良い男だ。画師《えし》だというが、おえいはその描いた画を見たことがなく、よく昼間からふらふらして、酒を飲んでいるのを見かける。

「お光さん。面白いなんて言って、こんなとこで油売っていていいの？」

「そうだった。行かなくちゃ」

六

――どうも、ぞっとしねぇな。

人が入ることになったからお化け部屋の戸を直せという、幸兵衛からの依頼である。心張り棒を支《か》わずに閉めて、しばらく時間が経つと、必ず二寸ほど隙間が空くというのだ。

実は、三年前にも同じ理由でこの部屋の修繕を頼まれたことがある。

本来こういうものを直すのは、秀八にはお手の物だ。縦横きちんとはかり、角が全部まっすぐかどうかを丁寧に調べれば、必ずゆがみのあるところが見つかる。素人には分からないほんのわずかなゆがみでも、戸の開け閉めには支障が出ることがある。

それが見つかりさえすれば、あとはゆがみに合わせてほんの少しどこかを削るなり、木を添えるなり、手の打ちようがあるのだが、その時は、幾度、定規をあて、下げ振りを垂れてみても、どこにゆがみがあるのか、まったく分からなかった。

そのあたり、お化け部屋と呼ばれることと何かゆかりがあるのではないか。そう思うと、どうにも薄っ気味が悪い。

——またおんなじことなら、いやだな。

おまえさんの腕、だいじょうぶなのかい、と三年前、嫌みたっぷりに言われたことを思い出す。

路地を奥まで入る。奥は風が入りにくく、温気《うんき》が淀《よど》んでじっとりと感じられる。

——ああ、確かに開いてるな。

そう思って開けようとすると、中に人の気配がした。

——あれ、もう引っ越してきちまったのかな。

のぞくともなく、中の人の様子が見える。武家らしい。この暑いのに、よれよれだがちゃんと袴《はかま》をはいて、頭に何か妙なびらびらを付けて、家の中を妙な足取りでゆっくり

ゆっくり歩いている。

秀八はなんだか気味が悪くなってしまったが、このまま帰るわけにもいかない。

――なんだ、ありゃ。

「ごめんくだせぇ。ちょいと失礼いたしやす」

聞こえていないはずはないのに、中の男は返事をせず、妙な足取りを続けている。

――なんだよ。なんかのまじないか？

「ごめんくだせぇ」

面倒なので、戸に手をかけてしまう。それでも、男は黙ったままだ。しょうがないので、秀八はちょっとの間、土間で立ったまま、男がすることを見ていた。

足袋《たび》をはいた足で、何か畳で文字でも書こうとしているかのように、時折くるりと回ったり、蟹《かに》のように横歩きをしてみたかと思うと、まっすぐ進んだり。まるで秀八には気づいてもいないかのようだ。

――へんなお人だ。

あきれて見ていると、男はようやく部屋の真ん中で止まり、口の前に右の人差し指と中指を持ってくると、ふうっと大きく息を吐いた。

「すみません、お待たせしました。おいでになっているのは気づいていたのですが、全部終わるまで、人と口をきくわけにはいかなかったものですから。何のご用でしょう」

男がにこやかに言った。こんなところに住もうというのだから浪人だろうし、袴もよれよれなのだが、それでもぱっと見、至って涼やかな、ちょっとこっちが悔しくなるような様子の良い優男《やさおとこ》だ。

「いや、大家から、ここの戸がちゃんと閉まらなくて困るから見てくれと言われまして。手前は、大工で秀八と申します」

——あれ？

「あのう、お武家さま、つかぬことを伺いますが」

「はい。なんでしょうか」

「先日、川で溺れている者をお救いくだすったお方じゃあござんせんか」

「ああ。あの時いらしたのですか。いやいや、お恥ずかしい」

「あの時の男は、手前の知り人でして。どうも本当にありがとうございやす。おかげさまで、ちゃんと今も息をしておりやす」

「ならば重畳《ちょうじょう》。で、こたびのご用件は……あ、そうそう、戸の修繕でしたな。ここの戸はそんなに具合が悪いのですか」

木霊の恩人と分かって、秀八はこの部屋がお化け部屋と呼ばれていること、それから自分が三年前に検分したときのことを包み隠さず話した。

「実はその時、手前はやけくそで、大家には内緒で、何の修繕もしねぇで、その代わり、試しに海藏寺のご住職に来てもらってお経を上げてもらったんでさぁ。そしたらその後は直ってましてね。ところが、また最近閉まらなくなったっていうんで、今日もう一度検分させていただくんですが……。ここ、本当にお住まいになるんで」

今ならまだ他を探せるだろう。何なら自分がどこか口をきいてもいい。そう思って秀八は言ったつもりだったのだが、浪人はむしろ目を輝かせた。

「そういうことですか。それは面白そうだな。大工さん、ええと、秀八さんでしたね。どうでしょう、戸は当分このままにしておいてもらえませんか」

「……と、おっしゃいますと」

「いえ、某《それがし》、そうしたことにとても興味があるのです。きっとこれも何かの縁。秀八さんにご迷惑のかかるようなことはしませんから。大家には某から言っておきましょう」

浪人はそう言うと、秀八のことはそっちのけに、懐から帳面と矢立《やたて》を出して、うれしそうに何か書きつけながら、つぶやいた。

「先日の心中未遂といい、この長屋といい、面白い話を書く素材がいくつもある……」

秀八がついぽかんとその様子を見ていると、浪人は怪訝《けげん》そうにちょっとだけ目を上げた。

「まだ、何かご用がございましたか」

「あ、いえ。じゃあ、手前はこれで」

まるで腑《ふ》に落ちないまま秀八がうちに戻ると、木霊が「お席亭、お客人がお待ちです」と言った。

「お席亭」と呼ばれるのは、いささかくすぐったい。だが秀八は、木霊が若旦那気分を拭い去り、あくまでもちゃんと仕事として下足番をつとめるよう、自分のことをあえて「お席亭」と呼ばせることにした。もちろん、他の者への言葉遣いなども、それに釣り合う丁寧なものに改めさせている。

そうしているうちに前座修業の頃を思い出してもらって、噺をやりたいと思うようになってくれたらいい、と願うこちらの胸の内は、まあ、内緒である。

「お席亭さまのお留守に勝手に押しかけてきてまって、申し訳にゃあことで」

「どうしてもお目にかかりたゃあと思ったもんで、居座ってお待ちしとりましたで。許いてちょうだゃあよ」

——なんだ、こいつら。

六尺豊かもあろうかという妙に顔の赤い大男と、反対に、どう見ても五尺に足りぬ青白い顔の小男。笑えるくらい素敵に凸凹《でこぼこ》で、しかもこってりと訛《なま》った言葉の二人が、秀八に繰り返し頭を下げる。

——まるで、狒々《ひひ》と鼬《いたち》だな。

「で、ご用件はなんでしょう」

秀八は、笑い出しそうになるのをどうにかこらえながら応対した。

「へぇ。わしらをどうぞ、こちらの寄席へ出ゃあてくだされんか、なも」

「かんこーして一所懸命やりますで、どうぞ」

尾張《おわり》訛りのようだ。何を言っているのか、全部はよく分からないが、どうやら、寄席へ出してくれということらしい。

「こっちも客におあしをいただこうっていう身の上なんでね。どんな芸か、まず見せていただきやしょう。話はそれからってことで」

「へぇ。ほんなら」

——お、三味線か。

二人がそろって、持っていた箱を開けた。皮張りの胴に、三つ折りになっていた竿《さお》を手際よく組み付け、慣れた手つきで糸を張る。

「では」

〽春雨の　眠ればそよと起こされて……

——おっ、〈明烏《あけがらす》〉か。

商家の若旦那時次郎《ときじろう》と遊女浦里《うらざと》との恋の道行きを唄った新内節《しんないぶし》である。

昔、あんまり流行《はや》りすぎて、この唄に惹かれて駆け落ちや心中を企てる者が大勢出たというので、お上が禁止したという時期もあったと聞く。今ではご禁制というわけではないが、やはり人気のある音曲である。

三味線二丁の掛け合いが、まるで男女の口説きあいのように響き、それに乗せて悲しい物語が語られ、唄われる。

〽どうで死なんす覚悟なら　三途《さんず》の川もコレこのように……

——良い声じゃねえか。

鼻へ抜けて高くころころと転がったり、ゆるーく心地よく、低く迫ったり。なかなか、狒々の顔に似合わぬ美声だ。鼬の方の細かなバチさばきも見事で、決して唄を邪魔せず、しかしここぞというところでは音を冴《さ》え渡らせて、こっちの耳を惹いてくる。

田舎者《いなかもの》と内心馬鹿にしてかかっていたさっきの自分を、秀八は潔く反省する気になった。芸は見かけで判断してはいけない。

——こりゃあ良い。めっけもんだ。

〽覚めて後なく明烏　後の噂《うわさ》や残るらん
思わず、じいんときてしまう。

「うわぁ、良いもの聞かせてもらった。こちらさんたち、うちへ出てくれるの？」

いつの間に帰ってきたのか、おえいが廊下から入ってきた。目にはうっすら涙を浮かべている。

「うん。使ってくれと言っておいでなすったんだ。ぜひお願いしやしょう」

「ありがたゃあ。よろしう頼みますで」

狒々の尾張訛りを聞いておえいが軽くぷっと吹き出した。

「ごめんなさい。唄っている時とあんまり風情が違うもんだから」

――これ、人気が出るかもしれねぇな。

見た目を芸が裏切るっていうのは、人の面白がってくれるツボになるんじゃなかろうか。

「尾張からおいでなさったんですかい」

「へぇ。名古屋でやっとりましたが、いっぺん江戸で腕を試したゃあと思って」

「吉原へ行こみゃあとずっと二人で話しとったんですが、品川もずいぶんにぎわっとるみたゃあだし、どうきゃあも、と思いましてうろうろしとりましたら」

「新しい寄席ができるで行ってみゃあて、島崎楼いうところのご亭主さんが勧めてくれやあしたで」

「寄席でやれるんだったら、流しでやるよりちゃんと落ち着いて聞いてまえるで、ええがね」

新内節は流しが多いが、寄席でもよく出ている。ただ、どの芸でも言えることだが、人気のある分、競争も激しい。よそ者がいきなり吉原で流しをというのも難しいだろう。

――ここであったが百年目、かもしれねえな。

いや、これはなんだかたとえ方が違うようだ。秀八は何か他にぴったりくる良い言い回しはないかと思ったが、どうも思いつかない。

「じゃあ、お互い、願ったり叶《かな》ったりね。縁があったんだわ。よろしくお願いいたします」

やはりおえいの方が言葉の使い方がうまい。

「よし、決まりだ。もし良ければ、しばらくうちの二階で寝泊まりしてもらってもいいですよ」

「そりゃ、ありがたゃあ。しばらくご厄介になります」

「あ、そういやあ、お名前を聞いておりやせんでしたね」

「これは申し訳にゃあ。わしは亀松鷺太夫《かめまつさぎたゆう》。こっちは亀松燕治《えんじ》と申しますで」

――狒々が鷺で、鼬が燕《つばめ》か。

飛んで火に入る夏の鳥。あ、いやいや、これは全然違う。

ともかく、これは、掘り出し物だ。

太神楽　円屋万之助　万太郎
　嘶　　御伽家一寸
新内節　亀松鷺太夫　燕治

「いいじゃねえか。良い顔付けだ」

秀八は自分で半紙に書いて、悦に入った。

「太神楽が前座なの？」

「いや、今回はこけら落としだから、前座ってことじゃなくて、ご祝儀って扱いにさせてもらうんだ」

「ふうん」

新内節の二人が来てから、新しい寄席の高座では、太神楽と新内が競うように稽古をしている。めでたくてにぎやかなのと、しっとりと艶っぽいので、浮いたり沈んだり、家の中は妙なことになっているが、秀八はそれが楽しくて仕方がない。

いよいよ本当に、寄席が開けられる。夢みたいだ。

「顔付けは良いけれど……字がまずいねぇ。それ、そのまま引き札の版下《はんした》にはちょっと。ビラもねぇ」

――おえいのヤツ、痛いところを突きやがる。

刷り物にして配る引き札、近隣の湯屋や床屋に頼んで、行灯《あんどん》に下げてもらうビラ。確かに、秀八の字では見栄えがしない。

「それに、おまえさん、肝心のものがないじゃない。寄席の屋号。名無しじゃ困るでしょ。まさか考えてなかったってわけじゃ。あ、看板は？」

——おっと。

屋号はもうとうに決めている。

「うるさいな。ちゃんと決めてあらぁ。書くのを忘れただけだ」

〝清洲亭〟

「なんて読むの？　なにてい？」

おえいは、かなはなんとか読めるが、漢字はあまりよく知らない。秀八も読み書きはあまり得意ではないが、寄席や噺に関わる文字はなんとなく覚えている。

「きよすてい」

「ふうん。なんかよく分かんないけど、両方とも水に関係あるんだよね。この縦に点が三つ並んでるのは、水に関わりがある字だって、教えてもらったことがあるから。品川らしくって、いいね」

「いいだろ」

秀八は胸を張った。

「でも、字がまずいよ、やっぱり」

「うるせえな。図面引くようなわけにはいかねえんだよ」

「あのさ、あの長屋のご浪人さんに書いてもらえば？」

「長屋のご浪人？　ああ、あの」

「あの人、長屋へ来る前は島崎楼に居候してて、お女郎さんたちの手紙の代筆とか、いっぱいしてたんだって。なんか、字の上手な先生だって、お光さんが」

「へぇ……じゃ、頼んでみるかな。いくらで頼もう」

「ううん。お金より、まずは紙とか墨とかをお持ちしてお願いしてみたら。何せ、お武家さまだから。どんな人か分からないうちに、いきなり代書いくらでお願いできますかって、言えないでしょう」

「なるほど、そういうもんか」

おえいの言う通りに頼むと、浪人は引き札の版下とビラ、看板の下書きを快く引き受けてくれた。

〝寄席　品川　清洲亭〟と名の入った版下を版木屋へ、ビラを湯屋と床屋へ持ち込んだあと、秀八は看板を丁寧に自分で彫り始めた。

行灯に屋号を墨で書く簡単な看板もあるが、そこは大工だ。大きさはさほどでなくとも、しっかりとした木の看板を上げたい。

慎重にまわりを削り、やすりをかける。

屋号の文字が、じわりじわりと、浮き上がってくる。

――あと三日だ。

七月二十二日――。

「おお！」

「なんだよおまえさん、寝床から上がるのにそんな大きな声を出して。びっくりするじゃない」

――今日だ。とうとう。

「これが気合い入れずに起きられるかってんだ。さあて」

桃太郎が本当に来てくれるかだけが、秀八はいささか気がかりではあった。

――頼むよ師匠。

出番を忘れたり、すっぽかしたりといった悪評はついぞ聞いたことのない人だが、それでも、実際に顔を見るまでは心配だ。

「おめでとーう、ございまーす！」

高座では、太神楽の二人が汗をふきふき、稽古に余念がない。かけ声とともに、万之助が大きな傘をコマのように回し、万太郎が銀の輪をしゅわっと投げる。

傘の上で銀の輪がきらきら、しゃらしゃらと回り出した。

「よーく回っております。寄席清洲亭、本日こけら落としでございます。おめでたい日でございますから、いつもよりずっと余計に、ずっと速く、思いっきり回しております」

太神楽と新内節の四人はこの数日ですっかり打ち解けていて、燕治が太神楽の芸に合わせて、袖から三味線を入れてくれるようになった。新内の曲とはまったく違う、軽く弾むような手だ。

「すみませんね、下座《げざ》までやってもらって」

「ええよ。わし、新内に限らず、三味線ならなんでも好きだでね。その代わり、ちっと祝儀はずんでちょうよ」

「分かってますよ」

表を見ると、引き札を持った客が幾人か、列を作ってくれていた。

――ありがたい。

「秀さん。おめでとう」

声をかけてくれたのは、木曽屋の庄助だった。

「庄助さんのおかげです。材木のお代は、必ず少しずつでも、お返ししますから」

「いいんだよ、そんなこと。それよりほら、今日は根付けも招き猫にしてみた。千客万来になるといいね」

庄助が腰に下げた印籠の先を指さすと、小さな招き猫が左手を挙げながら揺れていた。根付け集めは庄助の道楽だった。

「おはようさんでございやす。今日《こんち》どうも、おめでとうでございやす」

そこへ威勢良く入ってきたのは、島崎楼の若い衆だった。

「角樽、お持ちいたしやした。それからうちの主から、口上がございます」

——なんだ。まさか。

佐平次のことだ。この期に及んで何か仕組んでいるんじゃなかろうな。

「はい。ありがとうございます。承ります」

「どうもどうも。御伽家の、桃太郎師匠のことでございやすが」

——頼む。来られなくなったとか、言わないでくれよ。

「昨夜《ゆうべ》から、うちでご逗留でございやす。のちほど勘定書きを添えて、お駕籠《かご》でお届けいたしやす。お弟子の一寸さんがお供なさいます」

——ああ。

ありがたい。昨日の晩から品川に来てくれていたらしい。

そうならそうと昨夜のうちに知らせてくれればいいのに。きっと佐平次がわざと黙っていたにちがいない。

「承知いたしやした。よろしくお頼み申します」

「へぇい。それではまた」

胸をなで下ろしている秀八を尻目に、若い衆が出て行くと、入れ違いに飛び込んできた者がある。

「おおい、棟梁、たいへんだ」

「おや、幸兵衛さん」

――なんだよ、手ぶらか。大家のくせに。

どうもこの大家はケチでいけない。

「棟梁。だめだよ、寄席は。ほれ、そこの太神楽、やめるんだ。三味線も」

「何言ってんですか。今日こけら落としなんですから」

「だから、だめなんだよ」

「なにがだめなんです。全部そろってるってのに」

「そろってようが、抜けてようが、とにかくだめだ。御停止だよ。ご、ちょ、う、じ」

「ごちょうじ？」

「公方さま、お江戸のお城の将軍《うえ》さまがお亡くなりになったんだ。お達しが来たよ。高札も立ってる。今日から五十日の間は、歌舞音曲はご禁制。芝居も寄席も開いちゃいけないんだよ」

――え……。

頭の中に、ざっと高波が押し寄せてきた。

太神楽、噺、新内、桃太郎……。

秀八のまわりから、すべての景色がいっせいに遠のいていった。

七

「おまえさん。朝からそんなに……」

ため息ばっかり吐いて、とたしなめようとして、やめた。

「ため息を吐いてはいけない、仕合わせが逃げるから」などという人があるが、おえいはそう思わないことにしている。

どうしても吐きたいため息は、思いっきり吐いたら良い。深々と、長々と。

そうすればきっと、おなかの中や胸の奥にある、悲しいことや辛《つら》いことが、息といっしょに出て行って、お天道さまのところへ昇っていく。代わりに、新しい風が入ってくる。

そう教えてくれたのは、昔おえいが奉公していた伊勢屋《いせや》のお内儀《かみ》さんだった。

「辛いことがあるときはね、ため息、どんどん吐けばいいのよ。ただし、明るいところでね。そしたらその息、お天道さまが暖めて、風で吹き飛ばしてくれるから」

秀八との縁談をまとめてくれた伊勢屋夫婦は、おえいにとっては実の親も同然の恩人だが、残念ながらもう二人とも彼岸へ行ってしまっている。

――お二人が生きていてくれたらな。

今のこの有様を、相談しにも行かれるだろうに。

なにしろ、このたびの「御停止」というのは、秀八にとってはいくら吐いても吐き切れぬほど、悪いことだらけである。

五十日、寄席はできない。清洲亭のこけら落としは当然日延べ。その間、芸人たちには仕事がない。人気者で蓄えもある桃太郎のような者はいいが、他の者はたちまち暮らしに困る。秀八は「太神楽と新内の面倒はうちで見る」と言ってしまったが、実はそういう秀八の大工仕事も、普請が次々日延べになって、稼ぎが心細いのだ。

「御停止の間は普請も遠慮だとよ」

歌舞音曲と違って、お触れで停止されたわけではないものの、なんとなくどこもかしこも、にぎやかなこと、派手なことは「遠慮、遠慮」となっていた。手持ち無沙汰に手元不如意、暇ばかりあって懐の心細い今のような有様は、いつも何かしていないとおさまらない秀八には、毎日が苦になって仕方ないだろう。

それでも今朝のため息はとりあえず吐き切ったのか、秀八は湯飲みに注《つ》がれた番茶をまるで酒でも一気に空けるようにぐっと飲み干して、立ち上がった。

「ちょっと出かけてくる」

「あいよ。気をつけて」

どこへ、などとは聞くまい。

――今はきっと、あたしのふんばりどきだ。

歌舞音曲や普請は止まっても、人の口が止まることはない。

黒船の出現で頓《とみ》に激しくなった品川周辺の人の行き来は、沖から船の姿が消えたあとも、減るどころかいっそう激しくなる一方だ。何があるのか知らないが、武家や人足風の男衆が、大勢あちこちからやってきて逗留しているようで、おかげで団子屋は繁盛していた。

「じゃあ、おまえさん方、ついてきておくれね。あ、木霊は、留守を頼むよ」

「はい」

おえいは太神楽と新内を自分の団子屋へ連れてきた。

「じゃ、行ってきて。しっかりね」

二組が平たい籠を抱えてそれぞれ出て行く。籠の中には、竹の皮の包みがどっさり入っている。

「団子ぉ、いかがですか。おいしーい餡《あん》の布団着ておりまぁす。団子ぉ……」

串で焼く団子は店の先でないと売れない。おえいは、竹の皮に餡を薄く敷き、そこに串に刺さずに茹《ゆ》でた団子を五つ並べてくるっと包んだ、あんころ餅を考案して、太神楽と新内に歩き売らせることにしたのだ。

まだ暑さがしつこく残っているので、餡は甘さを控え、水気の多いものにした。この工夫は新内から聞いた伊勢の赤福《あかふく》という餅菓子の風情に倣《なら》ったものだ。あっさりしてのどごしの良い餡だという。

——頼んだよ。

四人の背中を見送って、さらに団子を作る。

おえいはお針細工の方はしばらく断って、ともかく団子をたくさん売ろうと決めた。せっかく人手が余分にあるのだから、今やるとしたら、それしかない。

食べ物の商いは、日銭で回していけるのが強みだ。とにかく、本当に清洲亭を開けられる日まで、こうしてしのいでいくしかない。

——それぞれの食い扶持《ぶち》くらい、なんとか稼いできてね。

一日、ひたすら、ひたすら、団子を作る。蜜、餡、醤油《しょうゆ》……客の注文を間違えないように。

「おかみさん」

お弓がにこにこと、いつも材料を入れている木箱を指さした。見事に空になっている。

「あら。がんばったね」

もし、芸人たちが持って行った分を全部売ってきてくれたら、この日は、これまでの三倍の団子が売れたことになる。人前に出ることに慣れている芸人たちに、おえいは望みをかけていた。

「片付けと売り子さんのお迎えは私がしますから、おかみさん、今日は早く上がってくださいな。少しは休まないと」

「そお？　じゃ、甘えようかな」

お弓の申し出をありがたく受けて、おえいは早めにうちへ戻った。

「……一時はこの品川で一番の稼ぎ頭、板頭《いたがしら》と言われて、もてはやされておりましたお染《そめ》でございますが、そこはやはり廓のならい。男というのは移り気なものでございまして、女が歳を重ねてまいりますと……」

――おや。

木霊が一人で噺をやっているのが聞こえる。おえいはそのままそこで足を止めた。

「……巻紙も痩せる苦界《くがい》の紋日前、なんてぇまして、ほうぼうに手紙を出す……」

――〈品川心中〉だっけ？……。

「おう、なんで中へ入らねえ」

「しっ」

どこからか戻ってきた秀八に、おえいはあわてて口の前で人差し指を立て、それからその指を寄席の方へ向けた。

落ち目の女郎が、どうしても金の工面がつかず、捨て鉢になって客の一人に心中を持ちかける。ところが、いざ海へ飛び込もうという段になって、別の客から金が届いたことが知れ、先に海へ入った心中相手をほったらかして、さて……という噺である。

「心中の死に損ないが、自分でこれをやろうってのは……芸人としちゃあ見上げた了見じゃあねぇか」

秀八がひそひそとおえいにささやいた。

黙ってうなずいて、木霊が最後までやるのを待つ。

「……いや、拙者とうに腰が抜けております」

しんとなった。

「おう。続きはやらねぇのか」

秀八が声をかけながら入っていくと、木霊は、正座のまま飛び上がらんばかりに驚いた様子を見せた。

「お席亭……聞いてたんですか。おかみさんまで」

「はじめて聞かせてもらった。良いじゃないさ。続きは？」

〈品川心中〉は長い噺で、木霊がやったところまでが一区切りといったところだ。自分の出番によって、ここで終わっても良いし、全部やってもいい。

「続き……。一応、覚えてることは覚えてるんですが」

「いや、ここまででいい。いいから、もう一度おれたちの見ている前でやれ」

「え……」

秀八とおえいは木霊の前に座った。

木霊は、じっとうつむいてしまった。

「どうした。さっきと同じようにやってみな」

小猿のような愛嬌のある顔は、いっこうにこちらを見上げようとしない。

「すみません。勘弁しておくんなさい」

立ち上がって逃げようとするのを、秀八が帯をつかんで止めた。

「なぜ逃げる。さっきちゃんとやれてたじゃないか」

「すみません。客の前でできる自信が……」

「甘えてんじゃねえ。噺、好きなんだろう。だからこんなこっそり稽古してたんじゃねえか。な、おまえが噺をやめられるわけがないんだ。客の前でやらねえでどうする」

「けど……」

「今日の今日、今の今がどうしてもできねえっていうなら、いつでもいい。いつでもいいから、必ずおれの前でまず一回やれ。いいな。そしたら、桃太郎師匠に頼んで、おまえの出番を一寸さんの前に作ってもらう。こけら落とし、絶対出るんだ」

——ええ?

それはよした方がいいんじゃないの、とおえいは首を傾《かし》げた。

「いいな。こけら落とし、おまえも出る。これはおれの、席亭としての決めだ。いやなら、もうここから出て行け。下足番も首だ。とっとと失《う》せやがれ」

——おやおや。

木霊のくしゃっとした顔がいっそうくしゃっと泣き顔になった。「なんとかします、ただ今日は勘弁を」とかなんとか、蚊の鳴くよりも小さな声で言ったようだ。

「木霊。お豆腐、買ってきてくれないかい。台所のざる、持って行って」

おえいはそう言って木霊に銭を持たせた。出て行く気配を見届けて、秀八に向き直る。

「おまえさん、なんだってそうムキになるの。木霊をなんとかしてやりたいのは分かるけど、いきなりこけら落としに出すだなんて。ちょっと無茶が過ぎるんじゃないの」

「いいんだ。おれは……おれは、あいつと心中したいんだ」

——は？

「なんなのよ、それ。わけ分かんない。せっかくのこけら落としに、ケチがついてもいいの？　桃太郎師匠だってお怒りになるかもしれないし」

「おれが頭下げる。土下座でもなんでも。とにかく」

「ちょっと。なんでそこまで入れ込むの」

おえいは声を荒らげた。

「なんかワケがあるんでしょ。ちゃんとあたしが得心するように話して。でないと、もう手伝わないから」

座った膝の上で、秀八の拳が震えている。

「実は……あいつをあのときヤジったの、おれなんだ」

「ええ？」

「おれがヤジったから、あいつ、高座に上がれなくなったんだ。むろん、あいつは誰がヤジったかなんて、分からなかっただろうけど、でも間違いなく、言ったのはおれだ」

――そういうことか。

ヤジに負けないのも芸のうちだろう。ヤジった客が気に病むなんておかしなものだと思うものの、……まあ秀八の気性と今の立場からすれば、気に病むなと言う方が無理かもしれない。

――しょうがないねぇ。

八

――しょうがねぇか。

秀八は、桃太郎から届いた手紙を読むと、ため息を吐いた。

仕切り直しのこけら落としは、九月十五日と決まった。十二日が御停止の仕舞い日だが、何せ、新内も太神楽もそれまでおおっぴらに稽古ができないので、十二と十四を芸人のカンを戻す、いわば下ざらえのためにとっておくことにした。

桃太郎はこの仕切り直しにも、なんとか都合をつけて出てやろうと言ってくれていたのだが、何せ当代の人気者、やはり難しかったらしい。

「若い頃から世話になっている日本橋の席亭から、御停止明けはどうしてもうちへと懇願されて断れない。すまないが、この埋め合わせはいずれ必ず」、との文面だった。

また、「もし良かったら自分の弟《おとうと》弟子を紹介する、話を通しておくから、一度訪ねてみてくれ」とも書かれていた。その人が今、芝の寄席、浜本《はまもと》で真打ちをつとめているというのもありがたい。

――弁慶《べんけい》さんか。

悪くないな。

御伽家弁慶。桃太郎ほどの大物ではないが、まだ若いし、これからきっと人気の出そうなあたりにいる人と、秀八は思っている。

相撲取りかと思うほどの巨漢で、その見た目を生かした啖呵台詞などを聞かせることもあるが、実のところは、体の大きさとは裏腹の、繊細で丁寧な噺ぶりが持ち味だ。

「おう。おれ、明日、芝まで行ってくる。弁慶師匠にあいさつしてくるから」

「弁慶師匠？　ああ、桃太郎師匠の」

桃太郎の手紙が届いたところで、おえいはおおよそ察していたらしい。

「おっきい師匠だよね。こわい人じゃないといいね」

「たぶん、だいじょうぶじゃねぇかなあ」

こればっかりは、会ってみないと分からない。

寄席をやろうと決めてからは、折があれば、高座以外のところで芸人と顔をつなぐようにもしてきている。高座と素の顔、あまり変わらない人もいれば、まるっきりちがう人もいるから、本当にこればっかりは会ってみないと分からない。

桃太郎からの手紙には、いくらか気がかりな添え書きがあった。「弁慶は好人物だが、いささか気短なところがあるので、それだけは気をつけた方が良い」というのだ。

秀八と弁慶とは、実は初対面ではない。ほんの一言二言だけだが、話をしたことがある。その時は、至って穏やかな人に見えたのだが。

——お、やってるな。

二階から〈品川心中〉が聞こえてきた。

木霊にこけら落としに出るよう告げてから、今日で半月になる。まだ、ちゃんと前へ座ってやるとは言い出さないが、それでも、秀八やおえい、それに新内や太神楽がうちにいても、大きな声で稽古をするまでにはなった。

——頼む。客の前で高座、上がってくれ。

翌日、秀八はようやく吹き始めた秋らしい海風に吹かれながら芝まで出向いた。

浜本はこれまでも何度も来たことがある。客席はざっと見て二十畳、詰めれば百人以上入れるだろう。

木戸銭を払って中へ入る。席亭にあいさつし、事情を話して、張り出しの廊下の隅で、一通り聞かせてもらうことにした。

――声色か。これもいいな。

團十郎《だんじゆうろう》に仲蔵《なかぞう》。志《し》うかに菊五郎《きくごろう》。当代の人気役者の台詞をまねしながら、芝居の良いところだけを一人で演じてみせる芸だ。

ついついただの客になって楽しんでしまう。

――おっと。ご登場。

弁慶が大きな体を揺らしながら、高座へ座った。

今日はどんな噺をするんだろう。きっと今頃、弁慶は何をかけようか、客の様子を見ながら考えているのだろう。この噺家と客の探り合いみたいな始まりの空気がなんとも楽しい。

「……親方、早速ですまないが、これから木場《きば》へ木口を見に行ってもらえるかい？……」

――〈子別れ〉か……。

離れて暮らす父と息子との、ひさしぶりに会った時のぎこちないやりとりを、弁慶は丁寧に演じていく。

酒と女遊びが過ぎて、女房と息子と不仲になってしまった大工が、息子と再会したことを機に、女房に謝り、夫婦元の鞘《さや》に収まるという、良い噺だ。

良い噺だが――秀八は実はこの噺が苦手だった。

――〈子別れ〉に妙な続きがつきまして、ってな。

秀八の両親には実は、この〈子別れ〉にそっくりないきさつがあったらしい。親父《おやじ》の万蔵は一時、廓の女に入れあげたあげくに、おとよを離縁して、その女を女房に据えていた時期があったというのだ。

その廓上がりの女とはすぐに不仲になり、おとよが戻った。ここまでは〈子別れ〉とまるっきり同じだ。ただし大きく違うのは、その女が乳飲み子を産んで、しかもそれを万蔵のもとに置いて出て行った、という点である。

おとよにはすでに自分の子がいた。しっかり者のおとよは、女の置いていった子も自分の子と同じように、立派に育て上げた。

――その子は大工になりましたとさ。

胸のうちでちょいと芝居がかって、つぶやいてみる。

秀八はいつからとはなしに、自分がおとよの実の子でないことに気づいていた。だからおとよには恩を感じている。孝行しなくてはという気持ちが強かった。噺家になる夢を諦め、父と同じ大工になった一番の理由はそこにあった。

——兄貴のヤツ。

本当なら、秀八には母の違う兄にあたる、おとよの実子、千太《せんた》が継げばいいはずだった。ところが、父の大工仲間のところに修業に入った千太は、ほどなく得体の知れない悪い仲間と付き合うようになり、修業先にも、両親のところにも、滅多に顔を見せなくなってしまった。

風の便りで聞こえてくるのは、どこやらの賭場に出入りしていたとか、誰彼といっしょにそこここで金をせびっていたとか、おかしな噂ばかりである。

千太さえまっとうに大工になっていてくれたら、自分は噺家になったかもしれないと思うと、いささか恨めしい。加えて、もしかしたら、おえいとおとよの仲がここまでこじれたのも、根っこにあるのは兄のことなんじゃないかとまで、ついつい、つらつら、思い返してしまう——なので、せっかくの良い〈子別れ〉なのだが、どうしても、純粋に楽しんでは聞かれない。

「……子は鎹《かすがい》？　ああ、だから玄翁《げんのう》で殴られた」

弁慶が頭を下げたところで、秀八は急いで腰を上げ、楽屋へとあいさつに行った。

「押しかけやしてすみません。ただいまは、良い噺を聞かしていただきやした。手前は品川で大工をしております、秀八と……」

「ああ、桃太郎兄《あに》さんから聞いてるよ。南品川の清洲亭だったね」

桃太郎がほぼ話を通してくれていたようで、弁慶は快く受けてくれた。太神楽と新内という顔付けも承知してもらった。

「噺のご希望はあるかい」

まさか、〈子別れ〉はやめてくれと言うわけにもいかない。

「いえ。師匠の良いと思う噺なら、なんでも。ま、ご時節柄もありますし」

「分かった。あと、あたしは兄さんとちがって、まだ弟子を持ってないんだが、もう一人誰か探すかい」

「いえ。実は」

秀八は自分のところで木霊を預かっていることを正直に打ち明けた。あとから聞かせてへそを曲げられても困る。

「天狗師匠のところの木霊か……。一門が違うから、あたしはあんまりよく知らないんだが。しかし、だいじょうぶかい。人がしくじって冷えちまった高座に上がるのはいやだよ」

「なんとかさせやす。どうかここは一つ、師匠」

「まあそう拝まれても困るが。そうさね、違う一門とはいえ、良い若い人が減るのは惜しい。お席亭さんに任せよう。ただ、条件がある」

「条件、ですか」

「もし木霊が初日にちゃんと高座に上がらなかったり、何かしくじってあたしに迷惑をかけたりしたら」

――したら？

「あたしの取り分は倍にしてもらう。尻拭い代だ」

――うーん。

弁慶、なかなか、勧進帳《かんじんちょう》ならぬ、きっちり勘定帳を突きつけてくるではないか。

「わかりやした。仰せのとおりにいたしましょう」

九月の十五日には必ず行くという約束を取り付けて、秀八は品川へと戻っていった。

九

九月になった。

新しい引き札の版下とビラを書いてもらおうと、秀八は長屋の浪人を訪ねた。

……ぴん、こん、からんこん、ぴん、こん、からんこん……

「ああ、およしさん、元気かい」

「ああ、今ね、留吉が寺子屋から帰ってくるから」

――ありゃ。

普請の方は、亡くなった公方さまに遠慮して日延べになったのがぼちぼち始まってきていて、ありがたいことに忙しくなっている。留吉は今日、兄弟子二人とともに、増築する旅籠の普請へ行っているはずだ。秀八も、引き札の用が済んだらすぐそっちへ行くと伝えてある。

――寺子屋か。

ちゃるごろのおかげで――どういう因果なのかは分からないが――いくらか落ち着いているとはいうものの、近頃およしは、目の前の大人の留吉とは別に、子どもの留吉がいるような振る舞いをして、留吉を困らせることがあるという。

そんな子どもはいないと無理に言い聞かせると、怒ったり泣いたりして、手の付けられなくなることもあるらしい。なんとなく話を合わせておいてやる方が穏やかだと、留吉は笑っていた。

「そうか。じゃあ留が戻ってくるまで、およしさん、ちゃんと家にいなくちゃな」

「うん、うん、そうだね」

秀八がそう声をかけると、およしはくるりと向きを変えてうちの中へ入っていった。

――ふう。さて、と。お目当てはこっちだ。

「ごめんなさいよ、先生」

「ああ、秀八さん。今日は何のご用ですか」

「また書いてもらいてぇんですが」

「ああ。いよいよですな。お安いご用ですよ」

浪人がさらさらと筆を走らせる。

太神楽、噺、新内……清洲亭。

——今度こそ。

「ところで、この寄席の屋号は、どんなご由緒がおありですか」

「ごゆいしょ？　ってぇますと」

——どうもお武家さんは言葉が難しくっていけねえ。

噺に出てくる武士の言葉ならおおよそ分かるのだが、実物と話すとなるとまた別ものだ。

「ええと。理由、わけ、と言いますか」

「ああワケですか。いや、それはですね」

実はこの名は、講釈から取っていた。「太閤記《たいこうき》」である。秀吉《ひでよし》が一晩で城を築いたという、あれだ。「太閤記」は面白い話がたくさんあるが、あの一夜城のくだりは、自分が大工であるせいか、妙にうきうきしてしまう。秀吉の家来にでもなって、どんどんと普請をしている気分になるのだ。

「秀吉が一夜城を造った場所は、清洲ってんでしょう。そこから取りやした」

秀八が得意げにそう言うと、浪人は怪訝な顔をした。

「それはいささか、何か勘違いをなさっておいでかもしれませんね」

「と、おっしゃいますと」

「秀吉が一夜城を築いたのは、墨俣《すのまた》というところです。清洲ではありませんよ」

――え？

「ち、違うんですか」

「ええ。清洲はもともと織田信長《おだのぶなが》の本拠地でもあり、現在の尾張徳川家の礎《いしずえ》となったところでもある、由緒正しいところです。なので、何かそれにちなむことでもと思って、伺ったのですが」

どうやら、何かを勘違いしたまま覚えてしまっていたらしい。

秀八の戸惑いに気づいたのか、浪人は涼しげな顔にあいまいな作り笑いを浮かべた。

「いや。良いお名前ではありませんか。はは」

開場はしていないが、看板はもう一ヶ月以上、ずっと上げたままだ。今更屋号を替えることもできない。

「あは、そう、そうですよね」

――このことは、おえいにも誰にも、内緒だ。

自分から誰かに話す前に、この先生に尋ねられて良かったと思うべきなのだろう。

「先生、あの」

「あ、いや、ご心配には。誰にも言いませんよ」

渡された引き札の版下に黒々と書かれた「清洲亭」の文字。

――まあ、良いってことよ。

十

九月十五日――。

「急に雨降ったりしねえよな」

雨が降ると、こういうものの客足は一気に鈍る。降る時によっちゃあ、雨宿りにちょいという客もいるかもしれないが、そんなついでで客ばかりでは寂しい。

「雲一つないよ。何言ってんの」

――そうだ、そうだよな。

「弁慶師匠、本当に来てくれるかな」

忘れられていたらどうしよう。あるいは、道中で何かあったら。

「あちらも芸人さんだよ。引き受けておいて出なかったなんて、あとで悪い噂が立てば向こうだって良いことはないんだから。だいじょうぶだよ」

——そうだ、そうだよな。

「客、入るかな」

もうほぼ蓄えはない。もし木戸銭がある程度得られなかったら、これからの大工仕事で、借金を返す羽目になる。

「おまえさん。ちっとは落ち着きなさいよ」

おえいが苦笑いした。いつものえくぼが健在だ。

「席亭がそんなにおろおろして、どうするの。だいじょうぶよ。木霊だって、昨夜、ちゃんとできたんだし」

昨日とおととい、太神楽と新内が稽古に余念がない、その合間を縫って、木霊も〈品川心中〉をやった。オチを言い終わると、木霊は高座に突っ伏して泣き始め、秀八もおえいもついいっしょになって泣いてしまうという、お客さまには絶対内緒にしたい愁嘆場もあった。

「ちょっと心配なのは、むしろ万太郎さんかも」

太神楽の二人は、ご時節に遠慮して、「おめでとうございます」のかけ声をよすことにしたらしい。ただ、それで間が狂うのか、最初の輪がうまく傘に載らないことがちょいちょいある。

「ううん。それはもう、祈るしかねぇな」

「あ、お客さん来たよ。良かったじゃないか。さ、お迎え、お迎え」

口々に、「新しい寄席ってのはここかい」などと言いながら、客たちが入ってきた。

配ってあった引き札を持ってきてくれた人には、おえいの店の団子の切手を一枚進呈、という策は、お弓が考えてくれたことだ。

「おおい、こっちにもくれ」

秀八が考えていたより、客席が埋まっていくのが早い。

御停止のせいで、今年の八月はいくつもの祭りが取りやめになった。芝居も寄席も祭りもないとあって、退屈しきっていた人々は、その分、清洲亭の開場を楽しみにしてくれていたらしい。

――禍《わざわい》転じて、になるかな。

十二畳と張り出しの廊下、五十人も入ればいっぱいの小さな寄席。ありがたいことに、始まる頃には「ご窮屈、恐れ入りまーす。お膝送り、願いまーす」となんども言って詰めてもらうほどになった。

「七十越えちゃったよ」

おえいのえくぼが深くなった。

「ありがてぇ」

——仏さま、お天道さま、おえいさま。

楽屋の神棚を改めて拝み、秀八は自分のうしろで同じように拝んでいる太神楽の二人を振り返った。

「頼むよ」と万太郎の肩をぽんと叩《たた》こうとして、秀八は二人が小刻みに体を震わせているのに気づき、触るのをやめた。

「お二人さん。お願いいたしやす」

二人は黙って出ていった。

「おめでとーう、ございまーす」

——あ、言っちまった。

しかし、客はみな大喜びで、誰も咎める様子もない。

——ま、公方さまも下々が楽しんでる方が、お喜びだろうよ。

様々なものが、二人の手で宙を舞い、めでたく回った。楽屋では木霊が必死にぶつぶつ、ぶつぶつ、言っている。

「それでは、おあとと交代いたします」

口にくわえた扇子の要に、八段ものお膳を積み上げるという力業をきっちり決めてみせた万之助と万太郎は、首筋にびっしり汗を光らせて戻ってきた。

木霊が懐の扇子と手ぬぐいを何度も確かめている。こめかみに血の脈が浮いてびくびくしているのが、傍《はた》から見ているだけでも怖いほどだ。

──もうよけいなこと、おれが言わねぇ方がいいな。

天を仰いで、意を決した様子で上がっていく木霊の背を見送る。

──落ち着け、木霊。落ち着け、おれ。

「よっ、死に損ないの色男！」

──わっ。

客席から飛んだヤジに、袖にいる秀八の方が飛び上がってしまった。声が出なかったのが幸いだ。

木霊が先日の心中騒ぎの当人であることは、かなり知れてしまっているらしい。

「えぇ……」

間が空いている。木霊が怯《ひる》んでしまったのだろうか。

──黙るな。黙るなよ木霊。頼む。

「……その死に損ないの色男が、心中の顛末《てんまつ》を自ら申し上げます。一席のおつきあいを」

袖からでは見えないが、どうも小猿のような顔に何かおかしな表情を浮かべてみせたらしい。客席からははじけたような笑いが聞こえた。袖から見ていると、実は肩や腕が小刻みに震えているのがよく分かる。

——よし、よし。

初めはややぎこちなかったが、次第にうまく波を引き寄せたのだろう。途中で何度かつっかえたところもあったが、噺を途切れさせることなく、客をわかすところはちゃんとわかして、木霊はきっちりと〈品川心中〉をやりきった。

新内の二人はさっきから目を閉じてじっとしていたが、木霊が戻ってくると、すっと背筋を伸ばして出て行った。

客席が二人を見てざわざわとした。「よ、山出し」「狸囃子《たぬきばやし》か」などという心ないヤジもあって、秀八はひやひやしたが、二人はまったく動ずる様子を見せない。

やがて絃《いと》の調子が整えられ、さらに絹糸にも負けぬ美声が響きはじめると、あちこちからため息やら、すすり泣きやらが漏れはじめた。

——やった。やっぱり、細工は流々だ。

「おまえさん、ちょっと」

「なんだ」

「弁慶師匠がまだおいでにならないんだよ」

「まだ来てねぇだと？」

〈明烏〉は終わりに近づいている。

「万太郎さんたちに道筋へ出てもらっているけど……」

「木霊、木霊」

秀八は、放心して座り込んでいる木霊に声をかけた。

「さっきは上々だった。ありがとよ。ただな、もうひとつ、頼まれてくれ」

「何でしょう」

「弁慶師匠、まだ来ねぇんだ。もし〈明烏〉が終わってもおいでがなかったら、おまえもう一度、上がってくれねぇか」

「もう一度……」

「無理か」

木霊は目をぱちぱちとしばたたいた。

「いや……なんとかします。あたしだって、いちおう二つ目まではなった身です」

「恩に着る。頼んだぞ」

――弁慶さん。どうなってんだ。

どっかで富樫《とがし》にでも止められてんのかよ。頼むよ。なんだったら、おれが義経《よしつね》さんの代わりに折檻《せっかん》されても良いよ……。

芝居に出てくる〈勧進帳〉の武蔵坊《むさしぼう》弁慶は、最後、舞を舞いながら関所を越えていく。噺家の御伽家弁慶は、早駕籠に乗ってくるのだろうか。ともかく、その姿が一刻も早く現れてくれるように、秀八はひたすら祈った。

〽ひらり飛ぶかと見し夢は　覚めて後なく明烏　後の噂や残るらん

〈明烏〉が終わった。

「木霊、頼む」

木霊が袖を出て行って高座に座った、そのほんの、ほんとに、すぐ後だった。

「弁慶師匠、お着きです」

──今か……。

「すまん、急ごうと思って乗った駕籠がかえって仇《あだ》でな。途中で壊れてえらい目にあった。おまけに代わりの駕籠を呼ぶのに存外手間がかかって」

「だいじょうぶですか。お怪我《けが》は」

「ああ、それはだいじょうぶ、このとおりだ」

「ともかく、ご無事で何よりです。どうぞよろしくお願いいたします」

──どうしよう。

抜かった。こういうときの打ち合わせをしておくべきだった。

弁慶師匠がもう来ていることを、高座の木霊に知らせる手段がない。こういうことも十分あり得る、合図なりなんなり、当然決めて伝えておくべきだったのに、これは、明らかに自分の落ち度だ。

このまま木霊が一席始めてしまえば、どうしてもしばらく弁慶を待たせることになる。

噺が二席続くのが悪いというわけではないが、できれば、ここはあっさり小咄《こばなし》かなんかで下りてきてもらえた方が、弁慶にも客にも良いだろうし、何より、木霊本人の受けも良くなるにちがいない。

——あっ。

弁慶は、気短なところがある……。

桃太郎の手紙を思い出した。

案の定、弁慶は袖から木霊を見ながら、とんとんと指を小刻みに動かしている。

——もしかすると、早く終われ、とでも思っているかな。

せっかくだ。機嫌良く上がってもらいたい。どうしよう。どうすればいい。

何が細工は流々だ。こんな差配もできないなんて。

いや、あきらめたらだめだ。まだ木霊はマクラで、噺に入ってはいない。

「燕治さん。〈奴《やっこ》さん〉、弾いてもらえやせんか」

「お安いご用だけど、木霊さんがしゃべっとるに、そんなことして、ええかね？」

「はい。たぶん、分かってくれるでしょう」

——頼む。察してくれ。

今日もう何度目かの秀八の「頼む」の念が、袖から高座へと飛ばされた。

チン、チン、チンチチチ、ジャジャジャチチ、チンリン……

端唄《はうた》の〈奴さん〉の前弾きが流れると、木霊がはっとしたように立ち上がって、座布団を脇へ片付けた。

——よし。そうだ。

三味線に乗った「頼む」が届いたらしい。

「ではちょいとお座興に」

〽えぇ　奴さん　どちら行く　旦那お迎えに……

木霊は唄いながら、踊り出した。声は震えているが、手つき腰つきはなかなかだ。むしろ、木霊の唄があやしいのを、客たちが支えてやろうと思ったのか、客席から合いの手が入りだした。

——やった……。

秀八の方は腰が抜けて、動けない。

〽合図はよいか　首尾をようして　逢《あ》いにきたわいな

　ありゃやせ　こりゃさ　それもそうかいな

「さて、お目汚し、お耳汚しで失礼いたしました。おあと、お目当てと代わります」

なんとか踊り終えた木霊が、座布団をきちんと敷き直して、袖へ下がってきた。

「おう。良い間になったたな。ありがとうよ」

弁慶がゆうゆうと上がっていく。

秀八の脇に、木霊がぺたんと座り込んだ。

「お席亭。こ、これで、良かったんですよね」

「ああ。ああ。よくやってくれた」

秀八も木霊も、涙と汗でぐちゃぐちゃになっていた。


弁慶は〈子別れ〉をたっぷりと演じ、詰めかけたお客は笑ったり泣いたり、忙しく楽しんで、やがて帰って行った。

この日の秀八には、〈子別れ〉についてあれこれ思い巡らせるような余計な心の隙間はまるでなく、オチのあとに弁慶が付けてくれた「しゃしゃしゃん、しゃん」の手〆《てじめ》をありがたく受けて、帰って行く客の見送りに出た。

「ありがとーう、ございます、ありがとーう、ございます……」

「いやあ、楽しかったね」

「良いところができた。また来るよ」

嘉永《かえい》六年九月十五日。

大工秀八、三十五歳。

品川寄席清洲亭の第一日目は、かくてどうにか、お開きとなった。

第二話

寄席がとっても辛いから

一

——こりゃあ、無理だ。

どれも高い。高すぎる。

天井板、床板、床柱などの見積もりに、秀八《ひではち》は懇意にしている材木問屋、木曽屋庄《きそやしょう》助《すけ》のもとを訪ねていた。

「すまないね、棟梁《とうりょう》。ともかく今こんな次第なんだ」

庄助は秀八の反応をはじめから予期していたのだろう、こちらから何も言い出さないうちに無念そうに首を振ると、積んである材木に軽くとんとんと触れた。まるで木と話でもしているようだ。

そんな主人を心配するように、腰で小さな木彫りのカエルが揺れている。

「そうですか……」

頼まれているのは、さるお店《たな》の離れの新普請《しんぶしん》だった。

施主には「諸式《しょしき》上がっておりますんで、これまでの二、三割増しは見ておいておくんなさい」と前もって告げておいたのだが、この値段では、三割増しどころか、倍近い。

秀八は思わずため息を吐《つ》いた。

「あれが始まってから、万事この調子でね。うちもほとほと困っているんだよ」

秀八につられるようにため息を吐いた庄助の目のまわりには、青黒い隈《くま》が浮いていた。

「お上の普請目当てに、材木商人が売り惜しみして値をつり上げているんだろうなんて言う人もあるが、よその店はともかく、神仏に誓って、うちはそんなことは……」

「分かってますよ、庄助さんがそんなお人じゃないってことくらい」

庄助とは、品川へ来て以来の付き合いだ。その人品骨柄《じんぴんこつがら》が、材木を目利きする力量と同じく上等であることは、秀八にはよくよく分かっていた。

「施主と相談してみます。たぶん、日延べってことになるでしょうが」

「日延べか。あれが終わるまで、無理かもしれないな。うちはお大名との取引はないし、商売あがったりだ」

庄助の目は恨めしそうに海の方を向いている。

――砲台か。

黒船が姿を消してまもなく、品川の沖でお上の普請が始まった。

いくさの道具といえば槍《やり》に刀、せいぜい火縄銃としか秀八は思っていなかったのだが、昨今はそうではないらしい。秀八は寄席《よせ》に来る客たちの噂《うわさばなし》話を思い出した。

「黒船には大砲ってのがいくつも積まれてたっていうじゃないか」

「大砲？」

「ああ。鉄砲の親玉みたいなやつだとよ。大きすぎて、人が抱えるんじゃなくて、台に据え付けて撃つらしい」

「それって、ちょっと前に、大坂で大塩《おおしお》某《なにがし》ってぇお役人が使ったとかいうやつか？　確か荷車に載せたものすごいのを町でぶっ放したって」

「ああそうだ。けど、それちょっと前じゃないぞ。もう十五年くらい昔の話だろう」

「あれ、そうだっけな……」

　客席に飛び交う世の噂は、聞くともなしに、秀八の耳にも入ってくる。

　この大砲を据える台を沖に造るというので、品川界隈《かいわい》はこのところごった返している。街道を付け替えないと人も荷もさばき切れないと、道普請まで加わるほどの騒ぎだ。

「庄助さん、悪いときばっかりじゃない。そのうち潮目も変わるよ。お互い、我慢して続けよう。商売ってのは」

「飽きずにやるからあきない、っていうんだろう。秀さんはいつも明るくていいなぁ。さすが、寄席なんぞやってやろうっていう人は」

　庄助は噺《はなし》によく出てくる決まり文句を口にすると、秀八の方を見てほんのちょっとだけ頬を緩めた。

「じゃあ、また、いずれ」

秀八は木曽屋を後にした。

――飽きずにやるから、か。

それにしても、こう材木の値段が高騰しては、どこの施主も普請をやめたり、日延べしたりするだろう。大工は干上がってしまう。

――昼席をやろうか。

清洲亭は今のところ、日暮れ時分から始まる夜席のみだが、秀八はお昼過ぎからもう一度、同じ顔ぶれで興行する昼席をやろうかどうか、迷っていた。うまくいけば上がりを倍とは言わないまでも、いくらか増やすことができる。

ただ、そうすれば、大工仕事は抱えの者たちに任せると、腹をくくることになる。どっちが本業だと、愛想を尽かして離れてしまう普請先もあるかもしれない。

「あれっ、ヨハンさん！　今のもう一回、もう一回」

「何度でも見たらいいよ。ほら」

戻ってくると、小猿のような木霊《こだま》の丸い目が、ヨハンの手元に釘付《くぎづ》けになっていた。ヨハンは手にした西洋カルタを文机《ふづくえ》の上に置くと、素早く扇型に広げ、木霊にどれでも良いから一枚選べと言って、自分は背を向けた。木霊は赤い菱形《ひしがた》が五つ描いてある札を取った。

「覚えたかい？　じゃ、それ、札の中に戻しな」

木霊が札を元に戻す。向き直ったヨハンは、一度札をごちゃごちゃにまぜた後、さっとまとめて持ち、さらに丁寧に札の上下を何度も入れ替えた。

「これだろう？」

一枚出された札に、赤い菱形が五つ描いてある。

「ええーっ、なんで？」

——見事なもんだな。

夜半亭《やはんてい》ヨハン。今月から清洲亭に出ている手妻《てづま》使いである。

南蛮人のような名前だが、あくまで芸名で、顔は至って普通の、どこにでもいそうな若者である。街道の辻《つじ》で一人こぢんまりと人を集めてやっていたのを、秀八が見つけて引っ張ってきた。

西洋のカルタや銀貨など、目先の変わった小道具を使って、器用な手つきを見せるので、高座はなかなかの人気だ。

容貌は十人並みだが、きれいな指先と踊るような物腰のせいか、人によっては優男《やさおとこ》の色男に映るようだ。ヨハンが出るようになってからは、明らかに女の客が増えている。

——円屋《つぶらや》の二人は、無事にやっているかな。

熱の籠もった技で高座をつとめてくれていた太神楽《だいかぐら》の二人は今、旅に出ている。

定められた御停止《ごちょうじ》の日数は終わったものの、公方《くぼう》さまのお膝元である江戸周辺では、祭りを取りやめたり、催事を小さくしたりしているところが引き続き多い。おそらく一周忌――と上《うえ》つ方《かた》でも言うのかどうか、秀八には分からないが――が済むくらいまでは、そうした様子は続くだろう。

「おめでとうございまーす」の芸風では、やはりまだまだ気が引けるからと、そうした影響の少なそうな上方を目指して出かけていったのだった。

「な、どうだろう、そのうち昼席をやるっていうのは」

ヨハンと木霊が秀八の方を見た。

「昼席？　いいですね、やりましょうやりましょう」

一も二もなくやる気の声を上げた木霊に対し、ヨハンは少し小首を傾《かし》げた。

「一日二回、同じ技を披露するってことですよね……どうかな」

「いや、まったく同じでなくていいよ。昼と夜、客の様子を見て違う手妻にしてくれていいんだ」

子どもの頃、やはり手妻使いだった父親に手ほどきを受けたきり、あとは師匠につくこともなく、ずっと独学で手妻をやってきたというヨハンは、清洲亭《きよすてい》に出るまで、寄席に来たことがなかったという。

「違うのをやっていいんですか。なら楽しいな」

よほど手妻が好きと見え、常に西洋のカルタか銀貨を肌身離さず持っていて、誰も見ていなくても手の上で何かしている。先日などは、寝床に入る時にも銀貨を握っているのを見かけた。秀八の見たところ、ヨハンが道具を手から離すのは、どうやら湯船にいる時くらいらしい。

「おれらはいいけど、新内《しんない》の旦那方と、文福《ぶんぷく》師匠はどうでしょう」

木霊が心配そうに秀八の顔を見やった。

——そうだなぁ。

「ま、しばらく様子を見るか。今日も頼んだぞ」

秀八はそう言うと、自分の居間へいったん座った。

今の顔付けは、前座に木霊、次にヨハン、そして新内に噺だ。後ろへ行くほど持ち分は長いから、昼夜でやるとなれば、当然新内と噺に負担がかかる。

——弁慶《べんけい》さんなら頼みやすいんだが……。

こけら落とし以来、懇意になった弁慶は、清洲亭を気に入って、自分が空いているときはできるだけ真打ちとして出てやろうと言ってくれた。加えて、自分が来られないときは、御伽《おとぎ》家の一門から必ず誰かが来るよう取り計らってくれた。

木霊のことがあるから、九尾亭《きゅうびてい》にゆかりの者には頼みづらかろうと、親分肌に事情を飲み込んでの差配は、秀八にはありがたかった、のだが。

——木霊も気になっているんだろうな。

この十一月の半ば、秋の夜長の真打ちをつとめているのは御伽家文福という噺家だ。御伽家一門には、大きな名が桃太郎《ももたろう》、浦島《うらしま》、金太郎《きんたろう》と三つあり、俗に三太郎と呼ばれている。桃太郎と弁慶は先代の桃太郎の弟子で、文福は当代の浦島の弟子である。芸歴で言うと、文福は弁慶の少し下くらいになるようだ。

文福は器用な性質《たち》らしく、噺の中に、くすぐりと言われる、本筋とは直接関わりのない、人を笑わせる洒落《しやれ》や悪意のない雑言などをちょこちょこと入れて、狙い撃ちするように、客の笑いをとりにくる。

いつもさざ波のように笑いが聞こえてくるので、きっと人気は上々だろうと思っていたのだが——どうもそうではない兆しが現れているのが、秀八には気がかりだった。

おやと思ったのは、昨日のことだ。

こたびの顔付けでの四日目。いつものように新内の鷺太夫《さぎたゆう》がしっとり語り終え、燕治《えんじ》のバチが余韻を残しつつ、良い音で収まった。

二人が高座を立ち、袖へ下がろうとするのと時を同じくして数人、客席でも立ち上がる人影があった。

用足しかな、混まなければ良いが、と思って雪隠《はばかり》の方を見やっていると、案に相違してその数人の人影は木戸を出て行ったまま、文福が高座に上がってもいっこうに戻って来なかった。

——帰った……？

秀八は改めて客席に目をやった。

明らかに、さっきより空《す》いている。

「本当に、帰ったのか……」

「誰が？」

いつの間に隣に来たのか、おえいがきょとんとこちらの顔を見ていた。

「あ、いや、いいんだ」

仕舞いまで聞かずに帰る客がいる——席亭としては、もっとも面目ない事態である。

さて、今日はどうなるだろう。

秀八はどきどきしながら、腰を上げた。

前座の木霊は口跡《こうせき》爽やかな〈寿限無《じゆげむ》〉できっちりと笑いを取ると、あとは高座まわりの裏方に徹していた。

——良い顔になってきたな。

そのうち、折を見て天狗《てんぐ》師匠のところへ、いっしょにわびに行こう。立派に立ち直った様子を見てもらいたい。

うまくいけば、親子共演なんてのを、清洲亭でできるかも——と捕らぬ狸《たぬき》の皮算用になりかけて、秀八は気を取り直した。

——いかんいかん。あてとふんどしは、だ。

おえいに言われていることを思い出した。

秀八はついつい、自分の都合の良いように考えては勝手に人をあてにし、その見通しのまま動いて、人さまにお叱りを受けることがある。

そのたびに「あてとふんどしは向こうから外れるって言うんだよ。良《い》い気になって余計な欲を出すと、必ずしくじるんだから」と、おえいに釘を刺されるのだ。

高座の上では、どこで手に入れてきたのか、襟に妙ちきりんなびらびらを巻きつけて、まるで昔のキリシタン大名みたいな装束《なり》になったヨハンが、手にした大きな羽のついた南蛮風の扇をひらひらさせている。

袖から、燕治が軽く弾むような手の三味線を入れていた。長唄《ながうた》の〈浦島〉の合方《あいかた》に似た、華やかな曲だ。

やがてそれが、次第次第に早間《はやま》になった。

ヨハンの扇がふわりと翻《ひるがえ》る。

「はい！」

客席がおお、とどよめいた。

「蝶《ちょう》の舞い、忘れかねたる比翼の蝶！」

扇から、無数の紙の蝶が次々と空へ舞い上がった。生きて意思を持って動いているようにさえ見える。

――いいな、派手だな。

いったい、どこにあんなに隠し持っていたんだか。

手妻は、正面のお客からは分からなくても、袖から見ていると仕掛けがバレていることも多いのだが、ヨハンはどう工夫するのか、ほとんどそういうことがない。

「よっ、いいぞ！」

「ヨハン、できました！」

割れるような拍手が起きて、かけ声までかかる。

舞台中に散らばった紙の蝶を、木霊が大急ぎで拾い集めて手ぬぐいに包む中、ヨハンがにこやかに下がった。

交代に鷺太夫と燕治が上がると、打って変わって水を打ったように静かになり、二人がお辞儀をするのを客が今か今かと待ち構えている。

「待ってました！」

「たっぷり！」

ヨハンの手妻で盛り上がった客が、そのままの勢いで高座に声をかけた。

――いいけど、ちょっとまずいな。

ヨハンや新内の人気が上がるのはうれしい。しかし、真打ちより前の出番の芸人に「待ってました」や「たっぷり」とかかってしまうのは……いかがなものだろう。

鷺太夫は〈蘭蝶《らんちょう》〉を聞かせている。芸人と花魁《おいらん》との悲恋心中物語だ。ヨハンの蝶の手妻を受けたのだろうか。だとしたらなかなか粋な選曲である。

「お席亭……」

木霊が側《そば》へ寄ってきた。蝶の回収にかなり骨が折れたのか、軽く息を切らせている。

「ちょっと今日、なんか……大丈夫ですかね」

「うむ」

――いかん……。

燕治のバチが収まった。秀八は祈るような思いで客席を見た。

昨夜よりも多くの客が、腰を上げてしまっている。

文福が上がった。歯の抜けたようになった客席を一瞥《いちべつ》して、それでも平静を保って、〈幾代餅《いくよもち》〉をやりきったのは、ある意味、見事ではあった。

「ちぇっ。破れ鍋《なべ》に綴《と》じ蓋《ぶた》たぁ、よく言ったもんだ。田舎《いなか》の客には、田舎の芸人がお気に入りとくらぁ」

楽屋へ戻ってきた文福は、そううそぶいて、ふっとどこかへいなくなってしまった。

あいにく、というよりは、わざとだったのだろう。鷺太夫も燕治もまだそこに居合わせていたから、楽屋には途方もなく嫌な空気が流れた。

「芸に江戸も田舎もにゃあでね。聞く人がええ言ったら、ええんだわ」

鷺太夫が、もう姿の見えなくなった文福の背に向かって、ぼそっとつぶやいた。

隣で燕治の片付けていた三味線の糸が、びいんと鋭い音を立てて一本切れた。木枯らしでも連れてきそうな音である。

――まずい……。

二

「お団子ぉ、いかがですか。おいしーい餡《あん》のおふとん、かけておりまーす。お団子ぉ」

おえいは店先でもくもくと針を動かしていた。この時季は日が短いので、針目が見える昼間は貴重だ。

「ひとつおくれ」

「餡にしますか、蜜にしますか」

「蜜で頼む」

「あいあーい」

——団子や餅なんて、こうしてあっさり売り買いするものだと思うけどな。

唄うように客に応対するお弓《ゆみ》の声を心地よく聞きながら、おえいは昨夜の〈幾代餅〉を思い出した。

吉原で松の位と称される、全盛極める花魁が、職人の熱意と正直さに絆《ほだ》されてやがて夫婦になり、店を出して繁盛させるという噺だ。〈紺屋高尾《こうやたかお》〉もだいたい同じような筋書きで、違うのは、職人の奉公先が舂米屋《つきごめや》か藍染屋《あいぞめや》かというのと、あとはせいぜい、職人が熱を上げるきっかけが、錦絵か花魁道中か、くらいである。

客に女が多いと、この噺をかける噺家が多いと秀八が言っていたことがあるが、まったく理解できない。おえいにはちっとも面白くないからだ。

気取った文福の声が耳に残る。

……傾城《けいせい》に真実《まこと》なしとは誰《た》が言うた……

この決まり文句を聞くと、おえいはついつい、心中で毒づいてしまう。

真面目《まじめ》な女郎がそんなに珍しいか。

女郎でも、素人女でも、女なんてだいたい、みんな男より真面目に生きてるものだと、おえいは思う。

それより、本当に真面目な女郎なら、もっと違うやり方をしたらいい。最後まで女郎らしく、すべての客をだまし通して金できれいに片付くべきなんじゃないか。それがまっとうな女郎ってものだ。

世辞で丸めて浮気で捏《こ》ねて。嘘《うそ》で飾り立てて男から金を取ることが生業《なりわい》なら、最後だけ、初心《うぶ》な男の真情にすがって逃げ切ろうってのは、むしろ女郎の風上にも置けないやり口なんじゃないのか。

しかも、それを利用してその後の商売でもあざとくもうけるなんて。

——え？　まさか。

もしかして、そこまで計算してのことだろうか。

だとしたら、あっぱれ。たいしたもんだ。

「痛っ」

「どうしたんですか、おかみさん。だいじょうぶ？」

「ううん、なんともないの、ちょっと針をね」

余計なことを考えていたら、つい針目を誤ってしまった。

——それにしても。

弁慶さんには悪いが、文福はどうも、だめな気がする。

実を言うと、おえいは初手《しょて》から、文福はあまり気に入らなかった。何を、と言われると返答に困るが、なんとなし、いやな感じがしたのだ。秀八は「わりといいんじゃねえかな、なかなか器用だし」なんて言っていたけれど、その器用さが、決して良い方に行く気がしない。

なんというか、その場その場で笑わせてはいるが、ちゃんと噺を語っていない気がするのだ。自分なんかが言うと偉そうに聞こえるだろうから、秀八には言わないが、噺を聞いたあとの、「なんか、たっぷり楽しんだ」っていう温かみみたいなものが、全然足りないとおえいは思う。

このところの客席の様子を窺《うかが》う限り、おえいの女の勘は、十中八九当たりだ。

——こんなこと、当たっても、ねえ。

客が減るのも、芸人同士の関係が悪くなるのも、席亭の女房としては、まったく歓迎できることではない。

——何か起きなきゃいいけど。

「おえいさん、いる？」

「お光《みつ》さん。……あら、そちらは？」

お光のうしろに、もう一人女がいて、男の子の手を引いている。

「今度長屋に越してきたんだって。ほら、あんたたちが前に入っていたとこ」

「ああ、そう。坊や、こんにちは」

おえいに話しかけられた男の子は、小さく「こんにちは」と返してきた。

「すみません、男の子なのに、なんだかはにかみ屋で……」

「かわいいですね。お光さん、お団子、餡でいい？」

「うん。あ、両方ちょうだい。今日は三人分だから。ね、清《せい》ちゃんも食べるでしょ」

団子と茶を盆に載せて出すと、その盆を間にはさんで腰掛け、母子《おやこ》は寄り添うように分け合っている。

――清ちゃんって言うんだ。

清吉《せいきち》だろうか。それとも清太郎《せいたろう》かな。

いいな……。

仲睦《なかむつ》まじそうなこういう母子連れを見ると、どうしても軽く焼き餅めいた気持ちが湧くのは、自分でもどうしようもなかった。

清ちゃんと呼ばれた男の子は、おなかが空いていないのか、団子にはあまり興味を示さず、その代わり、おえいが縮緬《ちりめん》で作った招き猫におずおずと手を伸ばしてきた。

「だめよ。お商売ものにやたらに触っちゃ。すみません」

「あら、いいんですよ」

「ごめんなさい。この子、どうも猫が好きで」

頭を下げた母親の地味な顔に、どこか見覚えがある気がしたが、よく思い出せないままでいると、お光が巾着袋を出している。

「清ちゃん。今日はおばちゃんがこの猫、一つ買ってあげる。ね、おえいさん、他にもあるんでしょ、選ばせてあげてよ」

「いいわよ」

おえいは招き猫がいくつも入った箱を出してきて、蓋を開けた。半端に出た小裂《こぎれ》で作るので、紬《つむぎ》に羽二重《はぶたえ》、縮緬に木綿、一つとして同じものがないのが売りである。

男の子が目を輝かせた。

「お光さん、買っていただいたりしては、申し訳ないわ」

「いいのよ、おふみさん。お近づきのしるし。長屋暮らし、相身互《あいみたが》いなんだから」

――おふみさん……？

おふみさん。おふみお嬢さん。

まさか？

あんなお嬢さんが、こんな品川の長屋に越してきたりするだろうか。

いくつもの招き猫の中から、男の子が散々迷った末に選んだのは、藍染めの木綿の絞りでできた、きれいな青い猫だった。

「おえいさん、これもらうわね。お代ここに置くから」

「お光さんすみません。ほら、清吉、ちゃんとありがとうって言いなさい」

「おばちゃんありがとう」

さっきの「こんにちは」より、ずいぶん大きな声になった。

「ごちそうさま。おえいさん、また来るわ」

三人が立ち上がった。

「ありがとうございまーす」

お弓の声が響いた。


――おふみお嬢さんだとしたら……。

正直なところ、あまり顔を合わせたくない。

おえいにとっては嫌な思い出だ。せっかくすっかり忘れていたのに。

夜、寝床に入っても、おえいはなかなか寝付かれなかった。

隣では秀八が大の字になって寝ている。

……とん。とん。とん。とん……。

秀八の軽いいびきの合間に、面妖な音が混じった。

――下りてくる足音？

もしかして。

おえいはそっと起き出して、はしご段に目をこらした。

目が少しずつ闇に慣れてきて、人の気配がどうにか分かる。

――木霊……また？

じっと息を詰めて見ていると、木霊がそっと木戸を開けて外へ出て行った。

しばらく待っていたが、戻ってくる気配はない。

――こんな夜更けに、どこへ行くんだろう。

実は数日前にも、おえいは木霊が木戸を抜け出していくのを見かけた。

その晩は、夕餉《ゆうげ》に作った煮染《にし》めの味がちょっと濃かったのか、つい喉が渇いておえいは起き出していた。すると、ちょうど木霊がさっきみたいに木戸を出て行くところだったのだ。

そして、今晩。少なくとも、これで二度目ということになる。

秀八に言うべきか、どうか。

おえいは迷った。

このところ木霊は、前座仕事も自分の高座も真面目につとめ、秀八が「この分ならじきに天狗師匠に会いに行けるにちがいない」と楽しみにするほどになっている。

――本人に聞いてからにした方がいいかな。

何か事情があるのかもしれない。

秀八の性格を考えると、おえいが聞き出して、事と次第を見極めてから、後の始末を考えた方が無難だろう。いきなり「出て行け」などと怒鳴って、勢いで追い出してしまうようなことになれば、木霊のためにもならないし、清洲亭の方も困ることになる。

「百両……」

思わぬ声にぎょっとして振り返ると、眠っている秀八の口元がむにゃむにゃ動いて、なんだか顔がにやにやしている。

——寝言。

夢の中で、大金でも拾っているのだろうか。他愛ないものだ。

百両と言わず、五十両でもいい。この人に大金が転がり込んできて、左うちわでなんの心配もせずに、思い通りに清洲亭をやっていけたら、どんなに良いだろう。

——ともかく折を見て、木霊から事情を聞き出そう。

おえいはいつしか、おふみのことはすっかり忘れて、眠りに落ちていった。

三

「手習いも、ちゃんと行かなくちゃね」

「うん。ちゃんと行くよ」

向こう三軒両隣。米屋に薪屋《まきや》に八百屋に魚屋、豆腐屋……。

大家に教わって、これからおおよそ世話になりそうなところへひととおり顔を出して、おふみは長屋でちょっと一息ついた。

――お向かいのお光さんは。

髪結いのお光は何かと親切そうだが、ああいう如才のなさ過ぎる人とあんまりいっしょにいると、おふみは少し疲れてしまう。

言ってることはぜんぶ本心なのか、それともただの世辞なのか。こちらへの問いかけも、ただの親切なのか、それとも詮索好きなのか。答えたことが知らぬ間に、尾ひれ背びれのついた噂話の種にされてはいまいか……。

人に接するたびに、ついついこんなふうに回りくどく考えてしまうのは、おふみの悪い癖だ。三味線弾きの芸者として、長らく人の裏表を見ながらやってきた、いわば生業病のようなものかもしれない。

「さ、じゃあ行こうか」

「うん」

大人の世の中を少しずつ分かるようになってきた清吉に、できればこれ以上遊里の風を当てたくない。そう思って、同じ品川でも、遊女宿の多い北を離れて、こちらへ移ってきた。

本当は芸者もやめて、他の仕事を見つけたいところだが、それがうまくいくかどうかは、まだこれからだ。

まずはしっかり読み書きのできる子になってもらいたいと、おふみは清吉の手を引いて、評判が良いと聞いた近所の手習い処《どころ》へと向かった。海藏寺《かいぞうじ》というお寺が差配している所らしい。

——ここって聞いたけど。

てっきり、子どもたちの声が響き渡っていると思い込んでいたのに、ずいぶんひっそりとしている。建物の造りも少し風変わりで、半分は蔵のように見える。

「あの、ごめんください」

「どうぞ。開いておりますから、ご自身で中へ」

言われて戸を開けると、浪人と僧侶が何やら、広げた文書を間にして膝を詰め、考え込んでいる。僧侶は海藏寺の住職だろうか。

「これは、小豆研《あずきと》ぎでしょうな」

「やはりそうでしょうか。しかし、こちらの絵とはだいぶ違うようですが」

「おお、これは鵺《ぬえ》ですよ。この絵巻をよく読み解いたら、面白い物語になりそうです」

二人は熱心に話し込んでいて、なかなかこちらを向いてくれない。

「あの、子どもの入門を……」

おふみがおずおずと声をかけると、僧侶の方がようやく顔を上げた。

「おお、ご入門希望の方ですな。これは失礼。先生、よろしくお願いしますよ」

「おやおや、それは失礼いたしました。私がここの師範です」

こちらへ近づいてきたその顔を見て、おふみは思わず声を上げた。

「あら、先生じゃありませんか」

「と、おっしゃいますと」

浪人は少し首を傾げていたが、ほどなく「おやおや」と言って微笑《ほほえ》んだ。

「おふみさんでしたね。確かお三味線弾きの」

——覚えていてくださった。

「そういえば近頃お姿をお見かけしないと思っていましたが、こちらの師範になられていたのですね。ちっとも知りませんでした」

弁良坊黙丸《べんらぼうだまる》。春頃、島崎楼《しまざきろう》の食客《しょっかく》だったご浪人である。

「佐平次《さへいじ》さんは、ずっといていいと言ってくださっていたのですが、まあいろいろと、面倒なこともありましてね……おかしな文ばかり書いていると、心に障《さわ》りますし」

時々風変わりな振る舞いはあるものの、気の良い弁良坊は、実はかなりの能筆である。もちろん本名ではあるまいし、本当の素性は佐平次だって知っているのかどうか分からないが、もとはさるお大名のご右筆《ゆうひつ》の家系に生まれたらしいとの噂もあったほどだ。

どういういきさつで島崎楼に逗留《とうりゅう》していたのかは知らないが、いつしかその能筆ぶりが遊女たちの知るところとなり、文の代筆を頼む者が増えた。「おかしな文」とは、きっとそうした遊女たちの文のことなのだろう。

おふみには、弁良坊の「心に障る」という言い方が、何か新鮮で清いものに聞こえた。

「幸い、ここで手習いの師範を探しているというので、移ってきました」

弁良坊と住職とが代わる代わる語ってくれたところによれば、ここはもともと海藏寺の別院があったところで、その後書庫に改造された。次第に、近隣の人たちに乞われて、ここで子どもたちに読み書きなどを教えるようになったという。ただ近頃では住職に師範をつとめている暇がないので、人を雇うことにしたのだそうだ。

寺子屋や手習い処というと、師範の住まいといっしょになっていることが多いが、そんないきさつから、弁良坊の住まいは、ここではないということだった。

「まあそんなわけで、ともかく、ここの師範は私です。……そちらは、おふみさんのお子さんですか」

「はい。どうぞよろしくお願いいたします」

おふみは、半紙の包みを差し出した。大家から、ここの師範は入門願いの束脩《そくしゅう》には金子《きんす》でなく、半紙を受け取ると聞いていた。

「ああ、これはどうも、ありがとうございます。分かりました。歓迎ですよ。お名前はなんと言われるかな」

「清吉」

――あら、珍しい。

人見知りの清吉が、初めからこんなにはきはきと受け答えすることは滅多にない。

「清吉か。さんずいに青いで、清いだね。そして、良きこと、おみくじ大吉の吉。良い名だね」

弁良坊はそう言いながら、半紙に清吉の名前を書いてくれた。

「じゃあ明日から。五つ（午前八時頃）の鐘が鳴る頃にいらっしゃい。待ってるよ」

清吉に丁寧にお辞儀をさせて、来た道を戻りかけると、子どもたちが数人、しゃがみ込んで家と家との間の隙間をのぞき込んでいる。

「ね、おっ母《か》さん。猫の声だよ」

清吉はそう言うが早いか、子どもたちの輪に加わってしまった。おふみはしかたなく、中の年嵩《としかさ》らしい女の子に話しかけた。

「どうしたの？」

「あのね、子猫を引っぱり出してやろうと思って」

「引っぱり出す？」

「うん。ちょっと前からここでお母さん猫が育ててたんだけど、さっき大通りで」

女の子は目に涙をいっぱい浮かべて、地べたを指さして見せた。

「あら、まあ……」

一匹の黒猫が力なく横たわっていた。口元に血がにじんでいる。

「荷車に轢《ひ》かれたんだと思うの。拾って連れてきたんだけど……」

かわいそうだが、手も足も生気なく伸びきって、どう見てももう息はない。

「このままだと、あのこたち死んじゃう」

隙間から、母猫の死んだのを知らぬままの子猫の鳴き声がする。子どもたちはなんとか子猫を引き出そうとするが、思うようにいかない。

「どうしました」

「あ、先生」

振り返ると、弁良坊と住職が立っていた。事情を聞くと、二人は交代で隙間に手を差し入れ、子猫を一匹ずつ出して、子どもたちに引き渡した。

「これで、ぜんぶかな」

最後の一匹を取り出した住職が、衣についた土埃《つちぼこり》を払いながら、子どもたちを見渡した。

母猫そっくりの真っ黒が一匹。白黒混じりで、俗に鉢割れと言われる毛色のが一匹。そして最後に出てきたのは、真っ白な一匹だった。

「母猫は寺で葬ってやるから、この子たちの行く末は、そなたらでなんとかしなさい」

住職はそう言うと、ためらうことなく母猫の亡骸《なきがら》を抱き上げた。

「では先生、拙僧はここで失礼します」

「ご住職、面倒をおかけしてすみませぬ」

「いえいえ。生きとし生けるもの、すべてを仏の道に導くのが我らのつとめです」

住職が立ち去ると、弁良坊が改めて子どもたちに言った。

「さて。どうするかな、この三匹」

黒と鉢割れは元気にみいみい言っているが、真っ白は顔に目やにがたくさんこびりついていて、息をするのがやっとのようだ。

清吉がおふみの袖を引いた。

「おっ母さん。このこ、飼って良い？」

——え？

真剣なまなざしがこっちを見上げながら、手はもう子猫の方に差し出されている。

真っ白な一番弱そうな子猫が、清吉の心を捉えてしまったらしい。

「おばさん家《ち》でその子もらってくれる？　そしたらあとの二匹は、あたしたちでもらってくれるところ探すから」

さっきの女の子だ。こっちの目も真剣である。おふみは思わず弁良坊に助けを求める視線を送ったが、浪人はにこにこと笑って、意外なことを言い出した。

「では、黒をうちへもらいましょう。いいかな」

「先生もらってくれるの？　やった。じゃ、あとはこのこだけだね」

――猫なんて。

嫌い、というわけではないが、生き物を飼うなんて考えてみたこともなくて、おふみは戸惑った。

「待って、うちは長屋だから、大家さんに聞いてみないと。ね。大家さんが良いとおっしゃったら」

飼うと決めるにしても、いくらか心づもりの時がほしい。おふみは格好の口実を思いついたと思った。

「あ、そうですね、うちもだ。幸兵衛《こうべえ》さんに聞かないと」

弁良坊がしまったという顔をした。子どもたちがいっせいに、なんとも言えぬ表情で「先生」を見つめた。

「まあでも、猫はネズミを捕るし。きっとだいじょうぶでしょう」

ごくごく気楽な調子で言って、弁良坊は笑った。

――猫。

どういうわけか、清吉は生き物、とりわけ猫が大好きだ。おふみはそうでもないので、いったい誰に似たんだろうと思う。

別れた夫は――決してそういう人ではなかった。生き物をかわいがるような人だったら、別れずに済んだのではないだろうか。

——ああ、そうか。

三味線の皮は、猫の皮だ。

婚家を出された後、女一人でもなんとかやってこられたのは、三味線の腕があったおかげだ。そうでなかったら、母一人子一人——以前はおふみの母も合わせて三人——の暮らしは、もっとずっと苦しいものになっていただろう。

——恩返ししなさい、ってことかしら。

清吉はもう、白猫をしっかりと胸に抱えて、離そうとしない。

それぞれ白黒を抱えて歩き出して、おふみは弁良坊の住まいが自分と同じ長屋の一隅であることに気づいた。昨日あいさつに回ったときに留守で、お光から「そこはお武家さんの独り者よ」と言われたところだ。

「やあ、同じ長屋でしたか。なら、尋ねる手間が一度で済みます。……ごめんください。幸兵衛さん、おいでになりますか」

弁良坊が要領よくいきさつを語る。幸兵衛がうーん、と腕組みをした。

清吉が上目遣いでずっと幸兵衛を見ている。

「まあ、猫はネズミを捕りますしね。先生がそう事を分けておっしゃるなら、良いでしょう。先生も、子どもたちの手前もありましょうし」

弁良坊が清吉の背をぽんぽんと軽く叩《たた》いた。懐から黒猫の耳が見えている。

「ただ、性質《たち》が荒かったり、育て方が悪かったりして、家作《かさく》をあんまり傷つけるような ら、考えさせてもらいますよ。いいですね」

黒猫の耳がぴょこぴょこ動いた。清吉の白猫はおとなしく眠っている。

長屋へ戻ると、清吉は手ぬぐいをぬるま湯に浸し、子猫の目やにを丁寧に拭った。

「おっ母さん、この座布団、もらっていい？」

表がすり切れてきたので、直さなければと思っていた座布団だった。

「え、うん、まあ……」

答えあぐねているおふみを尻目に、清吉は行李《こうり》の蓋を裏返して、そこにその座布団を敷くと、子猫を寝かし、上からそっと乾いた手ぬぐいをかけた。

やがてかまどの側へ行った清吉は、あちこちごそごそと探ったあげく、棚から下ろしたすり鉢を使って、なにやらすりつぶしはじめた。

「何しているの？」

「うん。鰹節《かつぶし》の粉と、煮干しの粉集めて、お豆腐といっしょにあたってる」

まるで、人の乳飲み子を乳離れさせる時期のこしらえである。

――どこで覚えたのかしら。

清吉は柔らかくなったすり鉢の中身を指にちょっとだけつけて、子猫の口元へ持って いった。

「……あ！　なめた、なめた。よし！」

——清吉。

おふみはなんだか胸が締め付けられて、どうしようもなくなってしまった。

——こういうの、きっと親ばかって言うのよね。

何度も何度も、子猫の口元へ指先を運ぶ清吉の姿が、やがてじんわりとゆっくりと目の中でぼやけた。

おふみは頬に流れた熱いものを、あわてて袖で拭った。

四

「棟梁。近江屋《おうみや》の旦那が、離れの新普請はしばらく日延べすると」

夕刻、留吉《とめきち》を連れて戻ってきた伝助《でんすけ》は、無念そうに秀八に告げた。

伝助は、秀八の抱え大工のうちでは一番上、歳《とし》は秀八とさほど変わらない。もとは父の万蔵《まんぞう》のところにいた者で、秀八にとっては弟のような、番頭のような存在だった。

「近江屋さんもか」

「まあ、こう何もかも値上がりしちまっちゃあ、仕方ないですが……」

「そうだなぁ。ともかく、妙国寺《みょうこくじ》の修理はきっちり頼む。任せたから」

「分かりやした。おい留、行くぞ」

がっちりした影が遠ざかっていくのを見送って、秀八は今受けている大工仕事の見積もりを頭にざっと並べた。

——うーん。

去年までと比べると、三割から四割方、仕事が減っている。

やっぱり昼席をやるか。

本末転倒だが、仕方ない。

清洲亭をはじめるにあたって、「あくまで本業は大工。寄席は二番目」と自分で自分に釘を——それもかなり大きな、八寸の瓦っ釘くらいのやつを——刺したつもりだった。

しかし、こう本業に差し障りが出ては。寄席の方に望みをかけたくなっても、許されるのではないか。

ただ、はじめるなら、やはり弁慶が来てくれる時からが良い。十二月に入ったら行くという約束だから、十一月はまあ我慢だ。

「お席亭。ひとつ、お話ししたゃあことがあるが、ええきゃあも」

「燕治さんか。改まって、なんだい」

「ちいっと、言いにくいがなも。ほんでも、やっぱ言わしてまうわ」

鼬《いたち》のような顔が目をくるくると動かす。

「わし、もう自分の出番以外で三味線弾くの、嫌だで。他の人に、そう言ってちょう」

――え？

「どうしても地方《じかた》が欲しけりゃ、他で調達してちょうよ」

秀八は胸中でうなった。

ヨハンの手妻や、文福が噺のあとに時折披露する踊りなど、燕治の弾いてくれる三味線の地方のおかげで成り立っている芸が、実は清洲亭では多い。

「どうだろう……がんばって、色を付けさせてもらうってのは」

いきなり自分たちの新内以外では弾かない、と言われてしまうと、正直かなり困る。

「色言うのは、要は、金かね」

鼬が口元をゆがめた。

「わし、ここはけっこう気に入っとる。けど、金だけのこと言うなら、いっそ他へ行った方がええで、なも」

「お席亭。本来、高座へあがる芸人が下座《げざ》もやるんは、おかしいでしょう」

鷺太夫も話に入ってきた。

「自分の出番の前に、手妻の地方を入れて。どうかすると後も踊りの地方やって。おかしいと思やあせんかね」

「それを言われると、なあ……」

そのとおりだ。秀八はぐうの音も出ない。

何より、鷺太夫と燕治に今へそを曲げられたりしたら、たいへんなことになる。

「分かった。三味線弾き、探す。燕治さんはもう、自分の高座だけでいいよ。これまで、無理言ってすまなかった」

――ますます、まずいな。

以前は、三味線が好きだと言って、自分から進んで弾いてくれたのだ。それを今になってこう言うのは――やはり、文福と反りが合わないせいだろう。

あの時は毒づいてしまった文福だが、さすがにまずかったと思ったのか、あれ以降、表だって鷺太夫や燕治に何か言ったりすることはない。

それでも、一度口に出してしまったことはそうそう簡単に消えるものではない。むしろ芸人の心底にある意地やつっぱりは、時が経《た》てば経つほど、他人に浴びせられた悪口を、何倍にもゆがめて膨らませて根に持ってしまうこともあるようで、かえって性質《たち》が悪いような気がする。

――江戸の敵は長崎。

いや、ちょっと違う、ような、合っている、ような。

その夜の興行はそれでも、ヨハンが珍しく不調だった他は、どうにか無難に終わった。中でも、「木霊さんに。女方《おんながた》がなかなか良かった」と言って、少額だがご祝儀をくれていったご隠居が一人あったのが、秀八にはうれしいことだった。

「あの旦那は旅のお方じゃないよな。前にもおいでくださったことがあるはずだ」

「そうね。あたしも何度かお見かけしてるし。今度おいでがあったら、気をつけておくわ」

ごひいきにはできるだけ、お名前を伺って顔をつなぐ。これも席亭の心がけである。

お開きになった席を片付けていると、「おい、棟梁いるかい」という声がした。

「あれ、浅田屋《あさだや》の旦那じゃありませんか、お珍しい」

姿を見せたのは、質屋の浅田屋宗助《そうすけ》だった。

「その様子じゃ、おまえさん、まだ知らないようだね」

宗助はいつもの渋面をさらに渋面にしてそう言った。

「知らねぇって、何をですか」

また何か自分でも知らないうちにしくじって、宗助を怒らせるようなことがあっただろうか。秀八はおそるおそる問うた。

「木曽屋さんだよ。おまえさん、親しいはずだが……かえって言えなかったのかな」

庄助に、何かあったのだろうか。

「夜逃げしちまったそうだ。どうも、材木を安く手に入れられるとかって持ちかけられて、ぺてんにかかったらしい」

「夜逃げ……」

「このところ、ずいぶんうちへも借りに来てたから、よほど風向きが悪いのかと思ってはいたんだが」

「金を借りに？　庄助さんがですか」

「ああ。大事に集めてた根付けなんぞも、ずいぶん質草に預かってるんだが、どうも昨夜のうちに一家でどこかへ逃げ出したらしい。今朝はもうもぬけの殻だったそうだ」

——庄助さん。

「棟梁のところは商売上の付き合いも深かろうと思って。一応、知らせだけ。またな」

浅田屋はおえいが茶を出そうとするのを制して、そそくさと立ち去った。

「おまえさん、今の話……」

「ああ……」

——なぜ言ってくれなかった……。

庄助には借りがある。清洲亭を建てた材木の代金は、まだ半分も払いが済んでいない。寄席を造りたいと打ち明けたとき、秀八の手持ちの金は、まだ目標の額に届いていなかった。「あと二年くらいはかかるかなぁ」とため息を吐いていた秀八に、庄助は「材木代の払い、待ってやる。利息もなしで良い。開いてからちょっとずつ返してくれれば良いから、早く造れ」と言ってくれたのだ。

証文もいらないと言われたのを、それでは気が済まないからと、秀八は未払いの材木代三十両を「借り受け金」と書いて、判をした。

質屋に駆け込むほど困っていたのなら、なぜ一言、「早く払ってくれ」と催促してくれなかったのか。もちろんこっちだって楽ではないが、夜逃げするほど追い詰められてしまうまで、何も知らされずにいたなんて……。

「なんで言ってくれなかったんだろう」

「あの、さ。言っていい？」

それまで黙っていたおえいが口を開いた。

「なんだ」

「たぶん……庄助さん、おまえさんにだけは、見栄張っていたかったんじゃないかな」

「見栄……？　そんな、水くさい」

「違う違う、そうじゃないよ」

おえいは小さくため息を吐いた。

「むしろ、おまえさんとだけは、ずっと友だちでいたかったんじゃないかい。そう思っていたからこその見栄だよ。だから、今になって〝早く材木代払え〟なんて、口が裂けても言えなかったんじゃないかねぇ」

そういうもんだろうか。

そう言われれば、そうかもしれないが――。

でも、どうにもやりきれなくて、やりきれなくて、秀八は黙り込むしかなかった。

亭主の心中を察したのだろう、おえいは何も言わずにただ床を取ってくれた。

うとうとして、どれくらい経っただろう。

自分で普請して、一年も経たない家作だ。隙間風なんて入るはずがないのに、なんだか足下から冷えたようで、秀八は目が覚めた。

傍らではおえいが、布団の端を握って寝ている。おえいのよくやる癖だ。

――庄助さん、よう。

胸のうちの声に応えるように、木戸の開く音がする。秀八はどきりとして起き出した。

人影が入ってくる。まさか庄助ではあるまい。

――泥棒か？　ふてぇ野郎だ。

闇に浮かぶ気配はどうやら一人、しかも小柄だ。秀八は度胸を決めて、人影の足をつかんで引き倒した。

「この野郎！」

「すいません、すいません。お席亭、勘弁しておくんなさい」

――この声？

「木霊じゃないか。どういうことだ。こんな夜中に、どこほっつき歩いてきた！」

「おまえさん。そんな大きな声を出して。野中の一軒家じゃないんだよ。ご近所に迷惑じゃないか」

おえいは「しょうがないねぇ」と言いながら、手早く行灯《あんどん》に火を入れた。

「あの、何かあったかね」

騒ぎを聞きつけたのだろう、はしご段の上から燕治の声がする。

「ううん、なんでもないから。起こしちゃってごめんなさいね。……ほら、おまえさんが大きな声出すから」

「あ、ああ」

「ともかく、木霊、ここへお座り。おまえさんもほら、突っ立ってないで。襖《ふすま》開けたままじゃ、寒いでしょ」

おえいが手早く布団を押しやって、三人が座れる場所を作った。

「おまえさん、とにかく、大きな声出さないでよ。で、木霊、いったいどこへ行っていたの。前にもあったでしょ。今日だけじゃないよね」

——あれ？

おえいのヤツ。そんなことに気づいていたなら、なぜもっと早く言わないんだ。

木霊はじっとうつむいたまま、返事をしない。

「おい。返答しねぇか。どこへ行っていた」

「お席亭、おかみさん、本当にすいません。どうか、勘弁……」

「勘弁できるかどうか、わけを聞いてみなけりゃ分からないだろう。さ、この人が大きな声出さないうちに、ちゃんと話してごらん。何か困っているなら、事と次第によっちゃ、相談に乗るんだから」

「じ、実は、ば、ば……本当にすいません」

「ば？」

木霊は畳に突っ伏して泣き出してしまった。総身ががたがたと震えている。

「困ったねぇ」

おえいが綿入れを木霊にかけてやり、背中をとんとんとさすった。まるで母親のようである。

秀八は腹が立って仕方なかったが、怒鳴るわけにもいかず、腕組みをして木霊をにらみつけていた。

「すいません。実は、賭場へ……」

「賭場……博打《ばくち》か！　てめぇ」

木霊の襟首をつかむと、おえいが「ほら、およしったら。仕舞いまで聞こうよ」と秀八の腕を押さえた。

「博打って。おまえさんそんなに博打が好きなようには見えないけど」

「か、金が欲しかったんです」

「金って……小遣い銭なら、あげているだろうに」

「どうしても、三両欲しくて。いただいた小遣いを貯めて、賭場へ」

「博打をしてまでこしらえたい三両なのかい。いったい、何に使う気なの」

「き、如月《きさらぎ》に、返してやりたいんです」

「如月？　ああ、島崎楼の」

木霊が心中しそこなった女郎だ。幸い、双方とも命に別状はなかったので、あの件は佐平次が内済《ないさい》にしてくれた。「本当は七両二分と言いたいところだが、貸しってことにしといてやる」と、間男の示談金の相場をちらつかせつつ、秀八が今後、島崎楼の普請には特別に便宜を図るということで、手打ちになったのだった。

もちろん、ああいった騒ぎを起こすと、女郎の方にもなんらかの見せしめがあるのが通例だ。格下の見世《みせ》に売り飛ばされることもあるのだが、佐平次は楼内での処分にとどめたらしく、如月は今も島崎楼でつとめを続けている。

「おまえ、まだ如月に未練があるのか」

当然ながら、木霊が如月に会いに行くことは許されていない。

「だいたい、じゃあ改めて聞くが、あの心中はいったい何だったんだ。まさか本当に〈品川心中〉ってこともなかろうし」

「き、如月は、如月は……おれの、その……」

木霊はちらっとおえいの方を見て言いよどんだ。

「三十路《みそじ》過ぎの大年増《おおどしま》なんだから、あたしゃもう何聞いても驚きゃしないよ。言ってごらん」

「お、おれを男にしてくれた女なんです」

やっと話す気になってすっきりしたのか、木霊は如月とのなれそめから心中までを、洗いざらい、秀八とおえいの前でしゃべった。

二つ目になったとき、ひいきの客に連れられてはじめて女郎買いをした。それが島崎楼だったという。

「高座に立てなくなって、金もなくなったとき、そこら中で厄介者扱いされてたおれを、如月だけはあったかく迎えてくれやした。花代が払えないからと言ったら、自分のかんざしを売って身上がりしてまで、おれに会ってくれたんです……」

――また泣くのか。

こういうのは、芝居の中だけでいいよなぁ、と秀八はこっそり舌打ちした。

「で、なんで心中って話になった」

「あいつの親父《おやじ》ってのが胴欲で……稼いでも稼いでも、勝手に前借りしていくから、証文は増える一方でちっとも年季が明けない、自由になれる見込みがまるでないから、つとめる気力がなくなったって。ちょうどおれも、高座には上がれないし、かといって他の仕事なんぞできやしないしで……」

――で、そろって世を儚《はかな》んだか。

「それで、なんで今三両なの」

「ここで席亭のお世話になって、なんとか高座に上がれるようになって……せめて、おれのせいで身上がりになった分だけでも、返してやりたいと」

「そういうことか。……で、博打、勝ったのか」

「それが……」

やれやれ。そりゃそうだ。

賭場なんて、ぽっと出の素人が行ってなんとかなるところではない。富くじ買う方がまだましである。

「あのなあ木霊。おまえのその、如月に対する気持ちはまあ分かった。でもなぁ、博打なんて、絶対に勝ち逃げできるもんじゃない。何度か行ったなら、分かるだろう?」

「はい……」

「ああいうところは、カタギのお人じゃないのがいっぱいいるんだ。タチの良くないのに目でも付けられて、高座に上がれなくなったり、一門に迷惑がかかるようなことがあったらどうするんだ。おまえさん一人のことじゃないんだぞ」

秀八の「一門に」の一言に、木霊の肩がぴくりと震えた。

「そもそも、博打で金を増やそうっていう了見は、噺家として、いや、名人九尾亭天狗の血を引く者として、どうなんだ。……なんで、金は高座に埋まってるって思わねぇ」

金は高座に埋まってる。我ながらうまいことを言ったと、秀八はちょっとだけ得意になった。

「な。たぶん、如月もおまえも、今が正念場だ。お互い辛《つら》いだろうが、もうちょっと我慢しろ。身上がりしてでも会ってくれるような女なら、きっと分かってくれる。二人ともまだ若いんだ。それにおまえなら、いつか高座から、三両なんてんじゃねぇ、三十両だって、三百両だって掘り出せるときが来る。それまで待つんだ」

──本当かよ。

さらにもっともらしく説教しながら、さすがに嘘くさい気がしてきた。

女郎を身請けしたいがために、必死で高座にあがる噺家ってのは、どうなんだろう。

そんな了見で、名人上手になれたりするもんだろうか。

──春米屋の職人じゃあるまいし。

傾城に真実なしとは誰が言うた。

文福の〈幾代餅〉を思い出す。

「と、ともかく、いいな。金輪際、博打は禁止だ。噺にもっと身を入れるんだ。分かったな」

「はい……」

「分かったら、上行って早く寝ろ。明日もあるんだから」

木霊がはしご段を上がったのを見届けて、行灯を消し、秀八とおえいはもう一度布団に入った。

「おまえさんのお説教ってさ」

暗闇の中で、おえいがぼそりとつぶやいた。

「なんか、こう……」

「なんか、なんだよ」

「なんか、こう、重みが足りないよね」

「ちぇ。言ってくれるじゃねぇか」

「でもさ」

「まだなんかあんのか」

「ううん。おまえさんのそういうとこ、好きだなぁって」

——おえい。

ふとんの中で、足がきゅっと、絡まった。

五

翌朝はかなり冷え込んだ。

自分の頬がひんやりするのを感じながら目を覚ましたおえいは、まだ軽くいびきをかいている秀八を横目で見た。

もう少し布団の温《ぬく》もりに包まれていたい甘え心を振り払って、起き上がる。

——この人のお説教はともかく。

説教する側、説教される側。人っていうのはだいたいどっち側かが、その人のニン、人柄とか生まれついた持ち味みたいなもので、おおよそ決まっている気がする。秀八はどう考えても、するよりされる方が似合っている性質《たち》であろうから、ああいう場合、言葉が上っ滑りしてしまうのは、まあ仕方のないところだ。

ただ、おえいは、ひとつ別のところにひっかかっていた。

——如月さんって、どんな妓《こ》だろう。

木霊はすっかり自分が間夫《まぶ》の気でいる。秀八もそれを信じているようだ。

身上がりまでして自分と会ってくれる。そこが木霊の絆《ほだ》されているあたりなのだろう。

しかし、島崎楼は品川で一、二を争う見世だ。あんな騒ぎを起こしても、楼主の佐平次が如月を売り飛ばさなかったところを見れば、おそらくそれなりに上客のついている女郎にちがいない。

そんな妓が、木霊みたいのを間夫扱いするというのが、なんとなし、おえいには釈然としない。

「蓼《たで》食う虫も好き好き、とは言うけれど」

「ん？　寿司《すし》、食うのか」

秀八がむくりと起き上がった。つい口に出したおえいの言葉が、半端に耳についたらしい。

「何寝ぼけてんの。朝だよ」

「立って食う寿司も寿司は寿司、とかなんとか、言わなかったか今」

「言わないよ」

いったいどう聞いたらそんなふうに聞こえるのか。おえいは笑い出しそうになったが、なんで笑っているのか問われると面倒くさいので、そそくさと台所へ立っていった。

おえいがひっかかっていることは、今は確かめようもないし、また確かめたところでややこしくなるだけだろう。秀八が怒って木霊が泣いて――ああ、面倒くさい。

「お天道さまは、お見通し」

きっといつか、お天道さまが見顕《みあらわ》してくださる。おえいはそうつぶやいて、如月のことはそれ以上考えないことにした。

その日、いつものように団子屋を切り盛りし終えたおえいが夕刻に清洲亭へ戻ると、ちょうどお光が入れ替わりに帰って行くところだった。

「おえいさんお帰り。じゃあたしはこれで」

「あらお光さん来てたの。もうちょっとゆっくりしていけば」

「いいえ。もう十分長《なが》っ尻《ちり》なのよ。ごめんね。じゃ棟梁、そういうことだから」

「おう、かたじけねぇ、お光さん。恩に着る」

――恩に着る？

なんのことかしらん。

「おえい。今お光さんから聞いたんだが、長屋に新しく越してきたひとりもんのおかみさんてのがいて」

「何、そのひとりもんのおかみさんて」

「だから、ご亭主はいないけど、坊ちゃんがいるってぇから、ひとりもんのおかみさんだろう」

妙な言い方だが、まあ良いだろう。後家さんという言い方もあるが、死に別れかどうかなんて、傍《はた》から見たら分からないし、おえいはあまり好きな言葉ではない。

――もしかして、おふみさんのこと？

間違いない。

「で、その人がなんなの」

「おあつらえ向きなんだ」

「おあつらえ向き？　何に」

「何にって、だから、うちで探してる、三味線弾きさ」

――三味線弾き。

そうだ。おふみさんはよく、三味線を抱えて、お供に小僧を連れて、歩いていたっけ。

おふみさんだけじゃない。ちょっと良いうちの娘たちは、たいてい三味線だの琴だの習っていて、おえいはうらやましく思っていたものだ。

音曲《おんぎょく》の心得があったりすると、町娘でも武家奉公の機会に恵まれたりする。そんな行儀見習いのお屋敷づとめで箔《はく》を付けて、良いところにお嫁に行く――裏長屋育ちで、八歳から商家の子守奉公に出されたおえいには、まるで縁のない生き方の許される娘たち。

おふみさんは確かにそういうことの望める人の一人だったとおえいは思っていたのに、なぜ今、あの長屋に越してきたりしたのだろうか。

「長いこと品川で三味線芸者をしてるんだそうだ。できたら他の仕事がないだろうかって探してるって、今お光さんが。な、おあつらえ向きだろう。明日にでも会いに行ってこよう」

「え、その人にうちで働いてもらうってこと」

「ああ。こんな良い話はない。なんなら坊ちゃんもいっしょに来てもらえば。八歳だっていうから、ちょっとしたことならできるだろうし」

——おふみさんが、うちで働く？

下座、つまり高座の地方をつとめてもらうとなれば、毎日のように顔を合わせることになる。

——それは、ちょっと……。

しかし、秀八がこんなに喜んでいては、昔の話なんかとても言い出せるものではない。

おふみさん、あたしのこと覚えてるだろうか。

あのこと、覚えてるだろうか。

「おおい。お席亭さんてのは、いるかい」

野太い声がして、寄席の入り口の木戸が乱暴にがたがたと揺すられた。

「あの、今日はまだ始まりません。お客さんのご案内はもう半時ほど……」

「客じゃねぇ。つべこべ言ってねぇでここ開けな」

「なんだ、ずいぶん荒っぽいな」

秀八が不機嫌な顔で勝手口から出て行く。おえいも気になってあとをついて行った。

「よう、秀八。乙な寄席じゃねぇか。景気が良いようだな」

「兄貴……。なんの用だ。ここはあんたの来るところじゃねぇ。あんたに関わるとろくなことがないからな」

——あの彫り物……！

間違いない。寄席を開く以前に一度、長屋を訪ねてきた男だ。

後ろには手下だろうか、同様にとうていカタギには見えぬ男が三人、すごむような目つきでこちらを眺めている。

「ふふん。ごあいさつだな。ま、せいぜいほざけ。今日はこっちもほんのごあいさつだ。ほれ！」

男は秀八の前に、何か紙切れを広げて見せている。

「こ、これは、おれが木曽屋さんに書いて渡したものじゃないか。なんでこれがあんたのところにあるんだ」

「いきさつなんぞどうだっていい。とにかく、今これはおれの預かりだ。この三十両のうち、未払いの二十両、この暮れまでに耳をそろえて払ってもらおう」

——二十両？　いったいなに。

「待ってくれ。これはもともと、庄助さんと交わした覚書だ。支払いの期限だって書いてない。なんで今年の暮れなんだ」

「こっちが木曽屋に金を貸してる。その期限が今年の暮れだ。木曽屋は逃げちまったから、まあこっちは少しでも、いただけるところからはいただこうってな」

「そんな馬鹿な話が」

「金ができないなら、ここの家作に使われてる材木、引っぺがして持っていくぞ。もとは材木の代なんだから、それくらいしたってかまうまい。脅しじゃない。おれはやるって言ったら、本当にやる。いいな」

男はそう言うと、秀八のうしろにいたおえいに目を移した。

「なんなら、金の代わりにそのかみさんでもいいぞ。ちょっと薹《とう》が立ってるが、端女郎《はしたじょろう》ならじゅうぶんだ。二十両くらいにはなるだろう」

「なんだとぉ！」

秀八が男に殴りかかろうとして、するりと体をかわされた。

「おっと。相変わらずけんかの仕方を知らねぇな。あいにく、今おまえとやり合う気はねぇ。じゃ、暮れを楽しみにしてるぜ」

男はくるっと向きを変えた。寄席の客とおぼしき人たちが三々五々、集まりはじめている。

「今の、前に長屋にも来た人だよ。誰なのよ、あれ。おまえさん、知り人なの」

「あれは……、兄貴だ」

「兄貴って。おまえさん一人っ子でしょ」

「兄貴は、親父に勘当されたんだ。おれがおまえと所帯を持つずっと前」

「なんで言ってくれなかったの」

「なんでって。親父が、もう金輪際あれはうちとは関わりがありませんって、親戚中に一筆入れてる。お袋もおまえには何も言わなくて良いって。なにしろ、あんなならず者だからな」

「でも……」

「だいじょうぶだ。なんとかする」

「なんとかって」

「うるさいな」

秀八が大きな声を出したので、客が怪訝《けげん》そうな顔をしている。

「お席亭、開けていいですか」

木霊が姿を見せて、不安げに眉を寄せた。さっきのやりとりを聞いていたのだろうか。

「おう。景気よくやってくれ」

うなずいた木霊が、開場を告げる太鼓をたたきはじめた。

——なんとかって。

ならず者の兄と、暮れまでの二十両。

おえいは立っているのがやっとだった。

六

——なんとか。

二十両。二十両。二十両……。

大きな普請でも入れれば、すぐにでもどうにか都合の付けられる額だが、今年の暮れまでにそんなことはありそうにもない。

——やっぱり昼席をやるしかない。

十二月に入れれば弁慶が来てくれる。そうしたら、昼席をやることにしよう。

「やっぱり三味線だ」

燕治が自分の出番以外では弾かないことになったので、他の三人には先口、「地方は当分入れられないから、そのつもりでいてくれ」と頼んだ。

「踊りやハメモノのいる噺はできないってことだね」

文福は不服そうに眉根を寄せた。

「それじゃあずいぶん根多《ねた》が限られる。なんとかならないのか」

「申し訳ありません。今、三味線弾きを探しておりやす」

「早めに頼むよ。せっかくだ。踊りもやりたいからね」

文福の女房は、藤東流《ふじとうりゅう》だか西柳流《にしやぎりゅう》だかの踊りの名取りだと聞く。文福本人も、噺家のうちではかなり踊れる方だ。

「はい。今日、明日にでも」

心のうちでは、「あんたが燕治さんの機嫌を損ねるからじゃないか」と言いたかったが、秀八はそこをぐっと飲み込んだ。本来、高座へ上がる芸人である燕治に、ずっと地方を兼任させていたのは、席亭である自分の怠慢なのだから。

それ以後の高座では、木霊と文福は地方を必要としない根多をやってなんとか事なきを得ている。華やかさが足りないと言えば足りないが、なくて困ったというほどのことはまだ起きてない。

一方で、秀八のまったく予想しない形で、著しく精彩を欠くことになったのは、ヨハンだった。

――手妻に地方。

こんなに欠かせないものだと、これまで考えたことがなかった。

ヨハンは、手妻はうまいが、しゃべりはあまりできない。手八丁口八丁と俗に言うが、ヨハンの場合は残念ながらそういうわけにはいかないらしい。

それでも二度ばかり、小咄《こばなし》めいたしゃべりを入れようと試みた高座があった。ところが、そのときは開口一番「えーっ」と言ったきり、手も口もぴたりと止まってしまい、結局、一度楽屋に引き返して出直し、やはり常のとおりの形でやることになった。

以来、もうしゃべるのには懲りたと見えて、無理に戯《ざ》れ言《ごと》を言って客の様子をうかがったりはせず、淡々と、次々に技を見せていくやり方で通している。

ただ、なくなってみて改めて分かったのだが、こうした芸風だと、地方があるなしでまるっきり風情が変わってしまう。

ヨハンの披露している技の見事さは変わらないはずなのに、音がないだけで、なんだか、技と技との合間に、隙間風が吹いているみたいに見えて、妙に寂しい。これまで技が決まるごとに「できました！」などと褒めてくれていた客も、三味線がないと、いつ声をかけてやっていいやら戸惑うようだ。

ずっと辻のにぎわいの中でやってきたせいだろう、ヨハン自身も地方をあまり意識したことがなかったようだ。燕治から「何か弾いて欲しい曲があるか」と聞かれても「なんでもいいです」としか言っていなかった。

燕治はヨハンの稽古をおおよそ見て、どんな技かを確かめると、それに合った曲を選んで弾いていた。技と技との合間や、技の決まるまでの流れなど、あまりにも自然に三味線が入ってくるので、ヨハンの技ばかりに目が留まり、燕治の技の方、つまり耳の方はつい忘れがちだったが、実はとても手間と技のかかることを、これまで快くやってくれていたのだった。

――燕治さんに甘えすぎだったな。

はじめは軽いノリで引き受けてくれたのだろうが、常に当たり前のようにあてにされては、やはり不快だったのだろう。金の問題だけではないというのもうなずける。

「お席亭。島崎楼の若い衆が手紙を」

「おう。ご苦労さん」

――おや、弁慶さんからだ。

自分と文福あてに、一通ずつ、いずれも弁慶からの書状だ。

弁慶や桃太郎は時々手紙をくれる。もちろん、飛脚など使うと散財だから、誰彼と伝《つ》手《て》をたどって、島崎楼を経てくることが多い。

……一筆啓上申し上げたく候。私儀……。

「だめだ。漢字が多すぎる」

桃太郎は、秀八の浅学を察してなのか、仮名の多い分かりやすい手紙をくれるが、弁慶の手紙には武張った四角い文字が並んでいることが多い。

――弁良坊の先生に読んでもらおう。

ちょうど長屋には、三味線弾きのおふみを訪ねていくという重大な用もあるから、好都合だ。

出ようとすると、誰もいない寄席の客席に難しい顔のヨハンがいて、あちこちに座っては立ち上がり、座っては立ち上がりを繰り返していた。

「どうしたんだい、ヨハン」

「はい。お客の目の高さを測っています。新しい技を考えようと思って」

「そうか……」

ヨハンの稽古熱心には、ほとほと頭が下がる。

――待っててくれよ。三味線弾き、連れてくるから。

長屋へ行ってみると、その三味線弾きが住んでいる方――しばらく前には秀八とおえいが住んでいたところだ――は、あいにく留守だった。

――先生はどうかな。

「先生。清洲亭の秀八です。おいでになりやすか」

「ああ、お席亭。どうぞ、開いてますよ」

いささかくぐもったような声で、返答があった。

弁良坊――この先生の名が「弁良坊黙丸」だと聞いたときは大いに笑わせてもらった。

――べらぼうにだまるたぁね。

〈天災〉という噺がある。その中に、気短でけんかっ早い八五郎《はちごろう》を諄々《じゅんじゅん》と諭《さと》して、心を平穏にするものの考え方を教えてくれる学者が出てくるのだが、その人の名が「紅羅《べにら》坊名丸《ぼうなまる》」と言う。

八五郎がこの学者の名をまず聞いて、鼻で嗤《わら》うときの台詞《せりふ》を「べらぼうになまるってか、そいつは面白ぇ」と演《や》る人と、「べらぼうになまけるってか……」と演る人がいる。巧《うま》い噺家がやればどっちだって面白いことは面白いのだが、秀八は「べらぼうになまる」の方がなんとなく好きだった。

――こちらの先生は。

いったいどんな素性のお方なのか。もちろん本名ではなく、きっと〈天災〉をご存じの上での号だか筆名だかなんだかにちがいない。

なぜこんな名をつけたのか、そうして本当の名はなんとおっしゃるのか、聞いてみたくはあるが、やはりそこはお武家さま、それも現在ご浪人のお人に向かって素性を問うのは、いくら秀八でも遠慮されて、今のところ聞けずにいる。

「ごめんくださいよ」

――おや、猫をお飼いなすったのか。

戸を開けると、小さな黒猫がわら布団の上で丸くなっている。人に慣れているのか、秀八の方をちらっと一瞥したきり、そのままの姿勢でじっと動こうとしない。

飼い主の弁良坊の方は、こちらに背を向けて、何やら作業をしている最中だった。

まげの上に手ぬぐいの結び目が見えるから、どうやら鼻や口を覆って何かしているらしい。

「先生、今、いいですかい」

おそるおそる声をかけると弁良坊は少し間を置いてからゆっくりと立ち上がり、こちらへ向かってくるりと向きを変えた。

「失敬。少々、試みていることがございましてな……で、本日はどんなご用件ですか」

「毎度申し訳ねぇんですが、この手紙の中身を、分かりやすく教えちゃくれませんか」

「ああ、それはお安いご用です」

弁良坊は書状を受け取るとざっと目をとおして「おやおや」と言った。

「弁慶さん、お怪我《けが》をなすって、しばらく高座へ上がれないとか」

「え……」

「治り次第、真っ先に清洲亭へ行かせてもらうが、当分は文福さんに頼みたい、と。ずっと引き続きで悪いが、暮れのことで、他の頼めそうな噺家たちはみなもう塞がってしまっている。文福さんへは、弁慶さんからも手紙で事情を説明して頼むから、とのことです」

——それがさっきのもう一通か。

あてとふんどしは——向こうから外れる。

弁慶が来たらすぐにも昼席をはじめるつもりだった。そうしたら、きっと、かなり客が入る。文福には悪いが、比べものにならないくらい、入るだろう。入るにちがいない。そうしたら二十両だって、がんばったらできるんじゃないか——そうあてにしていたのが、すべて捕らぬ狸の皮算用、海の藻屑《もくず》と消えた。

腹の中にどぶん、と、石でも落とされたような心持ちである。

——どうしよう。

立ち上がる気力さえなくなっていると、甲高い声とともに戸が開いた。

「先生。あのね、うちの猫……」

「これこれ清吉、出し抜けに入ってきちゃだめじゃないか。今日みたいにお客さまがいることもあるからね」

清吉と呼ばれた男の子は、弁良坊の他にも人がいると知って、じわっと後ずさりして「ごめんなさい」と小さい声で言った。

「そんなふうに謝らなくてもいいよ。この人は私にはごく親しい人だから。ただ、訪ねてくるときはまず、戸を開ける前に一声かけるんだよ。さ、ごあいさつしなさい」

「こ、こんにちは」

「こんにちは」

「すみませんね、棟梁。私の手習い処に近頃入った子で、清吉って言います。清吉、こちらは大工の棟梁さんで、そこの清洲亭って寄席のお席亭さんだよ」

気もそぞろであいさつを返した秀八だったが、やっとのことでもう一つの用件を思い出した。

――確か、この子だ。

「あ、あの、坊ちゃん、もしかして、この長屋に新しく越してきなすったお子かい」

「う、うん」

――せめて、せめてこれだけでも。

「お、おっ母さんは、今、おうちにいなさるかな」

人見知りと見えて、上目遣いに後ずさりする。秀八は懸命に猫なで声を出した。

「おじさん、坊ちゃんのおっ母さんにお頼みがあるんですよ。おっ母さんに取り次いでもらえませんかね」

「清吉。ご案内しておあげなさい」

――ありがたい。助け船。

弁良坊の言葉に、男の子がこっくりとうなずいた。

――頼むよ。

七

「清ちゃん。清吉」

さっき一緒に帰ってきたばかりなのに、もう姿がない。

——また先生のところに。

人見知りの激しい清吉だが、新しく通うことになった手習い処の師範のことはいたく気に入っているようだ。

「むにゃ」

白い子猫が小さく鳴いた。鳴くというより、なんだか寝息のついでのように出た音で、まるで寝言のようにも聞こえる。

——猫も夢を見るのかしら。

誰かの夢を見たときは、その誰かも自分の夢を見ているのだと、いつだったか聞いたことがある。

清吉は今朝、夢に白猫が出てきたと言いながら起き出してきた。先生にその夢のことを話したいと言いながら手習い処へ行ったが、手習い処では他のもっと大きな子たちが先生に何かと質問やら相談やら、次々と持ちかけていて、それを押しのけてまで話すことはできなかったらしい。

同じ長屋だということで、なんだか馴《な》れ馴《な》れしいと疎《うと》まれてもと思うので、あまり頻繁にお訪ねしないように言うのだが、気づくと清吉は弁良坊のところへ行ってしまう。

——男親を知らずに育ってきたから。

清吉は、実の父のことはたぶん覚えていないだろう。

どうにか離縁状をもらい、まだ乳飲み子だった清吉を連れて婚家を出たおふみは、母と自分、二人の女手で清吉を育ててきた。肉親と言えば母と祖母だけの清吉は、知らず知らず、父の影を求めて先生になついているのだろうか。

——なんだか申し訳ないわ。

弁良坊はたぶんおふみよりずっと若い。いくら子どもを教えるのを生業としていても、長屋へ戻ってまでまとわりつかれては、迷惑がっているかもしれないと思うと、おふみは気が気でなかった。

「ちゃんと言い聞かせなくっちゃ、ね」

おふみは小さな仏壇に向かって語りかけ、手を合わせた。

三味線弾きの芸者を生業として、宵から家を空ける自分を、「清吉はあたしが見てるからだいじょうぶだよ」といつも快く送り出してくれた母。先だった父を十八年待たせた末に、去年、彼岸へ旅立った。今頃は極楽で二人して、おふみと清吉とを見守っていてくれるだろう。

「おっ母さん」

——ああ、帰ってきた。

様子を見に行こうか、さりとて、自分のような女が頻繁に出入りすれば、子どもをダシにこぶ付きの出戻りが若いご浪人に近づいてと、口さがない人が言うのではないかと、ついくよくよ思い悩んでいたおふみは、清吉が自分で戻ってきたのを見て安堵《あんど》した。

「なんかね、このおじさんが、おっ母さんに頼みがあるんだって」

「あ、あの、手前は、大工の秀八って申します。清洲亭っていう、寄席の席亭なんぞもやっております」

——ああ。

髪結いのお光が言っていた話だ。どこまで本気に受け取って良いか分からなかったので、あてにしないように聞き流していたのだったが。

「お、おふみさんとおっしゃるんですよね。三味線弾きの芸者をなさっているとか」

「はい、そうですけど」

「で、できたら、他の仕事を探したいご意向と聞きやして」

「ええ……」

「どうでしょう。うちで下座をつとめてもらえませんか」

「あの、私にできるようなことでしょうか」

「だいじょうぶです。お座敷をこれまで長くつとめてこられたのなら、きっとだいじょうぶです。ただ、お座敷で稼ぐほどには、たくさんのおあしを差し上げることはできないかもしれませんが。お頼み申しやす、このとおり」

大工の棟梁だという人は、おふみの前で手を合わせて、拝む仕草をした。

――悪い人や場所ではなさそうだけど。

おふみは寄席というものに行ったことがない。ただ、女郎を呼ぶときに、芸者や幇間《ほうかん》までいっしょに呼ぶような粋筋の客は、たいてい芝居や寄席の好きな人が多いから、なんとなく様子を伝え聞いてはいる。また、幇間には、寄席へ出る芸人たちと顔なじみの者が多く、どうかすると噺家や声色の芸人が、客として座敷へやってくることもあった。

「お座敷と違って、うちは坊ちゃんもいっしょに来てくだすっていい。なんなら、ちょっとした使い走りでもしてもらえば、お駄賃くらいはお渡しできやしょう。どうですか、来てもらえませんか」

――清吉もいっしょに。

それはありがたい。

母が亡くなってから、自分が仕事に出ている間、清吉をどうするかが一番の悩みの種で、ついついつい、座敷も断りがちになっていたのだ。

「分かりました。やらせていただきます」

「じゃ、どうでしょう、善は急げ、思い立ったが吉日。今から来て、芸人たちと顔合わせてもらえませんかね」

「今からですか？」

ずいぶんいきなりだ。

戸惑ったが、今日は嫌だという理由も思いつかない。

「分かりました。子どももいっしょでかまいませんか」

「もちろんです。さ、どうぞどうぞ」


結局その日、おふみは寄席の興行というのを、袖から一部始終見ることになった。

木霊という若い噺家の噺は、おふみには面白かったが、清吉にはちょっと退屈だったらしい。ただ、次の手妻になると、清吉は目を輝かせた。

「この手妻のときに、本当は三味線で地方を入れてやってほしいんですよ」

秀八はおふみにそう言った。

――これに地方を。

踊りや唄の地方なら分かるが、こういう芸の地方って、どうすればいいんだろう。

難しいと思ったが、清吉が楽しそうにしているのを見て、おふみは何か工夫してみようという気になった。

——あらぁ、達者な新内。

見た目もしゃべりも野暮ったい二人が、見事な新内を語るので、おふみは驚いてしまった。三味線の手に、思わず目が張り付いていく。

——ちゃんとごあいさつした方がいいわね。

いわば芸人同士だ。これだけの腕の持ち主ならば、こちらからきちんと下手に出ておいた方がいいだろう。

高座を下りてきた二人に、改めてきちんと座ってあいさつをすると、二人は「下座さんかね、まあ塩梅《あんばい》ようやったってちょう」とあっさり言って、その場から姿を消した。

「おや、下座さんかい。じゃあ早速弾いてもらおうじゃないか」

——え。いきなり。

真打ちだという噺家がこっちを見て、片方の口の端だけあげて、にやりとした。

「や、あの師匠、今日は様子を見てもらってるだけなんですが」

脇から秀八が口を挟んだが、噺家は意に介する様子はなかった。

「いいじゃないか。言われてすぐ弾けないようじゃ、下座はつとまらないんだから。そうだな、噺が終わったら、〈なすとかぼちゃ〉を踊るから。じゃ、頼んだよ」

——試されてる？

たぶん、おふみとさして歳の変わらぬであろう噺家の顔は、一見笑顔のようだが、目だけは笑っていない。

――冗談じゃない。

母が逝ってしまった辛さから、このところ引っ込んでいた負けん気が、胸のうちから久々に顔をのぞかせた。

「ようございます。弾きましょう」

おふみは三味線を手早く組み上げ、紘《いと》を調えた。

――まあ、なんだか陰気な。

御伽家文福という名のその噺家が演じ始めたのは、金を奪われて死んだ老人が幽霊となり、奪った男の赤ん坊に取り憑《つ》くという、めでたい芸名に似合わぬ陰惨な噺だった。

「……ここで赤ん坊が振り返って〝もう半分〟」

「今のがオチです。踊り、これからですよ」

若い噺家が教えてくれる。文福が高座の座布団を脇へよけた。

「……さて、いささか陰気なお噂を申し上げましたので、お帰りのみなさまのお足下がよろしいように、お目汚しではございますが、踊りで祝言を付けさせていただきます。それでは。……よっ」

文福のかけ声を逃さず間を取って、おふみは「チャーンチャ、チャンチャン、ランチヤンチャンラン……」と前弾きを入れた。

……背戸のナ　段畑で　なすとカボチャのけんかがござる……

座敷でも幇間が踊ることのある短い端唄《はうた》だ。三味線弾きを生業にして十五年、このくらいのものを弾けるかどうかと試されたのでは、おふみにだって意地がある。

……どうする　どうする　ンおもしろや……

最後の形を決めて、文福が軽く見得《みえ》を切る。

「よ！　文福、できました」

客席から声がかかった。

「姐《ねえ》さん、悪くないね。これからも頼むよ」

文福がそう言っていなくなると、秀八が近寄ってきた。

「おふみさん、すみませんでしたね。早速働いてもらって」

「いえいえ。良い手慣らしになりました」

「まあ、だいたいこんな様子です。曲を弾きなさるのはお手の物でしょうから、あとは芸人たちからいろいろ聞いて、工夫してやっておくんなさい」

「ええ。勉強させてもらいますから」

ほっと一息ついていると、ふと誰かがこちらをじっと見ている気配を感じた。

――あれは。

芸人たちから「おかみさん」と呼ばれている、秀八の女房だ。

確か、越したばかりにお光が連れて行ってくれた、団子屋を営んでいる人だと聞いている。

――あの、えくぼ。

どこかで見たような……まさか。

名前も確か、おえい、って。

「ね、今、いつものご隠居が」

女房は近づいてきて、秀八に話しかけた。

「おう、ご隠居、なんか言ってなすったか」

「うん。〝今日は珍しく文福が良かったね。ちゃんと噺を語った。こういう方がいいいんじゃないのかな〟って」

「へぇ。あのご隠居が文福さんを褒めたのは、はじめてだなぁ」

「そうね。でもあたしも実は同じこと思ったけどね」

「ちぇっ、しょってていやがる」

秀八が女房の頬を軽くつついた。仲の良い夫婦なのだろう。

「そうそう、ご隠居のこと、側にいた人が〝大橋《おおはし》さま〟って呼んでた」

「大橋さまっておっしゃるのか。覚えておこう。いずれ、どちらからお越しのお方なのか、お伺いできるといいな」

「そうね、できたらお近づきになりたいね」

熱心に話し続けている二人の横で、おふみは思い出したくない遥《はる》か昔のできごとに、胸を塞がれつつあった。

「いや、おふみさん、ご苦労さまでした。明日から、本決まりでお願いできやすかい」

やがて秀八が振り返って、おふみに尋ねた。

「はい。どうぞよろしくお願いいたします」

そう答えると、夫婦はいっしょに頭を下げた。

「お帰り、どうぞこれ、お持ちください」

女房が提灯《ちょうちん》に灯を入れておふみに差し出してくれる。こちらを見る目にかすかに、含むところがあるように見えたのは、気のせいか、それとも。

人には言えぬ苦い思いを提灯といっしょに右手に下げて、おふみはもう　方の手で清吉の手を引き、歩き出した。

「おっ母さん、明日からさっきのとこで働くの？」

「え？　ええ。……そうね」

「いいな。おいらも一緒に行っていいんだよね。手妻のあんちゃん優しいし、おばちゃんにはお団子もらったよ」

「そう……」

ありがたい仕事だ。できれば続けたい。

でももし、あの女房が、あのときの子守っ娘だったら……。

謝った方がいいか。それとも。

もしあのときの娘だとして、おふみのことを覚えているだろうか。覚えていなくて、さっきの目つきも、おふみのただの思い過ごしだとしたら。

昔のことを言い出すのは、かえってやぶ蛇になるかもしれない。

でも、ようく覚えていて、自分をあのおふみ——山崎屋《やまざきや》の隣の、井筒屋《いづつや》の娘——と気づいていて、胸のうちにしまっているのだとしたら、どうだろう。早く謝りにこいと、本心では思っていたら。

もし、昔のことを理由に、「あの人を使うのはやめて」とお席亭に言ったりしたら。

せっかくのありがたい仕事が、ふいになってしまうかもしれない。

——どうしよう。

八

——ヨハン、調子が戻ったみたい。

始まる前の高座で、ヨハンが稽古をしている。おふみが懸命にそれを見ながら、時折三味線を鳴らしたり、何やら紙に書き付けたりしている。三味線のバチと筆、双方を忙しく持ち替えながら、地方の工夫をしているらしい。

地方がなくてどことなく寂しく見えていたヨハンの手妻は、おふみの三味線が入るようになって、もとの明るさを取り戻していた。

――でも、このまま文福さんでは。

十二月に入ると、清洲亭は目に見えて客足が衰えてしまった。

頼みにしていた弁慶が来ず、真打ちがずっと文福なのが、客を飽きさせてしまっているのだろう。

加えて、十二月になって、浅田屋の宗助がやっている講釈場、青竜軒《せいりゅうけん》がぐっとにぎやかになったのも、清洲亭の客が減る原因の一つのようだ。

――忠臣蔵の季節だものね。

俗に講釈師は〝冬は義士、夏はお化けで飯を食い〟などとも言われる。夏には怪談、そしてこの暮れには忠臣蔵、つまり大石内蔵助《おおいしくらのすけ》をはじめとする赤穂義士《あこうぎし》四十七人の物語を楽しみにしている人が大勢いるのだ。

常はさほど講釈を聞かない人でも、この時季になると「やっぱり忠臣蔵を聞かないと……」という人は多い。

おえいはさほどくわしくないのだが、秀八によると、忠臣蔵は、ご主君の無念から討ち入りまでの本筋を語る「本伝」、四十七士それぞれの討ち入りまでのいきさつを語る「銘々伝」、さらに、四十七士のまわりの人々の様々な物語を語る「外伝」などと、数え切れないほどたくさんの話から成り立っているのだそうだ。「全部聞こうなどと思ったら、とても一ヶ月では足りねぇよ」というのだから、その話の中身だけでも、客は飽きないのだろう。

席亭の宗助もそのあたりは呑《の》み込んでいると見えて、毎年十二月には、凝ったビラと刷り物を作っている。

浅野内匠頭《あさのたくみのかみ》が吉良上野介《きらこうずけのすけ》に斬りかかる「松の廊下」や、赤穂城の明け渡し、大石内蔵助の茶屋遊び、四十七士の血判状……芝居のような絵入りの刷り物が撒《ま》かれると、確かにそれだけでも冬らしい風情が感じられて、客は楽しいにちがいない。

日頃清洲亭に来てくれている常連客も、どうやらかなり青竜軒へと流れている様子だ。

「おかみさん、高座から畳があっちこっち見えるのは、切ないですねぇ」

木霊があたりを憚《はばか》る声でおえいに言った。席にゆとりがあるので、近頃では後ろの方で寝ながら見ている客まである。

「おかみさん。いつかの二十両ってのは、だいじょうぶなんでしょうか」

だいじょうぶのわけがない。それでも、それを芸人に言うわけにはいかない。

「だいじょうぶだよ。うちの人がきっとなんとかするから」

「そう願います。お席亭、頑張っておくんなさい。おれらも精一杯やります」

木霊がぱんぱんっと柏手《かしわで》を打って、神棚に深々と頭を下げた。

「しかし、これでもし、おふみさんも来てくれていなかったらと思うと、ぞっとしちまいます」

木霊の言うとおりだ。三味線の音があるかないかで、やはり寄席の風情は変わる。

「良い人が見つかって、良かったね」

そう言いながら、おえいはやはり、おふみの顔を穏やかな心で見ることができない。

――まちがいない。あのおふみさんだ。

毎日のように顔をつきあわせるようになって、おえいの「もしかして」は「まちがいない」に変わっていた。

――忘れてるのか、気づかないのか。

あたしは忘れていない。忘れられるわけがない。

おえいが七歳のとき、父が亡くなった。担ぎの小間物屋をしていたというが、残念ながら、父について覚えていることはあまり多くない。ただ、父のまわりにはいつも、色のきれいな、小さくて良い匂いのするものがたくさんあった、とぼんやり思い出すばかりである。

母は裁縫の腕があったので、なんとかそれで糊口《ここう》を凌《しの》いでいたが、生来あまり丈夫ではなかった。無理しがちな母を見かねた人があり、八歳になったおえいを住み込みの子守奉公に出さないかという話が来た。

そのときの母の胸の内に、どんな思いが詰まっていたのか、今となっては知ることはできない。きっと、不運を恨みつつ、募る不憫《ふびん》にさいなまれていたのだろう。

ただおえい自身は、子どもの自分でも働く口があると知って、むしろ喜んで奉公先の鼈甲《べっこう》問屋、山崎屋へと向かったのだった。

「おえいと申します。よろしうお頼み申します」

母に教わったとおり、商家の板の間に手をつくと、それから、幼い男の子を背に負う日々が続いた。泣き止《や》まぬ子に自分まで泣きたくなったり、下の世話で自分の着るものまで汚れたり、そうしたことは、辛くはあっても、まだ我慢できた。

山崎屋には、おえいが毎日背負っていた宗太郎《そうたろう》という男の子の上に、おえいとさほど歳の変わらないお梅《うめ》という娘がいた。

大店《おおだな》の娘であるお梅は、いくつもの習い事をしていた。小僧をお供にお茶お花の師匠のもとへ通ったり、手習いや琴、三味線の師匠を家に呼んで稽古をつけてもらったり、というお梅の暮らしぶりは、おえいには雲の上の別世界のことのように見えた。

三味線の師匠が山崎屋に来るときは、お梅の他にもう一人、ここで稽古をする娘がいた。それがおふみだった。

隣家の呉服屋の一人娘のおふみは、三味線以外の習い事も、いくつかお梅と同じ師匠についているようだった。

おえいが奉公に来て、半年ほど経った頃のことだ。

――うわぁ、すごい。

三月になって、山崎屋の座敷の一隅に雛人形《ひなにんぎょう》が飾られた。

「毎年見せてもらってますけど、ここのお雛さまはすごいねぇ」

「なんでも京のお公家さんのお雛さまを作る人形師に、特別に頼んで作らせたっていうからね」

「顔なんて生きているようだ」

「着物もほら、一枚一枚、ちゃんと重ねてある。人の着るものと同じだよ」

「お道具も凝っている。車の家紋、蒔絵《まきえ》だよ」

「ぼんぼりには螺鈿《らでん》か。たいへんなものだ」

「お内裏《だいり》さまの笏《しゃく》には鼈甲が使ってあるよ。さすが、商いのものだから、さぞ良いものを使っているんだろうね」

山崎屋では、近所の人を招き入れ食事を振る舞って人形を披露するのを、お梅の初節句以来の吉例としていた。おえいは、盛んに這《は》ったり、伝い歩きしたりするようになってきた宗太郎を、人形の出ている座敷へ近づけないよう、片時も目が離せなかった。

「あれ、おっ母さん。お雛さまのお車が」

三月三日の夕方、母親といっしょに人形を片付けていたお梅が、頓狂な声を上げた。

「おやまあ。こんなところが壊れるなんて」

山崎屋のお内儀は、小さな牛車《ぎっしゃ》の車輪を手に取ってしげしげと見ると、「妙なこと」とつぶやいた。

「誰かが一度落としたか何かして壊して、それをごまかそうとそのまま置いたんだね。そうでないと、さっきまで立っていたのがおかしい」

お内儀が首を傾げた、その時だった。

「あの子守の娘が落としたのよ。私見たの」

お梅といっしょになって人形を片付けていたおふみが、そう言ったのだ。

――あたしは絶対、やってない。

人形の近くにだって、寄ってない。

今でも、おえいはそうきっぱり、言い切れる。

だが、あの時は誰も信じてくれなかった。それどころか、あくまでやってないと言い通すおえいには「落としたときにすぐ素直に謝れば、壊したことは咎《とが》めなかったのに。正直じゃないのが一番いけない」という言葉が投げつけられて、翌日には暇が出されてしまった。

「親孝行で賢い娘だと感心していたのに。存外性根が悪かったんだね」

山崎屋の女中頭に言われた「性根が悪い」という言葉は、幼いおえいの胸の奥深くに刺さり、あとあとまでずっと残った。

――あれは、これまでで二番目に悔しかったことだ。

一番目は――それを言うのは、もうよそう。

帰されてきたおえいの言うことを、母親は一も二もなく信じてくれた。それからしばらくして、母に仕立ての仕事をたくさんくれていた伊勢屋のお声掛かりで女中奉公に上がり、そうして、秀八に出会ったのだ。

なぜあの時、おふみがあんな嘘を言ったのか。

おふみの顔を見るたび、どうしてもおえいはそう思わずにはいられない。ついつい、素っ気ない態度になってしまう。

「おかみさん、焼いとりゃあすか」

「え？」

「団子はええけど、その餅はいらんに。ここだけの話、おふみさんより、おかみさんのがだいぶ器量良しの、ええ女だで。おふみさん、ちょっと顔が陰気だでいかん」

「いやあだ、鷺太夫さん。そんなお上手言っても、何にも出ないよ」

新内の二人は、おえいの態度をまったくあさっての方向から当て推量したようだ。

「お席亭はいっつもおかみさんにベタ惚《ぼ》れだでね。心配せんでええで」

まあ、そう言われれば悪い気はしない。

「そう？　じゃ、そういうことにしておこうかな」

九

「……てんもうかいかいそにしてもらさず」

「清ちゃん、今なんて言ったの」

今の手習い処に通うようになって、清吉は素読《そどく》が楽しいらしく、おふみが聞いてもすぐには分からないような言葉をたくさん聞き覚えてくる。

「天網恢々《てんもうかいかい》、疎《そ》にして漏《も》らさず」

「どういう意味？」

「えーっとね。えーっと。あ、そうそう、先生はね。分かりやすく言うと」

「分かりやすく言うと？」

「お天道さまはお見通し、だって」

――お天道さまはお見通し……。

胸にこたえる言葉だ。

今日で、十二月《しわす》も二十日を過ぎる。

おえいはまちがいなく、あのときの子守だ。そしてまちがいなく、自分のことを井筒屋のおふみだと分かっている。

分かっていて、黙っている。

――謝らなければ。

なぜあのとき、あんなことをしてしまったのか。

あの後、おえいが暇を出されたと聞いてから、おふみはずっと後悔していた。

幼いときの過ちの記憶は、強く、深い。

自分に何か悪いことが起きるたび――井筒屋に盗賊が入り、父が怪我をし、家業が立ちゆかなくなり、芸者暮らしの後のせっかくの結婚も結局離縁になり――きっと、あのときの報いだ、なんの罪もない子守の娘に、濡れ衣《ぬぎぬ》を着せたからだ、罰《ばち》が当たったのだと思ってきた。

ありがたい仕事の口が、よりによっておえいの亭主の営む寄席の三味線弾きだった。

これはきっと、お天道さまの巡り合わせだ。

ようやく謝る折が訪れたのだ。ここを逃したら、もう自分にはきっと一生良いことはない。

謝ろう。

そう決心して清洲亭に行くのだが、いざとなるとなかなか、改まって昔のことを言い出すきっかけが作れない。

「おっ母さん。今日から、新しい噺家さんが来るんだよね。どんな人かな」

親子二人、連れだって清洲亭に向かう。

清吉は清洲亭のことも気に入っていて、芸人たちからもかわいがられている。ちょっとしたお使いを頼まれて、駄賃をもらうことも増えていた。

いつものように中へ入ると、噺家というよりはお関取かと思うような大男が、秀八と話し込んでいた。

「……昼席か。良いじゃないか。あたしに異存はないよ」

「助かりやす。恩に着ます」

「良いってことよ。あたしはここが気に入ってるんだ。穴をあけてすまなかった。文福もこう長くは荷が重かったろう。両方に迷惑かけちまったな」

「いえいえ……。それより、もう本当にだいじょうぶなんで？」

「ああ。ほら、このとおり。ちゃんと立ったり座ったりできる」

――まあずいぶん大柄な。

なるほど、弁慶である。

「ああ、師匠、こちらが三味線弾きのおふみさん」

秀八はおふみを弁慶に引き合わせると、他の芸人たちにも声をかけた。

「じゃあ、今日はこれまでどおりですが、明日から早速、昼も開けます。みなさん、良い年越しをいたしやしょう。よろしく頼みます」

その日は、久しぶりに弁慶が出るというので、客が今までよりずっと多かった。畳の目が見えないほどに客席が埋まっていくのを、おふみははじめて見た。

「おふみさん。あの、今日から、あれ、やります」

「ああ、あれですね。分かりました」

ヨハンがようやく意を決したらしい。

客の一人に高座に上がってもらい、箱に入ったヨハンの手と足とを縛らせ、さらに箱の蓋を閉めてもらう。しばらく三味線が流れた後、ヨハンが客席の後ろから現れて、高座へ上がる、という趣向である。

どうやったらあんなことができるのか分からないが、ヨハンの願いどおりの箱と仕掛けを、秀八が本職の腕を生かして作るところから始まったこの手妻は、これまでにない大がかりなものだ。

ヨハンの姿が消えている間、客の注意が逸《そ》れないよう、派手な三味線を弾くのがおふみの役目だ。木霊が太鼓で手伝ってくれる。

おふみはいろいろ考えた末に、ここの三味線を芝居の〈勧進帳《かんじんちょう》〉のおしまいの方で武蔵坊《むさしぼう》弁慶が富樫《とがし》の前で踊る「延年《えんねん》の舞」のあたりから取ることにした。この曲ならきっと客のほとんどが知っていようし、弁慶が追及を逃れて去って行く張り詰めた感じは、ヨハンが本当に縄抜けをして姿を現せるのか、客の興味をかきたてるのにふさわしいだろう。

しかも、おあつらえ向きに真打ちをつとめるのが御伽家弁慶だ。こうした符合は、やっている方も見ている方も楽しい。

前座の木霊のあと、ヨハンがいくつかこれまでどおりの技を披露して、いよいよ縄抜けである。

――うまくいきますように。

ヨハンの姿が箱の中に消えた。おふみは三味線をかき鳴らす。ヨハンが無事客席の後ろにたどりつき、客の中へ出る準備ができたら、秀八が拍子木を打つ。それを合図に三味線と太鼓はいったん止まる。

客が息を呑むのが袖にいても分かり、三味線のバチを握る手に汗がにじみ出てくる。姿を現したヨハンがお約束の台詞を言ったら、もう一度三味線を鳴らす段取りだが、おふみにはヨハンの声が小さいのが心配だった。

「ただいま参上！」

──良かった。

客席のどよめきの大きさに負けぬ声が聞こえて、おふみは懸命に三味線を鳴らした。稽古での小さな声が嘘のようである。

「どえりゃあ技だがね、こんなのはじめて見たわ。ヨハンさんたいしたもんだなも。ほんでもこれは三味線弾きもたいへんだがね。おふみさん、えりゃあでしょお」

鷺太夫が声をかけてくれた。「えりゃあ」は「えらい」なのだが、尾張訛《なま》りでは「偉い」の意味ではなくて、辛いとか疲れるとかの意味らしいと、最近おふみは知った。

「今日は久々の大入り。良かったね」

鷺太夫と燕治の新内、弁慶の噺、いずれも無事終わり、客が帰ると、おえいがにこにこと芸人たちに茶を淹《い》れてくれた。

──言わなくちゃ。

とはいえ、芸人たちがいるところでは切り出しにくい。

まごまごしているうちに、いつしかおふみはいつも通り清吉を連れて、清洲亭の木戸を出てしまった。

──明日こそ。

冬の空に、遅く出た月が冴《さ》える。

おふみは天を仰いだ。

「おっ母さん、どうしたの？」

「ううん。お天道さまもお月さまも、お見通しだよね、きっと」

「なんのこと？」

「いいのいいの。なんでもないの」


一夜明けて、いよいよ今日から昼席が始まる。おふみはいつもより早く家を出た。清吉は、手習い処が終わったら直接清洲亭へ来ることになっている。

昼席は滞りなく済んだが、事はその後に起こった。

――あら？

外が妙にざわざわする。

窓からのぞくと、夜席が開くのを待つ客の中に、どう見てもこれまでの客にはない、荒《すさ》んだ様子の男たちが数人、混じっている。

「おう。早く開けろ」

「なんだ、この寄席は。ごたいそうに、客をずいぶん待たすじゃねえか」

「わざわざ来てやってんだ。酒の振る舞いでもしやがれ」

龍、しゃれこうべ、鬼、虎……男たちはことさら彫り物を見せびらかし、すでにかなり酒の入っている様子だ。しきりに奇声や怒号を発したり、他の客を睨《ね》めつけたりするので、良い場所に座ろうとせっかく早めに来てくれていた上客たちが、みな恐れをなしていなくなってしまった。

「おまえさん……」

おえいが顔を青くして、秀八の方を見た。

「ちょっと、待っててくれ。おまえたちは外へ出るなよ。芸人たちもな」

秀八は何か思案した様子でその場から勝手口を通って立ち去ると、ほどなくして数人の男たちを連れて戻ってきた。

「おう。おまえさん方はうちの客じゃない。みなさんにご迷惑だ。お帰りくだせぇ」

秀八は、連れてきた男たちとともに、ならず者たちの前に立ちはだかった。みな、てんでに金槌《かなづち》やのこぎり、玄翁《げんのう》などを持っている。

――あっ。

街道沿いに清吉がこちらへ向かって来るのが見えた。

――来ちゃだめ。

こちらへ向かってくる姿に、おふみは心の中で叫んだ。

すると、まるでその声が聞こえたかのように清吉がいったん足を止め、こちらの様子をしばし眺めたかと思うと、くるっと回れ右をして駆けだしていった。

ほっとしたのもつかの間、ならず者たちと大工たちとのにらみ合いはまだ続いている。

おえいとおふみはいつしか、体を寄せ合って外の様子を見守っていた。

「秀、やる気か。こっちだって空手《からて》で来ちゃいないぞ」

「何を言ってやがる」

「どうせ金なんかできやしめぇ。悪あがきしねぇで、さっさとここを退《の》いたらどうだ」

「うるせぇ！」

秀八は今にも玄翁を振り下ろしそうな勢いだ。おふみの横でおえいが「きゃっ」と小さく悲鳴を上げた。

「お席亭、大工のお歴々。下がってください。早く」

――先生？

頭陀袋《ずだぶくろ》を首から提げ、手ぬぐいで口と鼻を覆った弁良坊が近寄ってきて、何かを投げるような仕草をした。

ぼっ、ぼっ、ぼっ……。

弁良坊の投げたものは、ならず者たちの顔のあたりで、立て続けにいくつも破裂したようである。

「ごほっ、ごほっ……」

「うげぇっ、ぐふ、ぐふ」

「ぅわ、目が、目が……うげっ」

男たちはみな一様にしゃがみ込んでむせかえり、目や鼻を押さえている。

弁良坊が彼らの背後から近づいた。今度は手にはさみを持っている。

ちょきん、ちょきん、ちょきん……。

音とともに男たちの髪がばらばらっと解けて、絵双紙《えぞうし》などによく描かれている落ち武者のような頭が次々にできあがっていった。

「さ、棟梁、まずは中へ。おかみさん、そこにいらっしゃるのなら、開けてください」

「先生、これは」

「早く。でないと棟梁もむせますよ」

おふみとおえいは慌てて木戸を開け、大工たちと弁良坊を迎え入れた。

おそるおそる、おえいが外の様子を見た。

「あらぁ……」

おえいは声を上げて笑い出した。

「見て」

——あら、ま。

弁良坊のはさみで髷《まげ》を落とされ、ざんばらの童髪《わらわがみ》になった男たちが、涙と鼻水で顔をぐしゃぐしゃにしている。

「お、覚えてやがれ」

聞いている方がむずむずしそうなひどい鼻声がそう言ったかと思うと、男たちはそれぞれ顔や頭を押さえながら、その場から立ち去っていった。

「先生、いや、ありがとうございます。正直、あっしも振り上げた玄翁、どうしたもんかと」

「え、おいらは一回ぐらい、こののこぎりであいつら殴ってみたかったけどな」

一番若い大工の留吉がゆったりとした調子でそう言ったので、みな吹き出してしまった。

「本当に助かりました。しかし、いったいどんな術をお使いになったんで？」

「いやいや、術なんかじゃありませんよ」

弁良坊はそう言うと、頭陀袋にまだ一つ残っていた小さな袋をそっとつまみ、みなの前に出してみせた。

「清吉から、寄席の前でけんかが始まりそうだと聞いたものだから。もしかして、予《かね》て工夫のこれが使えるかなぁと」

「これはいったい」

「私はこしょう玉と呼んでいます」

「こしょう玉？」

「ああ。中身は唐辛子と胡椒《こしょう》、それにうどん粉ですよ。胡椒を使って、相手に故障を与えますから、こしょう玉」

　おえいがくっくっくと肩を震わせて笑い出した。

「袋は薄い紙でできてますから、強くぶつければ破れます。この紙の袋の作り方が工夫のしどころなんですが……今日はなかなか良い実験ができました」

「いったいなんでまた、こんなものを」

「いやまあ、書物で見たものですからね。実際に作ってみたくなって。いやはや、面白かった。あ、念のため、こしょう玉が飛び散ったあたりには、打ち水を。他の方にご迷惑がかかるといけない。そうそう、これはお席亭の方で処分してください。では、私はこれで」

　弁良坊は髷を四つ、そこへ置くと、あっさりといなくなってしまった。

「いやあだ。これじゃ怪談噺みたい」

　黒々とした髷を見て、おえいが眉をひそめた。

「おお、良いじゃねえか。小道具になる。取っておこう」

　とんとん、と木戸を叩く音がした。おふみもおえいもぎょっとして振り返った。

「申し。今日はお休みかね。弁慶さん、楽しみに来たんだが」

「あら、大橋のご隠居だ。ご隠居、すみません」

「なんだ。みなさんおそろいなんじゃないか。なぜ開けないんだい。他にもお待ちの方、いらっしゃるよ」

「すみません、ちょいと取り込みがあったもんですから……よし、夜席、開けよう」

おえいとおふみは、早速桶《おけ》と柄杓《ひしゃく》を持って外へ出た。

——今、言わなきゃ。

「おかみさん。私、どうしてもおかみさんにお話ししなきゃいけないことがあるんです」

おえいは黙ってじっとおふみの顔を見た。

「夜席終わったら、ちょっと付き合ってくださいませんか」

「……分かったわ。二人で、話しましょう」


秀八には何か伝わっていたのか、客がみな帰ったあとの客席で、おふみはおえいと二人だけになった。清吉は新内の途中で眠ってしまい、席亭夫婦の座敷に寝かされていた。

——何から話そう。

おふみは懸命に頭を巡らした。

「おかみさん。とっくにお気づきなんでしょうけれど、私、井筒屋の娘だった、おふみです」

障子を通して月明かりが薄く射《さ》す。きっとお月さまだってお見通しの光である。

「本当にあの節は申し訳ありませんでした。今更謝って済むことではないけれど……」

「やっぱり……」

おえいが深々とため息を吐いた。

「なんで、あんなこと。あたしはあれで暇を出されたんですよ。せっかくの奉公先だったのに。おまけに、性根が悪いなんて言われて」

「本当に、本当にごめんなさい。どう言ってお詫《わ》びしたらいいか……」

畳についた手の甲に、ぽたぽたと滴が落ちた。

灯心の燃えるじりじりとした音がかすかに聞こえる。二人とも黙ったまま、どれくらい経っただろうか。

口を開いたのは、おえいだった。

「ね、おふみさん。もう二十年以上も前の話よね」

おえいはそこで一度言葉を切って、天井を見上げる仕草をした。

「許してあげる、とは言わない。言えない。けど、今更怒っても何にもならないことくらい、あたしも分かってる。あたしがへそを曲げて、たとえばあの時の仕返しに、うちの人に向かって〝おふみさんをクビにして〞なんて言ったとして、それって結局、うちも困るんだもの」

――おえいさん。

「ただね。やっぱり、ちゃんと訳を聞かせて。今はご苦労なすってるみたいだけど、あの頃はおふみさん、お梅お嬢さんと同じで、乳母日傘《おんばひがさ》の良いお嬢さんだったでしょ。お雛さまの車を壊しちゃったのがわざとじゃないなら、何も隠したり人のせいにしたりしなくっても良かったんじゃないの？　そのへんがあたし、なんだか腑《ふ》に落ちなくって」

「あれはね、あれは……」

そう、おえいの言うとおりだ。

「車を落として壊しちゃったのは、わざとじゃなかったんです。でもね、本当はそのとき、私、お雛さまの顔を……」

「顔を？」

「顔を汚してやろうと思って、おっ母さんの紅を持ち出していたの。白くてきれいなお顔、みっともなく真っ赤にしてやろうなんてばかなことを考えてたんですよ」

行灯の火影に、二人の影が浮かび上がる。

「そしたら、紅を塗る前に、車がごとんと落ちて、壊れて。それで怖くなって……」

「そうだったんだ。でも、なんでまた、そんなこと。お二人、仲良しだったでしょ」

「違う、全然違うの。私、お梅ちゃん、きらいだった」

「え？」

同じ年頃の娘二人。親同士も商売上の付き合いが深く、よくいっしょに行動させられていたが、何をとっても、おふみはお梅に敵《かな》わなかった。

器量の良さは歴然としていた。隣に並んでいると、おふみはいつも引き立て役だった。稽古事の腕前も、おふみは何一つお梅に勝てなかった。かろうじて互角と思われたのが、三味線だった。

家の財力も、実は山崎屋の方が上だった。そのせいだろう、稽古事のおさらい会などでも、だいたいいつも、お梅の方が良いところを持っていった。おふみは呉服屋の娘なのに、お梅の方が衣装も良いことが多かった。

あの山崎屋の雛人形は、おふみにとっては、自分が絶対勝てないお梅の、形代《かたしろ》みたいに見えていた。近所の人たちからちやほやされるのはいつもお梅で、自分はいてもいなくても同じか、せいぜいお供みたいなものだった。

「そうなんだ……ちっとも分からなかった。二人とも、良いお嬢さまでうらやましいと思ってたのに」

「私、たぶん、僻《ひが》んでばかりいたんだと思います。だってね、実は私、おえいさんのことも」

「あたしのこと？」

「そう。おえいさん、あの頃、みんなから孝行娘だ、こんなに小さいのにちゃんと奉公ができてって、ずいぶん褒められていたでしょ」

「そうだったかしら」

「後から思うと、本当に浅はかなんですけど。私あの頃、誰かに褒められるってことがまるでなくって。おえいさんのこと、子守娘なんかが、なんであんなにみんなに褒められるんだろうって……だから」

だから、山崎屋のお内儀が車が壊れているのを見つけたとき、とっさにおえいのせいにしてしまった。

「本当に、本当にごめんなさい」

時を告げる寺の鐘の音が低く、うなるように響いてきた。

「分かったわ。もう、この話は終わりにしましょう。おふみさんには、明日からも三味線弾いてもらわなくちゃいけないし」

ようやく胸のつかえの下りた気がしたおふみだったが、おえいに聞かされたのは、思いも寄らぬことだった。

「ただね。うち、もしかしたら、年は越せないかもしれないの。そうなったら、ごめんなさいね」

——年を越せない……?

「うちの人が書いた借金の証文が、タチの悪いところへ回っちまってね。二十両っていうお金を晦日《みそか》に用意できないと、寄席、壊されてしまうの」

——壊されてしまう?

「先のことはどうなるか分からない。ともかく、晦日まで、おふみさんも力を貸して。お願いします」

十

十二月二十七日。

客足を呼び戻してくれた弁慶のおかげで、清洲亭はそれまでの〝足の出ないぎりぎり〟の状態を抜けて、なんとか〝もうけが出る〟ところにたどり着いていた。

もちろん、興行を邪魔しようとした千太《せんた》たちを、思わぬやり方で撃退してくれた弁良坊の先生のおかげでもある。

――十一両二分、いや三分か……。

あちこち頼み込んでの借金、普請の手間賃、おえいの団子屋のもうけ、家の中のめぼしいものを浅田屋へ質草に持ち込んでの借金……何もかもかき集めても、払えそうな金額はこれくらいだ。晦日に二十両なんて、逆立ちしたって出ようもない。

「……おまえさん、どうするんだよ。今日は大晦日。大家に米屋、薪屋に魚屋、他にも方々から掛け取りが来るよ……」

ありがたいことに今日もいっぱいの客の前で、弁慶が〈掛け取り万歳〉をはじめた。

大晦日に金の用意できない、長屋住まいの夫婦。日頃、掛け、つまりツケで買い物をしているあちこちの店から、「今日こそは払ってくれ」と、集金人がやってくる……という噺だ。

弁慶演ずる亭主は、思いがけぬ才を発揮して、それぞれの掛け取りをすべて撃退、夫婦は一銭も払うことなく、無事に年を越してしまう。

――あんなふうに兄貴を。

千太を追っ払えたら、どんなに良いだろう。

おえいは「番所へ訴えたりできないの」と嘆いたが、千太が持っている証文は、まちがいなく秀八の書いたものだ。木曽屋の庄助が姿を見せて、千太の言う借金の詳細を話してくれない限り、どこへ訴えても取り上げてはもらえないだろう。

狂歌の応酬、けんかの啖呵《たんか》、でたらめの義太夫《ぎだゆう》、芝居の台詞に所作……〈掛け取り万歳〉はいろんな芸の、文字通りいろんな「色」が入っている根多だ。弁慶のよく通る太い声が次々に、惜しみなく芸を披露していく。

「……そいじゃあいってぇ、いつになったら払えるんだ。……あぁら、百万年も過ぎてのち」

オチまで演じ終えた弁慶は、腰を浮かし、それまで敷いていた座布団を脇へどけると、改めて客席へ声をかけた。

「ええ、新しく、この九月に南品川にできました寄席清洲亭、おかげさまでやっと年を越そうというところまで参りました。どうぞ来年も、変わらずごひいきくださいますよう、芸人一同、改めまして」

弁慶がそう言うと、木霊、ヨハン、鷺太夫、燕治が袖から舞台へ出てきた。打ち合わせ済みだったらしい。

「改めまして、皆さまに御礼とお願いを申し上げます。本来、興行は本日、二十七日までてございますが、みなさまのご厚情をもちまして、あと二日、追加で興行をいたします。どうか、明日も、あさってても、親類縁者隣近所見ず知らずでも多生の縁、大勢さまでおいでくださいますよう、よろしくお願いいたします。それでは残る年、来《きた》る年、みなさまのご多幸と、あと二日、この清洲亭の大入り満員を祈念いたしまして、お手を拝借」

さすが、よどみない。弁慶の「よーぉっ」のかけ声のもと、盛大な手〆《てじめ》の音が鳴り響いた。

――弁慶さん……。

涙が出てくる。

やれることはやった。

と、胸を張って言えるだろうか。

今となってはなかなか、自信がない。

「よう、お席亭、感涙にむせぶかい」

「師匠、ありがとうございます。ただ、実は」

「借金のことだろう。おかみさんから聞いてるよ。この腕で全部叩き出してやらぁ、とまで言ってやれねぇのが無念だが、まだ諦めるこたぁない。何があるか、分からねぇよ。世の中は」

弁慶としみじみ語り合っていると、木霊が申し訳なさそうに顔を見せた。

「なんだ、何かあったか」

「はい。あの、お席亭に、客人です……」

嫌な予感がする。

秀八は勝手口から外へ出た。肌を刺すような風が吹き、背筋がびりっと震えた。

「よう。こないだはずいぶん味なまねをしてくれたじゃねぇか。おかげでこっちは昼間みっともなくって出歩けねぇ、こうもりになっちまった」

――やっぱりか。

相変わらず世の中すべてにけんかを売っているような姿形だが、髷を切られた頭を隠すために、ほっかむりをしているのは、いささか間抜けだ。

「ま、お席亭でございって良い顔していられるのもあと三日だ。それまでに二十両用意できなきゃ、分かってるだろうな」

払うのは、百万年も過ぎてのち。

そう言って返せたら、どんなに良いだろう。

「じゃあな。かわいいかみさんによろしく」

卑しい笑い顔だ。こんなヤツと半分血がつながってることが、心の底から忌々《いまいま》しい。


追加興行の二日は、何事もなく過ぎた。二十八日は、餅つきをするかどうか、秀八は迷ったが、もうここで餅代を倹約したところで、もはや返す金の足しになるわけでもないと思って、芸人みなで餅つきをした。

「縁起物だ。清吉、たくさん食べな」

「先生、どうぞ召し上がって」

弁良坊も加わっての餅つきは、子細を知らぬ傍から見たら、さぞ長閑《のどか》なものに見えただろう。

千秋楽の二十九日、秀八は帰って行く弁慶を見送った。

「師匠、ありがとうございました、本当に」

「おいおい。〝ました〟って言うなよ、終わっちまったことみてぇに。な、まだ分からねぇ。こちとら来年もここへ来る気でいるから。桃太郎兄さんだって、来年はぜひ一度清洲亭へ行ってやろうって、言ってなすった。な。だから、手紙をくれ」

「はい……」

「おいおい、おかみさんまで。頼むよ、泣かないでくれ。きっとまた会える」

弁慶がいなくなると、他の芸人たちもみな身の回りを片付けている。

「ここで正月を迎える気でいたんですが……」

一番道具の多いヨハンは、途方に暮れる様子だった。

「お席亭の作ってくれた箱は、ここでしか使えませんしねぇ。惜しいけど、置いていくしか」

秀八夫婦もいつでも家移りができるよう、覚悟だけは固めていた。おふみがもう一度座敷へ出られるよう、秀八は近々、島崎楼の佐平次に頭を下げに行くつもりである。

——大石内蔵助も、こんなんだったのかな。

おえいと枕を並べて、秀八は忠臣蔵の「赤穂城引き渡し」を思い浮かべていた。丹精込めて自分で普請し、必死で毎日やってきた。御停止で面食らったときも、客足が落ちたときも、なんとか乗り越えてきた。

それなのに。

——やっぱり、早すぎたのかな。

そもそも、早く寄席を開きたくて、自分が木曽屋の好意に甘えすぎたのがいけない。

ちゃんと自前の金が貯まってから、はじめるべきだったのだ。

――庄助さん、よぉ。

恨んではいけない。そう思ってはみるものの、姿を消した庄助が恨めしい。

十二月三十日。

最後になるかもしれぬ清洲亭の朝飯を、今日はここにいるみなでいっしょに食べようと、おえいが支度をはじめていた。

「あれ、木霊はどうしたの」

他の者はそろったのに、木霊の姿がない。

「なんか、朝から姿見んだに。どこへ行ってまったかしらん」

「しょうがないねぇ。せっかくみんなで揃《そろ》って食べようってのに」

「まあいいや、そのうち来るだろう。先に食べて良いよ」

秀八は、最後の頼み、庄助がふらりと姿を現さないかと、ついつい戸口の方に気を取られていた。

「おかみさん。ごちそうさま」

「ごちそうさま」

「今ね、もう一度ご飯炊いて、握り飯を作るから。みんな待ってて」

「そうですか。じゃあ手伝いましょう」

ヨハンがおえいのあとについて、かまどに向かった。

「ごめんください。大工の棟梁の秀八さんってのは、こちらさんで」

「はい、秀八は手前ですが……」

「北品川の笹屋《ささや》から参りました。こちらをお届けするようにと、申しつかっておりやす」

北品川の笹屋は、このあたりでは一番と言われる酒屋だ。島崎楼など、名のある遊女宿はだいたい、笹屋から酒を仕入れている。

ついてきた小僧が、朱塗りの角樽《つのだる》を一対置いた。

――なんだこれ。

千太の嫌がらせか。

これから押しかけてきて、これ見よがしにここで一杯やろうと言うのだろうか。

「あの、いってぇどなたの差し金で」

「あ、すみません。これはあくまでもご祝儀で、本来お渡しせよと言われたのはこちらでございます」

――書状？

「じゃ、お渡ししましたよ。ごめんください」

笹屋の手代と小僧は、そのまま帰ってしまった。

秀八はおそるおそる、四角な紙包みを開いた。

「これ……」

秀八の字だ。件《くだん》の証文である。

どういうことなのか。これがこちらに渡れば、金は払わなくても良いことになる。

まさか。

添えられている手紙を読もうとしたが、漢字が多くて、すぐには中身が分からない。

「ちぇ……ちょっと弁良坊の先生のところへ行ってくらぁ。もし兄貴たちが来たら、しばらく待たせとけ」

――なんなんだ。

今手にあるのは。良い知らせか、それとも、悪い知らせか。

自分で読めないのが、情けない。

「先生！」

「おやおや、棟梁、どうしました。そんなに息せき切って。仇討《あだう》ちにでも行きますか」

「先生、混ぜっ返しはなしですよ。毎度すみませんが、この手紙、急ぎ、読んでおくんなさい」

弁良坊は書状に目を落とした。

――先生、早く、早く。

「お席亭。よく清洲亭にお越しになっている、あの上品なご隠居のお名前はなんと言いましたか」

「ご隠居？　ああ、大橋のご隠居のことですか」

「そうそう、間違いなさそうだ。これはその、大橋さまからのお手紙のようですよ」

——大橋のご隠居から？

「まあ簡単に言うと、〝証文は自分が取り返した。狼藉者《ろうぜきもの》たちは当分顔を出すことはないからご安心なさい。新年も良い寄席になるよう、期待しているから〟だそうです」

——ありがてぇ。

ありがたいが、いったいなぜ。

大橋のご隠居に、借金の話など聞かせた覚えはない。まして、ここまでのことをしてもらう言われもない。

「あの、大橋のご隠居の、素性については、何か書いてありませんか」

「ええっと……お住まいと屋号が書いてありますよ。中橋広小路町《なかはしひろこうじちょう》、ああ、京橋《きょうばし》のあたりですね。大観堂《たいかんどう》大橋善兵衛《ぜんべえ》……。大観堂と言えば、老舗《しにせ》の書物問屋です。おやおや、あのご隠居、とんだ大物ですね」

——ありがてぇ。

ありがたいが、そんなお人がいったいなぜ。

隠居の素性が分かっても、この疑問はいっこうに解けない。

「まあ、とんだ福の神が現れたと思って、ありがたく受け取れば良いでしょう。思わせぶりなことなどは、何も書いてありませんよ。またぜひ行くからとだけ、あります」

秀八は、狐《きつね》につままれた思いで、清洲亭へ戻ってきた。

「おうい。みんな。ここで年が越せることになった」

「え、おまえさん。いったいどういう」

「おれにもよく分からねぇ。とにかく、大橋のご隠居がこの証文、取り戻してくだすったということしか……」

「へぇ。そりゃあ、すごい」

「なんで、あのご隠居が？　その訳は分からないの？」

おえいが首を傾げた。無理もない。

「それはよく分からないんだが……ともかく、これでしばらくはなんとかなる」

おえいがその場にへなへなと座り込んだ。

「じゃあ、家移りしなくていいんだね。ここにこのまま良いんだね」

「ああ」

——ともかく、これで、今は良しだ。

大橋のご隠居を、うちの上客を、信じよう。

早速桃太郎と弁慶に手紙を書いて、新年のことを考えよう。できたら、十一日くらいからは開けたい。

できたら、文福はもう願い下げにしたい。弁慶も、「文福にはまだ早かったかな」と言っていた。ぜひ、そのあたり、呑み込んでもらいたい……。

頭を巡らせていると、ヨハンが「お席亭、こんなものが」と紙切れを持ってきた。

「なんだ、これ」

「木霊の姿がずっと見えないのがどうしても気になって、あいつの使ってた部屋、入ってみたんです。そしたら、荷物はなくて、これが置いてあって」

「なんだって……」

……おせわになりました。さがさないでください。

文面はこれだけだった。

――どうしたんだ。

せっかく、寄席が続けられるっていうのに。

「ヨハン。この書き置きの件は、しばらく他の者には言わねぇでくれないか。うちのヤツにも」

「ええっと、いいですけど。でも、聞かれたらなんて答えれば」

「おまえは、何にも知らないって言えばいい。おれがなんとか言いつくろうから」

「分かりました」

木霊、何があった。

戻ってこい。

第三話

寄席は涙かため息か

一

ごめんくださいと遠慮がちな声がして、いつも締まりのあやしい戸が開き、清吉《せいきち》の母親のおふみがやはり遠慮がちな顔を見せた。

「すみません、こんな、お正月の一日からお邪魔して」

「ああ、いいんですよ。清吉、おっ母《か》さんがお迎えだから、お帰り」

「はあい」

「本当にいつも。あの、これ、もし良かったら」

おふみが椀《わん》の載った盆をそっと差し出した。湯気が上がっている。

「おや、わざわざ雑煮を。こちらこそすみません」

「いえ……お餅は、清洲亭《きよすてい》さんからいただいたものですから。ほら清吉、きちんとごあいさつを」

「先生。お邪魔しました」

「ああ。またおいで。七日が済んだら手習い処《どころ》も始まるから」

「はあい」

――不思議なものだ。

子どもに懐かれるとは。

弁良坊黙丸《べんらぼうだまる》こと彦九郎《ひこくろう》は、湯気の上がっている椀を両の手で包み込んだ。雑煮の温《ぬく》みが心地よい。

手習い処の師範なぞしていると、世間では子ども好きの優しい人に思うのかもしれぬが、自身ではまったく当てはまらぬと思っている。

ただどういうわけか、今の手習い処では、自分に懐いてくれる子が幾人かある。そうした子にはおおよそ似ているところがあって、十中八九、元気よく明るい性質《たち》の子ではない。たいていは決まって、何か内緒事でも抱えているかのようにひとりで彦九郎のところへ寄ってきては、他愛ないことを熱心に話し、話し終わると気が済んだというように帰って行く子ばかりである。

――話を聞いてほしい子たち、なのかな。

彦九郎はそうした話に特別、助言を与えるわけでも、教訓めいた解釈を加えるわけでもない。ただただ、「そうか、そうなんだ」と相づちを打ってやるだけである。幸い今のところ、それを面倒だと思うことはない。

きっと、世の大人の大半は、己の身過ぎ世過ぎに忙しくて、子どもの話にじっと耳を傾けている暇などないのだろう。それを思うと、存外この仕事は自分には合った生業《なりわい》なのかもしれぬ。

同じ長屋の清吉は、中でも際だってそういう性質らしい。歳《とし》の割にはものを筋道立て
て話すことの巧《うま》い、なかなか利発なこの少年はこちらの気配を察するのも上手で、彦九
郎が内心で「今日はそろそろ書見がしたいな」などと思い始めると、まるでそれを見透
かしたようにさっと帰って行く。

よって、こちらは至って迷惑に思ったことはないのだが、母親のおふみは息子が頻繁
に彦九郎を訪ねて行くのを申し訳なく思っているようで、時折今日のように迎えに来る。

「むにゃむにゃむにゃ」

小さな黒い塊が彦九郎の膝の横でうごめいた。

――猫の夢か。

清吉によると、夢に白い猫が現れて、自分の名は五郎太《ごろうた》だと告げていったのだという。

――面白いな。何かの話の素材になりそうだ。

「それは、猫が人語を操ったのかな」

「いえ、そうではないんです、なんというか、しゃべったというわけではなく……」

清吉はそこで首を傾《かし》げて言葉を探しているようだったが、やがて、困ったように、

「なんというか、とにかく、そう伝わってきたんです」と言った。

「じゃあ、きっとその名なんだろう」

彦九郎はそう言うと、半紙に「五郎太」と書いてやった。

「立派な名だね。さぞかしたくさんネズミを捕る、名猫《めいびょう》になるにちがいない」

清吉はにこにことその半紙を大事に畳み、懐にして帰って行った。

――それにしても。

五郎太さまとは恐れ入る。どうかすると、お家騒動も絡んだ長い物語が書けそうな名だ。

清吉にはもちろん言わなかったが、この名は、彦九郎にとって、相当に本当に、恐れ多い名だった。

彦九郎の姓は河村《かわむら》という。美濃国高須松平家《みののくにたかすまつだいらけ》の家臣で、代々右筆《ゆうひつ》をつとめる家柄の出であった。

高須松平家は、隣国尾張国の徳川家、すなわち、いわゆる御三家筆頭の徳川家の、古くからの分家にあたる。

三つあった尾張徳川の分家のうち、他の二家はすでに絶えてしまっているが、高須松平は今でも、三万石の小藩ながら健在である。

実はこの「五郎太」というのは、尾張徳川の初代義直《よしなお》公をはじめとして、五代当主までが幼名としてお使いになっていた御名である。無念なことに、五代の五郎太さまは成人に達しないうちに亡くなられた。それやこれやが遠因となって、以後、尾張徳川家の血筋は、分家である高須松平家からの「養子」によってかろうじてつながれていくことになったのだ。

「じゃあ、そなたは、秀之助《ひでのすけ》さまにしようか」

まだ名前のない黒猫にそう呼びかけて、彦九郎は「いやいや」と首を横に振った。

――それはさらに恐れ多い。

尾張徳川家の当主の座は、七代の宗春《むねはる》公――八代将軍吉宗《よしむね》公と、何かと張り合われたことで有名なお方である――が幕府から蟄居《ちっきょ》を命じられて後、高須松平からの養子によって担われた。

ところが、十代目以後になると、いささか様子が変わってくる。

高須の血筋であった九代目の宗睦《むねちか》公が直系の男子を残せぬまま亡くなると、将軍家に生まれた男子が、幕府によって次々と尾張徳川家の当主として送り込まれてきたのである。

尾張家にとっては、これは面白くないことばかりであった。ずっと江戸にいて滅多にお国入りしない当主に、武家のみならず町人たちの気持ちまで離れ、さらに尾張家が大切に守ってきた木曽の山林などの財産が、将軍家のために取り崩されるようなこともあったからだ。

実は、現在の高須松平家当主である義建《よしたつ》公はなかなかの子福者《こぶくしゃ》で、複数の壮健な男子がある。中でもご長男秀之助さまは俊英の誉れ高きお方、次の養子は何がどうしても秀之助さまを――というのが、尾張家周辺の悲願であった。

幸いなことに、様々な偶然――なのかどうか、彦九郎のような者にはよく分からないが――が重なり、五年前、その悲願は達成された。秀之助さまは現在、尾張徳川家十四代当主として、政《まつりごと》に専心しておいでになるはずである。

はずである、というのは、彦九郎の方は残念ながら、浪人となってすでに五年になるからだ。尾張徳川家のことも、高須松平家のことも、今では遠くから噂《うわさ》を聞くばかりだった。

「名前か……」

生き物に名を付けて飼うなどということは、これまでにしたことがなかったので、清吉から白猫を五郎太と名付けたと聞くまでは思いも寄らなかったのだが。

……生きとし生けるもの、すべて、仏との縁を。

海藏寺《かいぞうじ》の住職、昴勝《ぼうしょう》の声がよみがえる。畜生といえど、一つ屋根の下でともに暮らす命には違いない。名があってしかるべきかもしれぬ。

「そなたいっそ、兄上の名を名乗るか？」

黒猫にそう話しかけてみたが、返答はない。

五年前、兄彦四郎《ひこしろう》が亡くなった。家督を継いで三年、江戸詰の仕事にも慣れ、ようやく許嫁《いいなずけ》との婚姻が整わんとしていた頃だった。

――兄上。

兄のことは、片時も忘れたことがない。忘れられるはずもなかった。

兄の亡骸《なきがら》は四谷《よつや》にある高須藩屋敷から遠くない掘割で見つかり、誤って落ちて溺死したものと扱われた。

「兄上が溺死するはずがない」

知らされた当時、彦九郎は容易に信じることができなかった。

兄弟が幼少期を過ごした美濃国海西郡《かいさいぐん》は、長良川《ながらがわ》、木曽川《きそがわ》、揖斐川《いびがわ》のいわゆる木曽三《きそさん》川《せん》が海へ流れ出す流域である。高須の家臣団にとって、この三川の水との戦い、すなわち治水は最大の課題であって、当然それに取り組む者として、水練の稽古も積む。

兄は彦九郎よりもはるかに水練が巧みであった。仮に誤って川に落ちたところで、泳げぬまま死ぬことがあるだろうか。

死因だけでも信じられなかったのに、さらに彦九郎に追い打ちをかけたのが、殿のお手元金を持ち逃げし、使い込んだ嫌疑が兄にかけられたことであった。

「書籍購入の手続きのために、そなたの兄に預けておいたはずの金子《きんす》十両が紛失しておる。気の毒だが、横領というよりほかに申し開きができまい」

兄の住まいは徹底的に調べられ、そのあげくに申しつけられたのが横領の罪による処罰で、河村の家は断絶とされた。

河村の本家は尾張徳川家家臣で、代々書物奉行《しょもつぶぎょう》などを輩出する学問の家である。彦九郎はこの遠縁の家にも頼んで、亡き兄の無実をなんとか訴えようとしたが、結局どこからも救いの手は差し伸べられなかった。

「残念だが、連座とされなかっただけ、ありがたいと思った方が良い。すまぬが、そなたとの縁もこれまでということにしてほしい」――これが、本家の当主が彦九郎に放った最後の言葉であった。これ以上関わり合いになるのはごめんだという苦々しさにあふれた響きに、彦九郎には涙を呑《の》んで浪々の身になるより他、道はなかった。

「にゃぁ」

「おや、鳴き声がいささか変わったな。彦四郎が気に入ったか」

共に寝起きするようになってずっと、子猫は「むにゃむにゃ」という声にもならぬ音で鳴くばかりであったのが、はじめて猫らしい声を聞いた。

――しかし、猫を兄の名で呼ぶというのも。

彦九郎はここでは弁良坊黙丸と名乗っている。ふざけた名を本名と思う者はさすがにあるまい。かような町屋の裏長屋で、自分の素性に興味を持つ者もなかろうとは思うが、あらぬ不名誉を着せられたままの兄の名を猫に背負わせるのは、兄も哀れだし、猫も不《ふ》憫《びん》である。

「そうだ。筆之助《ふでのすけ》にしよう」

ひでのすけさまを、一字ご遠慮して、ふでのすけ。黒猫には良き名ではないか。

「筆が進むかもしれん。な」

兄の無念はやはり無念、その深さは計り知れぬ。汚名を雪《すす》ぐことを、諦めたつもりはない。

だが、では彦九郎がなんとしても家督を継ぎたかったかというと、それは正直なところ、そうでもない。

武家の世界でかようなことを言えば、不心得者と叱責されるだろうが、彦九郎はもともと、お家大事の武士の暮らしは、どうにも自分の性には合わぬものとしか思えなかった。

家は兄が継ぐ。自分は貧乏しても良いから、好きな道に進む。

次男に生まれたことの、因果、特権、甘え。人によってとらえ方は違うだろうが。

「戯作《げさく》や国学なぞ、生業にならぬぞ。養子の口を探す助けにもなるまいし」

生前、兄はよく自分にそう苦言を呈していたが、それでも、弟が江戸で国学者の門を叩《たた》いたり、戯作に手を染めたりするのを、咎《とが》めることはなかった。

「秋成《あきなり》先生のような生き方をしたいのです」

「そなた、変わっているな。鈴屋大人《すずのやうし》ではないのか」

「ええ。訓詁注釈《くんこちゆうしやく》も良いのですが、一方で戯作も捨てがたい。『雨月物語《うげつものがたり》』も『春雨《はるさめ》物語《ものがたり》』も素晴らしいではありませんか」

国学というと鈴屋大人こと本居宣長《もとおりのりなが》を尊ぶ人が多いが、彦九郎はずっと上田秋成に憧れていた。

読む者を怪異の世界に引き込む、美しくも簡潔な文章で書かれた秋成の物語。『雨月物語』など、そこここ暗唱できそうなほど、幾度も読んでいる。

高じて、自分でもああいう物語が書きたいと思うようになった。様々な怪異を書き記した本などを買ったり、人から借りたりして読みあさっては、思いついた構想などを練ってきた。実際に物語として書きためたものも、いくつかある。

彦九郎は、今書きかけている、短い戯作のひとつに目をやった。

木霊を助けた一件から構想したもので、品川で心中し損なった女郎と間夫《まぶ》のその後を描いた話だ。女郎の名には〝如月《きさらぎ》〟をそのままいただいたが、間夫の方は噺家《はなしか》ではなくて、博打《ばくち》好きのお店者《たなもの》という設定になっている。もうあらかたは書いたのだが、結末をどう付けようかずっと迷って、なかなか筆が最後まで届かない。

――あの隠居は、大観堂《たいかんどう》の主人なのか。

自分の書いたものを開版してもらえないか、相談はできないだろうか。

かような伝手《つて》などたどって、図々《ずうずう》しいと思われるかもしれぬ。しかし、只の件以来、それまでの国学や戯作に関わる知己との縁が絶えてしまった彦九郎にとって、いささか縁のある寄席《よせ》にああした大物が関わりを持つというのは、どうにも魅力的なことではあった。

「にゃぁあ」

今度はあくびのような鳴き方だ。動物の鳴き声も、人間が思うより多種多様らしい。

「では、筆之助どの。改めて、よしなに頼む」

小さな黒猫の頭を撫《な》でる。金色に光る目が、二、三度、瞬《またた》かれた。

二

「ああ、良い景色……」

壊されるか、叩き出されるかと思っていた清洲亭。一転、門松やら南天やら千両やら万両やら、正月らしい飾りで彩られた家の内外をくまなく掃除して、おえいはほっと一息ついた。

思いがけず、三が日をゆったりと過ごすことができた。こんなことは秀八《ひではち》といっしょになって初めてのことだ。

しかし秀八の方はすでに、次の顔付けのことで頭がいっぱいらしい。

暮れには、諦めないと口では言いながらも、もう十中八九、清洲亭は続けられまいと夫婦して思っていたから、当然今年誰に出てもらうかの算段などしていなかった。顔付けのことで頭を悩ませているなぞ、ほんの数日前には思いもかけぬ仕合わせである。

「ごめんくださいよ。あけましておめでとうございます。清洲亭さんは、こちらでお間違いございませんか」

来客のようだ。おえいは木戸を開けに出た。

――ずいぶんご立派な。

上等の結城《ゆうき》のお対《つい》を着たその姿を見て、おえいは一瞬、大橋《おおはし》の隠居かと思ったが、残念ながらそうではなかった。

「ええと。お席亭はご在宅ですか。浜本《はまもと》が来たとお伝えください」

――浜本？

どこかで聞いたような、見たような、と思いつつ、「お待ちを」と言い置いて引っ込むと、秀八は二階でヨハンと話し込んでいた。

「ねえおまえさん、お客さま。浜本さんとおっしゃってるけど」

はしご段の下からそう声をかけると、秀八が落ちそうな勢いで伝い下りてきた。

「なんだね、危ないじゃないか」

「い、今、なんてった？　確か、浜本って」

「そうだけど」

答えると、秀八は玄関へすっとんで出た。

「お席亭！　わざわざおいでくださるとは。どうぞどうぞ、お上がりを。おえい、すぐお茶だ。羊羹《ようかん》をお厚く切ってな」

──ああ！

秀八が慌てたのも無理はない。訪ねてきたのは芝の寄席、浜本の席亭である。おえいも一度だけ、あいさつをしたことがあった。

「手紙一本くだされば、こちらから伺いやしたものを。申し訳ねえ」

「いやいや。一度、ここも見てみたかったんだ。さすが、棟梁《とうりよう》がお席亭なだけある。小体《こてい》だが、良い造りだね」

浜本は江戸の寄席のうちでも知られた老舗《しにせ》だ。世辞だとしてもうれしい。

「さてと。弁慶《べんけい》さんから聞いたよ。顔付けの件なんだが……どうだろう、噺の方は、竹《たけ》取《とり》の若旦那ってのは。ちょうど、はじめての弟子を取ったところでね。これまでより欲が出ていて、面白いんじゃないかと」

「翁《おきな》の師匠ですか。それはありがてぇ」

翁竹右衛門《おきなたけえもん》。寄席界隈《かいわい》をよく知る人々からは、〝竹取の若旦那〟とあだ名される気鋭の噺家である。

「おまえさんのところは、木霊《こだま》がずっと前座をやっているんだったよね。できたらその新しい弟子に、竹箕《たけみ》っていうんだが、前座仕事を覚えさせたいと思ってね。木霊との兼ね合いはいいかな」

「あ、それは……ご、ご心配には及びません。ちゃんとさせやす」

「そうかい。清洲亭っていう新しい寄席のおかげで木霊が立ち直っているらしいって、けっこうこの筋じゃ評判だからね、頼むよ」

実はまた行き方知れずになっておりまして、とは、秀八は言えないらしい。

——すぐにばれちまうのに。

おえいは傍《はた》でちょっと苛立《いらだ》ってしまった。

——あんな恩知らず、かばってやらなくても。

おえいの胸の内が伝わったのか、秀八がこっちへちらっと目配せをした。

「じゃあ竹取の若旦那にはこっちから話しておこう。それから、もう一つ、これは私からの頼みなんだが」

「はい。何なりと」

「ここの新内《しんない》を、ええと、なんて言ったっけ、確か亀松流《かめまつりゅう》と言っていたよな。一月いっぱい、うちへ貸してくれないかい」

「鷺太夫《さぎたゆう》と燕治《えんじ》をですか」

「ああそうそう。たいそう評判だというじゃないか。文福《ぶんぷく》が嘆いていたそうだよ、すっかり食われたと」

おえいはにやりとしてしまう。

「もちろん、タダでとは言わない。代わりに、世之介《よのすけ》を貸そうじゃないか」

「声色《こわいろ》ですね、そいつはなかなか」

さすが老舗のお席亭だ。あっという間に清洲亭の顔付けができてしまった。

「ただね、こっちから貸すと言っておいてこういうのもナンなんだが、ちょいっと世之介は気をつけておくれ」

「とおっしゃいますと？」

「実はね。芸も良《い》いし、まわりの芸人にもあたりは良いんだが、一つだけ、玉に瑕《きず》なんだ。好色事《いろごと》が芸の肥やしっていうタチでね。女郎買いが好き過ぎるんだよ。品川と言えば本人は二つ返事だろうとは思うんだが……」

「いやしかし、お席亭、こう言うと面目ねぇんですが、うちでは、宿代を出させていただけるのは、真を打ってもらう噺の旦那に限らせていただいておりやす。それも、女郎を置いてねぇ、素の旅人宿でお願いしておりまして」

他の芸人には自前で宿を提供し、朝夕の食事もおえいがまかないを出している。そうでもしないと、客席の決して広くない清洲亭はすぐに足が出てしまう。

「いやいや、その辺は分かってるよ。女郎買いは手銭《てせん》で行けって、ちゃんと言い聞かして出すから。もちろん素人女には決して手出しはしないし。まあ、多少のことは大目に見つつ、かといってあんまり過ぎて高座に穴あけないように、適当に手綱《たづな》、締めてやってくれ」

――そんな器用なこと、うちの人にできるかしら。

おえいはどうにも不安になった。

「なかなか難しいご注文ですが……まあでも、芸の良い方なら、ぜひ来ていただきやしょう」

秀八がそう言うと、席亭は「ん、その意気、その意気」と言った。

「ただね、棟梁。この世界、芸の良い人が、必ずしも人柄が良いとは限らない。逆もしかり。その辺は覚悟してないと、席亭なんぞ、やってられないからね」

噺　翁竹右衛門
声色　玉虫《たまむし》世之介
手妻　夜半亭《やはんてい》ヨハン
前座　翁竹箕

浜本の席亭が意味深な言葉を残して去ると、秀八は早速、弁良坊に頼む刷り物とビラの下書きを書きはじめた。

「そうか、翁で竹だからかぐや姫で、それで竹取の若旦那って言うんだね。この翁って亭号は、どのご一門なの」

翁竹右衛門の名は聞いたことがあるが、おえいはまだ実際に高座を見たことのない人だった。

「ああ。一門で言うとやっぱり御伽家《おとぎや》だな。だいぶ前の分家筋ってとこだ」

「ふうん。ああそうか、かぐや姫だものね。……それはそうと、どうするの」

「どうするって」

「木霊のこと。さっき正直に言えば良かったのに。どうせすぐに知れちゃうよ」

「まあそれは、そうなんだが……」

木霊にしても、木曽屋《きそや》の庄助《しようすけ》にしても、どうも秀八の近しい男というのは。

——それに。

千太《せんた》はどうなっているのか。

大橋のご隠居からの手紙には、「当分顔を出すことはないはず」と書いてあったというが、それはそれで、どういうことなのか。

だいたい、秀八とあのおっ母さんが継々《まま》しい間柄というのはともかく、加えてあの千太が実はあのおっ母さんの子で、秀八の腹違いの兄貴で、でも勘当されていて——なんていう重大なことが、自分にずっと知らされていなかったのが、おえいにとってどれほど腹の立つ、悔しいことだったか。それがもう一つ秀八にぴんときてなさそうなのが、どうにも焦《じ》れったい。

——心配してるんじゃないか。

本当のこと、あったままのことが知りたい。

——男って、何でこう何かと隠すんだろう。

男同士でも、女に対しても。

心配するな。おまえは知らなくて良い——なんて、気軽に言わないでよ。

ついつい、悪態つきたくなってしまう。

知らないままで、どうやって心配しないでいられるっていうんだろう。

考えはじめたら、せっかくの長閑《のどか》な正月気分がだんだんとぶち壊しになってきたので、おえいは考えるのをやめることにした。

「……お天道さまは、お見通し」

いつかきっと、見顕《みあらわ》してくださるはずだ。

立ち上がり、神棚に向かって柏手《かしわで》を打つ。

「なんだ、いきなり。何祈ってるんだ、改めて」

「なんでもないよ」

これくらいは、こっちが隠しておくことにしよう。

おえいはちょっとだけにやりとして、台所へ立っていった。

三

正月四日、すでに日は高く昇り、稲荷社《いなりしゃ》の祠《ほこら》の格子から穏やかな陽《ひ》が射《さ》してくる。

ちゃりん……がらんがらん。ぱん、ぱん。

埋もれた末社《まつしゃ》のこんな小さな社にも、律儀に手を合わせて行く人がいるようだ。木霊はそっと外の様子をうかがった。

——申し訳ねぇ。

祈っている人は、まさか自分が手を合わせている祠の内に、人が忍んでいるとは思うまい。神さまでもお使い狐《きつね》でもない、ただの宿無しの断家、いや、元断家のろくでなしの自分は、ただただ申し訳なく思うだけである。

——一目でいいんだ。如月。

木霊の願いはただ一つ。如月に会うことだけである。

清洲亭の客から、如月の身請話を聞かされたのは、暮れも押し詰まった頃だった。

「なあ木霊、女ってのは薄情なもんだなぁ。心中までした間夫のおまえをあっさり見切って、どこかの田舎大尽《いなかだいじん》に身請けされるとさ」

「あ、あの、それ、本当ですか」

「ああ。年明け早々だとよ」

清洲亭が人手に渡る、あるいは壊されるかもしれないというので、芸人はみなこれからの身の振り方を思案していたところだった。

自分を使ってくれる寄席はここしかない。他のみなのように、〝次〟を探すことのできぬ木霊は、どうせまた行くあてのない身に戻るだけだと、己にあっさり見切りを付けていた。

なら、最後に一目、一目で良い、如月に会いたい。

そう思いついてしまうと、もう木霊には歯止めがきかなくなっていた。

早く如月に会いたい。

その思いばかりで、追加興行の二日は気もそぞろに過ごした。

席亭とおかみさんには申し訳ないと思った。が、自分がいたところで、なんの力になれるわけでなし、むしろ食い扶持《ぶち》が一人分でも減った方が、二人にも良いのではないか。

事情を打ち明ければ絶対に止められる。黙って出て行こう。

幸い、博打通いを止められて以来、もらった小遣いはほぼ手つかずで懐にあったから、数日食べるくらいはなんとかなりそうだった。

心中騒ぎを起こした自分は、島崎楼《しまざきろう》へは出入り禁止、どうせ客としては上がれない。ならばなんとか忍び込んで、一目だけでも如月に会って……。

――会えたら。如月に、なんて言おうか。

おめでとう、だよな、やっぱり。そしたら如月、どんな顔するかな。

……「おめでとうだなんて、ひどいじゃないか。あたしがどんな気持ちでつとめをしていたか、おまえさん分かっちゃいないんだろ」

こんなこと言って、泣くかな。泣くだろうな、きっと。

「でも、ごめんよ。おれじゃあ、身請けなんてできない。せめて祝ってやりたくて、こうして会いに来たんだ」

「なんだい。いっしょに逃げようって、そう言ってくれるんじゃないのかい」

――うわあぁ。こんなふうに言われたらどうしよう。

きっと如月は、切れ長の目からぽろっと熱い涙をこぼして、こっちの袖をつっと引きながら、自分の袖で顔を隠したり――するんだろうな……。

そんなことを思いながらもう三日、木霊は宵々ごとに島崎楼のまわりをうろついて、なんとか入り込む隙を探そうとしては果たせず、夜が明ける頃にはこの祠へと戻ってうつらうつらと眠る、という暮らしを続けていた。

顔が知れていようからと、最初は頰被《ほおかぶ》りをしたその上に笠《かさ》を被っていた。この笠は清洲亭にあった大山《おおやま》参りの笠をひとつ、胸の内でわびながら持ち出してきたものだったが、実際にやってみると、正月の宵にこの姿形《なり》ではかえって異様で人目につくので、今は頰被りだけにしている。

——どこなら忍び込めるだろう。

品川は、吉原とは違って表向きはあくまで宿場だから、堀などで囲われているわけではないものの、やはり女郎を置く宿はみな、足抜けや心中に用心してそれなりの備えがされている。

勝手口や隣家との境など、あちこち窺《うかが》ってみたが、人の出入りが激しくてとても忍び込めそうな隙はなかった。

夏に心中し損なった折は、裏庭を伝って塀の破れから外へ出た。ただ、「外」というのは河原《かわら》だ。あの時は二人で溺れ死ぬつもりだったから良いが、もし今回、あれを逆にたどろうとすると、どうやっても一度、川へ入らないと、島崎楼の裏手には行かれない。

——冷たいだろうな。

春とは言っても、正月だ。川の水に足を浸けることを思い浮かべると、身震いする。

——でも、それしかない。

暗くなってから川を伝うのは、いくらなんでも危ない。日のあるうちにこっそり裏手へ回り、宵になって楼の灯《あか》りが点《とも》りはじめたら、中へ入ろう。

――会えるだろうか。

「会える。絶対」

島崎楼の中へ入ればこっちのもんだ。造りは分かっているし、顔なじみの仲居を見つければ、きっと自分に味方してくれる。

それに何より、二人は縁があるんだ。自分が中まで行きさえすれば、きっとなんとかなる。

ようやく心が決まると、木霊はそっとまわりに人気がないのを確かめて、外へ出た。

――あああ、冷てぇ……。

水の中を歩いてきた足は、手ぬぐいで拭いたぐらいでは到底温まるはずもなく、木霊は裏庭の木の根に震えながらうずくまって、時の経《た》つのを待った。ここからなら、灯りがつけば、廊下を行き来する人の姿が見えるはずだ。

――あ！

「如月、如月！」

廊《くるわ》の欄干に手をかけてよじ登ろうとするが、かじかんだ手足は思うように動かない。

必死で女の方を見る。一瞬、目が合った。はずだ。

「泥棒！　誰か来ておくれ。泥棒だよ！　早く、誰か」

こう叫んだ女は、着物の裾をふわりと翻《ひるがえ》すと、さっと廊下を向こうへ曲がってしまった。

——あれ？

「如月！」

なおも欄干に取りつく木霊のまわりを、あっという間に楼の男衆《おとこし》たちが取り囲んだ。

「おう！　こいつ、縛り上げろ」

「待ってくれ。泥棒なんぞじゃねぇ。頼む、頼むから如月を呼んでくれ。そこにいるんだろ」

縄でぐるぐる巻きにされて廊下に転がされた木霊の顔を、男衆の一人がのぞき込んだ。

「おっと、確かこいつ、なんとか言ったな、あの出来損ないの噺家だ」

「おう、だったら如月姐《ねえ》さん、こいつはあんたにも責めがある。なんたって、し損ない心中の片割れだからな。なんとか、引導渡してカタつけてやんな」

ぱたん、ぱたん、と布草履の音がした。かったるいこの足音は、間違いなく如月のものだ。

「如月、お、お……」

「なんだい。よくも恥をかかせておくれだね。縁起でもない」

――如月？

「やっとめでたくここを出て行こうって段取りをしてる時に。おまえさんみたいな間夫もどきの顔なんぞ、見たくないよ。ちょっと優しくすりゃあその気になりやがって」

――間夫もどき……？

「あああ、やだ。早くこいつ、どっかへやっておくれ。あの心中のことなんか、思い出したくもない」

「姐さん、そりゃあちょいとかわいそうじゃ」

「何言ってんだよ。自分が柄にもなく弱気になって、気の迷いも迷ってやらかしちまった間違いなんぞ、思い出したくないに決まっているだろ」

――間違い？

「旦那が信州《しんしゅう》で商売に手間取って無沙汰になってたのを、あたしがつい弱気になって、捨てられたと思い込んじまってて。ああ死にたい、でも一人で死ぬのは怖い、誰でもいいからいっしょになんて、今思うとなんであんな馬鹿なことをしたんだか。ああ、自分で自分がみっともないんだよ。思い出させないでおくれったら」

如月はそう言うと、ついっと振り向いて廊下を歩いて行ってしまった。

訳が分からない。

「うわあああああ！」

木霊は縛られたまま、叫びながら廊下を芋虫のように転げ回っていた。

「おい、押さえろ」

「わ、嚙《か》むな、吠《ほ》えるな。うるせぇ。早く誰か、猿ぐつわだ」

——猿ぐつわなんぞ、されてたまるか。

力一杯暴れてはみたものの、しょせん、芋虫は芋虫だった。

「おいおい、なんの騒ぎだ」

「あ、これは、旦那。どうもすみません」

ほどなく、男衆に改めて取り押さえられた木霊は、楼主の佐平次《さへいじ》の所へ連れて行かれた。

「番屋へ突き出そうと思ったんだが」

苦々しい顔の佐平次の隣に、見覚えのある顔があった。

「こちらのお方が、おまえさんを引き取るとおっしゃってね」

——こちらのお方？

「心中のときは棟梁、今日はこちらのご隠居。おまえさんよくよく、助けの神に恵まれてる。甘えるのもいい加減にしないと、罰《ばち》が当たるぞ」

「佐平次さん、済まなかったね。木霊、もう暴れないと約束するかい」

――間違いない。あのご隠居だ。

「しばし、ここで二人だけにしてもらっていいかな」

「分かりやした。何かあったらお手をお鳴らしください」

――大橋のご隠居。

隠居は木霊の猿ぐつわを外しながら問うてきた。

清洲亭で何かと優しい言葉をかけてくれて、時には小遣いまでくださったお方だ。

「私のことを覚えているかい」

「もちろんです、ご隠居。こんな姿でお目にかかろうとは。面目次第もございません」

「まったく。なんてことだ。こんなことを仕出来《しでか》して、清洲亭のお席亭にどれくらい迷惑がかかるか、考えたら分かるだろう」

「え、でも、清洲亭は人手に渡っちまったんじゃ」

「何を言ってる。そんなことはない。ちゃんとあのお席亭の差配で続くはずだ」

――そう、なのか。

じゃ、お席亭もおかみさんも、まだあそこにいなさるのか。ヨハンも、鷺太夫も燕治も……。

「ってことはおまえ、何も知らないのか。いったい、いつ清洲亭を出てきたんだ」

「晦日《みそか》の、明け方です……」

「なんて馬鹿な。今日まで四日も、どうやって過ごしてきたんだ」

抜け出してからさっきまでのことを、問われるままにぽつりぽつり語ると、大橋の隠居は吐き捨てるように「度しがたい」とつぶやいた。

「おまえさんね。今、またあそこに世話になれるって、心のどこかで思ってるだろう。そういうとことん甘い了見だから、こういうことになるんだ。清洲亭のご夫婦もだが、師匠がどれだけご心痛か、一度だって考えたことがあるか」

――お父《と》っつぁん。あ、いや、師匠……。

噺家になると決めた時、なかなか呼び方を改められなくて、ずいぶん叱られたものである。

「しょうがない。今日私がここに居合わせたのも何かの縁だ。まずは、私のところへ来て、頭をじゅうぶん冷やしなさい」

四

「それで木霊は、ご隠居がお連れくだすったのかい」

「ああ。まああのお方に言われちゃ、こっちも、それでも番屋へってわけにもいかねぇ。如月も、もうこれ以上面倒かけられるのはごめんだって言うし」

耳に入れておきたいことがあるから一度訪ねて来いという佐平次からの使いで来てみれば、どうやら木霊が島崎楼で一騒動起こしたのを、大橋のご隠居が収めてくれたという。

――なんてことだ。

しかし、島崎楼にお越しになっていたなら、こちらへ寄ってくだすったらいいものを。清洲亭を千太たちから守ってくれた礼を言いたいと、弁良坊に頼んで手紙を書き、伝手を辿《たど》って京橋のお店へ持っていってもらっているが、その分ではまだ隠居の手元に届いていないかもしれない。

「ま、そういうことだ。きっとまた、棟梁んとこの寄席が開けば、おいでになるだろうし、そのときおまえさんの方が知らないじゃ、何かと困るだろうと思ってな」

「いや、恩に着ます。で、如月さんはもう……」

「ああ、無事に証文巻いて出ていったよ。もともと、なんで木霊なんかと心中したかと思っていたが、どうやら、本命の旦那へのあて馬だったみたいでな」

「あて馬」

「あの夏の騒ぎのちょっと後に、信州での商売を終えた、その旦那があわててやってきたよ。なんで他の男と心中なんぞしたんだ、そんなに自分が信じられないか、って、結局その旦那がムキになってな。年内に絶対身請けしてやるって如月と約束しちまったのさ」

どうやら本当に〈品川心中〉だったらしい。

秀八は、いっしょになって勝手に木霊が本当に如月の間夫だと思っていた自分が、あまりにも間抜けな馬鹿であったことを思い知って、情けなくなった。

——まあそれでも、あの隠居に拾われたなら。

もう、自分は木霊の心配をしなくても良い。

いや、もともと、そんな器量など、自分にはなかったのかもしれない。

大橋の隠居が清洲亭に姿を見せたのは、あさってからいよいよ新年の寄席が始まるという、九日のことだった。

「いやあの、わざわざおいでくださって」

秀八もおえいも大慌てで迎え入れると、隠居の後ろには背を丸めた木霊が面目なさそうに立っていた。

——猿が亀になってやがる。

首をすくめた様子がいかにもすぐさま甲羅に逃げ込みたい亀のようで、秀八は軽く舌打ちした。

「ご隠居。本当にこのたびは、なんとお礼申したらいいやら」

「いやいや、良いんですよ。それより今日はこちらがお願いがあって、参りました」

隠居はそう言うと、あてていた座布団を外し、床に手をついた。

「こんなこと、頼めることではありませんが。どうか一つ、もう一度木霊を、ここで使ってやってくれませんか……ほら、おまえさん、自分でもしっかり頭を下げないか」

白髪交じりの上品な頭の横で、木霊の頭が床にこすりつけられた。

「このとおり。高座に上げてくれなんてもちろん言いませんよ、下働きだけでけっこうですから」

「いや、あの、ちょっと待っておくんなさい、参ったな。ともかく、お手をお上げいただいて」

秀八は恐れ入りすぎて、何を言って良いやら分からなくなっていた。

「あの、粗茶でございますが、どうぞお召し上がりを。商売もので失礼ですが、良かったら団子も召し上がってください」

おえいが盆を手に現れて、秀八はほんのちょっと、息を整えることができた。

「木霊はもとよりこちらの預かり者。ましてご隠居からのお頼みとあっちゃ、もちろん否やはございません。ですが、その、こっちにも心構えというものがありやす」

「心構え？」

「はい。なぜご隠居が、うちや木霊にそんなに良くしてくださるのか、その理由をお聞かせ願えませんか。でないと、どうも……」

「落ち着きませんか。なるほど、確かに、棟梁と呼ばれているお人ですな」

そう言うと隠居は団子を一つ口に入れ、ゆっくりとおいしそうに食べて、茶をすすった。

「分かりました。己の恥ではございますが、お話しいたしましょう」

そう言って隠居が語ったのは、おおよそ次のような話だった。

大橋の隠居は下総《しもうさ》の出で、もとは大観堂に奉公していた小僧だったという。ようやく手代に上がれた頃、とある大名屋敷からの支払いを受け取ってくるよう、命じられた。

三十両近い大きな金額を一人で受け取ってくるのははじめてで、実際に金、銀を数えて手にするときは、手が震える思いだった。

「度胸のないのが、立ち居振る舞いにも出ていたんでしょうね、あとから思えば。きっとお屋敷を出てすぐに、付けられていたんでしょう。呉服橋《ごふくばし》まで来たとき、乱暴に突き当たって行った者があって、転んでしまったんです。慌てて起き上がって懐に手を入れたら、もう財布はありませんでした……」

どうして良いか分からず、あちこちさまよったあげく、日も暮れてからもう一度呉服橋まで来て、川へ飛び込もうとしたのだという。

「この子もそうですが」

隠居は木霊の背を軽く叩いた。

「若い頃っていうのは、思慮の浅いものです。何かというと、自分一人で背負って死のう死のうとする。それが実はどれだけ傍迷惑なことかなんて、考えもつかない。私もそうでした」

暗い水面《みなも》に向かって飛び込もうとすると、後ろ首を誰かにつかまれ、仰向《あおむ》けに引き倒された。

「泣きじゃくる私から、その人は上手に話を聞き出してくれました。〝助けると思って殺してください〟なんて愚かなことを言う私に〝そんな器用なことができるか〟ってね。それから、懐から金包みを出して、〝ここに三十両ある。持っていけ〟って。それが、先代の天狗《てんぐ》師匠だったんです」

――先代の。

木霊の伯父《おじ》である。

返すあてもないのに、どうして良いか分からないと困惑する隠居に、先代は次のように言ったという。

「自分に返してくれなくて良い。自分は芸人だから、明日からと言わず、今日の今からだって高座に上がれば金は作れる。だから、おまえさんがいつか一人前の商人になったら、ぜひ、芸人たちの良い贔屓《ひいき》になっておくれ、って。今でも私はこの時の先代の声、覚えていますよ」

——粋だねぇ。

そんな台詞《せりふ》、なかなか言えるもんじゃない。

「それまでは、寄席なんて行ったこともありませんでしたが、以来、折を見つけては噺を聞くようになりましてね。先代がどれだけ大変なお方かも、あとから知ったような次第です」

やがて商売の才を磨き、見込まれて大観堂の婿に入ったのち、紆余曲折《うよきょくせつ》を経てめでたく息子に身代を譲った隠居は、木霊の噂を聞いて心を痛めていた。

「驚きましたよ。たまたま遊びに出かけた品川に、新しい寄席が開いたというので行ったら、木霊が出ていた。これは先代のお導きと思って、ささやかながら、できることをさせていただいたまでのことです」

——良い話、聞いちまったなぁ。

秀八が胸をじいんとさせていると、通りを「へい、駕籠《かご》、へい、駕籠……」というかけ声が近づいてきた。

「ごめんください。清洲亭というのは、こちらでしょうか」

——誰だろう？

「手前は、九尾亭《きゅうびてい》天狗のところの二つ目で、礫《つぶて》と申します。天狗が、ぜひ清洲亭さんにごあいさつをと申しておりまして」

「ご、ごあいさつをって、あの」

「ただいま駕籠にて待っております。こちらへ上げていただいてもよろしいでしょうか」

「はい、はい、はい、もう」

秀八はすぐに外へ飛び出した。駕籠から品の良い、細身の人物がゆっくりと姿を現した。

「天狗師匠……わざわざおいでくださるとは」

――お顔の色があまり良くないな。

「お邪魔いたしますよ。おや、先客がおありでしょうか。ならば出直して参りますが」

「いえ、あの、ちょうど、こ……、あ、いや、……ご子息が」

秀八は木霊のことをここでどう呼んだものか、一瞬戸惑った。

「三太郎《さんたろう》が……さようですか。ということは大橋さまがいらしているのですな。ならばちょうど良い。お言葉に甘えて、上がらせていただきます」

腕も足も、肉が削《そ》げ落ちたように筋張って痛々しいが、それでも足取りやちょっとした手の仕草に、なんとも言えぬ品の良い色気がある。

天狗が入ってきたのを見て、隠居がさっと座を譲ろうとしたのを、天狗は手で制し、ちょうど木霊の正面に相対して座った。

「お席亭、大橋の旦那。このたびは、木霊こと三太郎が、まことにご迷惑をおかけいたしまして」

――きれいなお辞儀だなぁ。

まるで芝居を見ているようだ。

どぎまぎ、もごもご、言葉が出てこない秀八に代わって、隠居が返答をしてくれた。

「師匠、まさか御自らこちらへお出ましとは。恐れ入ります。ともかく、子細はお手紙でお知らせした通りです。こちらで、木霊さんを」

「その件ですが」

天狗はまるで役者の襲名披露興行の口上みたいに深々ともう一度頭を下げてから、秀八と隠居をじっと見据えた。

「今日《こんにち》この場で、手前、九尾亭天狗は、二つ目の木霊を、ただいまを以《もっ》て、破門いたします」

――破門……。

いやちょっと、それは待っておくんなさいよ。

秀八が言葉を挟む隙も許さず、天狗はたたみかけてきた。

「さらに、入瀬長二《いりせちょうじ》といたしましては、息子三太郎を、今日限り勘当いたします」

こらえきれず、隠居が割って入ってきた。

「師匠、待ってください。私から差し上げたお手紙、何かお気に障《さわ》ったのなら謝ります。いったい」

「いいえ、とんでもありませんよ、大橋さま。ありがたいと思いこそすれ、気に障るなどと。ただ、大橋さまにもお席亭にも、ありがたく思うからこそ、ここでぜひ、けじめをつけさせていただきたい……良いですか、三太郎。今ここに、おまえの爪印を押しなさい」

天狗は懐から一枚の書状と印肉を取り出し、木霊の前に押しやった。

押そうとする方も、押させようとする方も、手が震えている。

――涙……。

天狗の目の下の皺《しわ》に、水滴がにじんでいる。

「いや、あの、本当に待っておくんなさい」

秀八はようやく声が出た。

「いくらなんでも、これは……。師匠、手前どもは、そんなに悪いことをいたしましたか」

「お席亭。そんなふうにお取りになっては困ります。むしろ、お席亭も大橋さまも、師匠でも親でもある手前なぞより、ずっとよくこの子を見ていてくださった。改めてお礼申します。ただね、大橋さま」

天狗は遠くを見るような目つきをした。

「昔、兄が大橋さまに言ったという、高座に上がれば金は作れる、という言葉。それは確かにその通りですが……それは、お客さまに許され、お席亭に許され、そして己の心にも許されてはじめて、成り立つことです。その厳しさ、ありがたさの分からぬ者を、手前は弟子としても、子どもとしても、認める訳には参りません……さ、押しなさい」

静かな声だが、凜《りん》としたその響きには、もうこれ以上の申し開きは聞けぬという強い覚悟が籠もっているようで、秀八は隠居と顔を見合わせるしかなかった。

「では、今後の身の振り方は自分で決めなさい。もうどうなろうと、私も一門も、一切構わないから」

泣きながら爪印を押した木霊は畳に突っ伏したまま、肩を震わせている。朱に染まった指先が顔を覆っていた。

「お席亭。この子がご迷惑をかけたお詫《わ》びと言ってはなんですが、手前がこちらの寄席に出させていただける隙はございましょうか」

思わぬ申し出に、秀八は座ったまま床から飛び上がりそうな心持ちになった。

「や、あの、それは、その、もちの、ろんでありやして……」

やっぱり、また、言葉が出てこない。舌がもつれて、もどかしい。

「天狗師匠。女がでしゃばってごめんなさい。うちの人、申し訳なくてありがたくてすっかり舞い上がってるので、わたしが代わりに」

おえいが秀八の覚え書きを持ってきて、天狗の方へ向き直った。

「今、一月の下席《しもせき》まではおかげさまで決まっております。もし、二月にお願いできるのなら、師匠のお好きな時に、いつでも、ぜひ」

――女房どの。

「そうですか。では、一日でも早い方が良い。二月の上席《かみせき》をつとめましょう。……手前の命が尽きるといけませんので」

そんな悪いご冗談を。

と、言っていいのか、悪いのか。

「では、手前はこれで。二月にはかならず参ります。大橋さま、お席亭、おかみさん、お騒がせいたしました」

天狗は、礫の手を借りて、待たせてあった駕籠に再び乗り込むと、清洲亭をあとにしていった。

木霊がむっくりと起き上がった。頬に朱肉がにじんでいる。

「申し訳ありませんでした」

涙声で言って、外へ飛び出していこうとするのを、みなで押しとどめた。

「どこへ行こうってんだ。師匠を追っても、きっと無駄だぞ」

「いいえ、そうじゃありません。もう、おれなんてこの世から消えちまった方が」

「何を言ってる」

秀八は、自分でも驚くくらい大きな声を出した。

「軽々しくそういうことを言うのが一番いけないんだ。さっき、師匠がおっしゃったのは、そういう意味だって、なんでわからねぇ」

傍で隠居が大きくうなずいている。

「師匠にあそこまで言われては、ここに置いてやるとは、さすがに今のおれが言うわけにはいかねぇ。けど身の振り方をきちんと決めないうちに、ふらふら出て行くのは、この間までおまえを高座に上げていた席亭として、おれは許さねぇ」

「お席亭の言うとおりだ。私もいささか事を甘く見ていたかもしれない。どうするか、じっくり考えましょう」


結局、弁良坊の計らいで、木霊は僧侶見習いとして海藏寺に預けられることになった。

天狗師匠にお知らせした方がいいでしょうかという秀八の問いに、隠居は折を見て自分から伝えようと言ってくれた。

「厳しいお方なんだね、天狗師匠って」

「そうだな。……でなけりゃ、あそこまでの噺家にはなれねぇってことなんだろうな」

——甘かったんだな。

木霊も、自分も。

秀八は胸の内で、己のこれまでの了見を反省した。

五

「ヨハン兄《あに》さん、これはこちらでいいですか」

「ああ、いいよ、あ、それとね、座布団は……」

入門して日の浅い竹箕は、寄席の前座仕事の経験もほとんどない。結局ヨハンが一つずつ教えている。

——まあでも素直な子で良かったわ。

聞けば、まだ十七歳だという。

手際や物覚えがとても良いというわけではないが、純朴で何事にも一所懸命の竹箕は、ヨハンの気に入ったらしい。前座の仕事を教えるなど本来ならヨハンの仕事ではないので、おえいは申し訳なく思っていたのだが、この分なら楽屋はうまく回るだろう。

ヨハンが高座に上がると、竹箕が真剣な顔で手妻《てづま》に見入っているのも微笑《ほほえ》ましい。

何もないはずのヨハンの目の前の空中から、小さな赤い鞠《まり》がいくつもいくつも現れては、高座の真ん中に置かれた丸卓に置かれ、さらに縦にまっすぐ積み上がっていく。

「どこから……。それに、なんで丸いものが縦に……。何度見ても分かりません……」

「分からないわよ。ずっと見てるあたしたちだって分からないんだから」

ヨハンが最後の手妻を終えて下りてくると、今度はおふみの顔つきが変わった。

——たいへんみたいね。

声色の玉虫世之介は、去年中村座《なかむらざ》で大当たりした芝居の〈お富与三郎《とみよさぶろう》〉を、役者の真似《まね》をしながら一人で演じる。

〈お富与三郎〉はもともと講釈としてできたものらしい。近頃では噺家でもやる人がいて、おえいもおおよその筋書きは知っている。残念ながら聞いたことはないが、天狗も得意の一つにしているという。

去年これが中村座で、与三郎を團十郎《だんじゅうろう》、お富を梅幸《ばいこう》という配役で芝居になると、大いに人気が出て、三ヶ月も続いた。主役の二人に加え、小團次《こだんじ》や仲蔵《なかぞう》といった渋い脇役たちのいぶし銀の芸も、芝居好きにはたいそう好評だったらしい。

世之介はこれを、それぞれの役者の真似をしながら高座で一人でやってしまう。もちろん、芝居そのままだと客は飽きてしまうので、時々わざと芝居の筋を脱線させたり、男女を入れ替えておかしみを出してみたりと、かなりの工夫だ。

世之介は、下座との打ち合わせのためにと前日から品川に入ったのだが、はじめて見たおえいはたいそう感心した。秀八から話は聞いていたものの、やはりこういったものは実際に見てみないと、良さは分からない。

「達者ねぇ……」

感心するばかりのおえいとはちがって、顔色を変えて慌てていたのはおふみであった。

「これは難しい……」

世之介から台本を渡されたおふみは、額に蝶《ちょう》のような形の皺を寄せていた。

「どうしたの？」

「ああ、いえ……」

のぞき込むと、朱書きで三味線の手の指図書きが細かく入っている。

「曲そのものは、どれも難しいというわけじゃないんですけど。ただ、きちんと合わせられるかしら」

ヨハンの手妻の地方《じかた》をするのとは訳が違うらしい。

そうは言いながら、おふみもやはりそこは玄人《くろうと》である。今のところ、世之介が下座に文句を付けることはないようで、おえいも秀八もほっとしていた。

今もおふみは袖から、その動きを一つも見漏らすまいと、じっと世之介を見つめている。

「いやさ、お富ぃ、久しぶりぃ、だ、なぁ」

「そぉいうおまえは……」

「与三郎でぃ」

台詞に合わせてチン、トン、シャランと三味線がいい音を刻む。

――自分の手元はまったく見ていなくても弾けるんだ。

そんなのは当たり前だと言うのだろうが、おえいにとっては、三味線弾きのそうした技も驚きだ。

昔のことをまったく水に流せるというわけではないけれど、おふみとはゆっくり友だちになれたら良いと思う。

お互い、もう良い年増《としま》の、女同士なんだから。

――それにしても。

世之介には妙な色気があって、おえいは見ているとなんだかこそばゆくなってしまう。

立ち役も女形も巧みに真似しているが、高座を下りてからしゃべっているときでも、あの真似が真似だけではないような、一人の人の中に男と女、両方がいるような、不思議な芸人である。

「ね、おまえさん。世之介さんとヨハン、出番を逆にした方が良かぁないかしら？」

二日目の夜がはねたあと、おえいは秀八に言ってみた。

「ん？　やっぱりおまえもそう思うか」

「うん。竹右衛門さんが気の毒な気がする」

「そうだなぁ。ちょっと、世之介さんに頼んでみるか」

竹右衛門の噺は、とても丁寧な語り口が特徴だ。実は江戸の出ではないとのことで、無理な江戸っ子言葉を使わず、その代わりにとても聞きやすい、明瞭な音でしゃべる。きれいで良い噺っぷりなのだが、そうすると、世之介、竹右衛門と続いたときに、いささかお客さんにとって重く感じられるようなのだ。

幸い、世之介は出番の変更には快く応じてくれて、翌日からは竹箕、世之介、ヨハン、竹右衛門の順ということになった。

「やれやれ。今回はやりやすそうでありがたいな」

秀八がそう言って高いびきをかいた、翌朝のことである。

「おかみさん、おかみさん」

「どうしたの？　熱でもある？」

ヨハンの顔が少し上気しているように見える。風邪《かぜ》でも引いたかとおえいが額に手を当てようとすると、ヨハンは困ったように身をよじってうつむいた。

「あの……あの、他の芸人たちには内緒で、お願いが」

蚊のなくような声である。

「お願いって。ヨハンまた、うちの人に何か細工物かい？」

「いや、その、まあ、細工と言えば細工なんですが……」

「なんだい、大工仕事ならいつでもやってくれるよ、うちの人は」

「あの、それが、その……部屋を、内側から締まりができるようにしてもらいたいんです」

「内側から締まり？　なんでまた」

ヨハンが顔を真っ赤にした。

——ま、まさか。

「まさか、ヨハン、……世之さんに、よ」

夜這《よば》いでもかけられたの、とまではさすがにぜんぶ言えず、おえいも思わず顔を赤くしてしまった。

ヨハンの方は白いきれいな手で顔を覆ってしまう。

——なんてことを。

何が素人女には手を出さない、なのよ。

「すいません、おかみさんにこんなこと……。あ、でも、世之介師匠のこと、悪く言わないでください。優しくて、良い師匠です、とっても良くしてくださる。芸のこともいろいろ教えてくださるし。嫌いってわけじゃないんです、ただ、おれ、おれ、こういうとは。

のは、ちょっと、その、あんまり深間《ふかま》になったりしたら、その」

しどろもどろな様子が、まるで初心《うぶ》な娘のようで、おえいは苦笑いした。

「いいわよ、それ以上言わなくて。うちの人には、あたしからうまく頼んどいてあげる」

さて、請け合ったものの、秀八にどう言ったものか――こんな思案をすることになるとは。

今回の顔付け、とりわけ世之介については、浜本の席亭とのお約束だ。

かけだし席亭の秀八にすれば、今後のことを考えれば、老舗の浜本との関わり合いは良い形で続けていくにこしたことはない。

ヨハンにあらぬいたずらを仕掛けたことは許せないが、一方で好色事《いろごと》は芸の肥やしということもある。世之介のような芸を生業にしていれば、それもあながちこじつけでもないのだろう。いずれにしても、事は荒立てない方が良い。

ただ、今後、世之介のようなタチの芸人をどう扱うとうまくいくのか、工直おえいには不安が大きい。これはおそらく秀八も同じだろう。

――一度佐平次さんに。

島崎楼の亭主なら、好色事の一番の案内人だ。

まずは、締まりのできるように部屋に細工をして、その上で、一度佐平次に相談するのが良いかもしれない。

「ね、おまえさん、ちょっと」

「なんだ。おまえ、まだ良いのか。店、開けにいかなくて」

「うん、すぐ行くけど。でもその前にちょっと、話があるのよ」

おえいから一部始終を聞いた秀八は、はじめぎょっとした顔を見せたものの、やがて
「しょうがねぇなぁ」とうなずいた。

「役者や芸人には、両刀遣い、珍しくねぇっていうからなぁ……。ただ、うちのヨハンを陰間《かげま》扱いされるのは困りもんだ」

秀八は腕組みをした。

「まあ色事師を気取るのも芸のうちなんだろうから、締まりまでしてあるのを無理強いしたり、腹を立てて怒ったりなんてことはあるまい。その程度の細工ならお安いご用だ。まかしとけ」


団子屋を閉めて戻ってくると、だいたい夜席の前くらいの刻限になる。

「おふみさん、昼、ヨハンはちゃんとできてた?」

「え?　ええ、いつもどおりでしたよ。何かありました?」

「ううん、ならいいの」

芸人たちはみなそれぞれに夜席への準備をしているらしく、袖にはおふみだけがいた。

しばらくすると竹箕とヨハンが現れた。ヨハンはおえいの姿を見ると、顔の前で両の手を合わせ、拝む仕草をした。

――細工、済んだのかな。

やがて世之介も姿を見せた。まったくいつもと変わらぬ様子である。

夜席が済み、竹右衛門を宿まで送って行った秀八が戻ってくると、近頃よく来る夜鳴き蕎麦《そば》の声がした。

「久々に、二人で食べるか」

「いいね」

夜はつい、寄席仕事の合間に握り飯やお稲荷、おでんなんぞをつまんで仕舞いにしてしまうことが多い。

「卓袱《しっぽく》、熱くしてくれ」

「あたしは花巻《はなまき》がいいな」

ちぎった海苔《のり》で蕎麦が見えないくらい、どんぶりの面が真っ黒になっている花巻が、おえいは好きだった。

「おっと、ちくわがうまい」

夫婦して熱い蕎麦をすすり終えると、秀八は「だいじょうぶ、細工は流々《りゅうりゅう》だ」と言った。

「そりゃあそうでしょ、おまえさん大工なんだから」

「まあな」

「でも、ヨハンは高座の上じゃいろんなことができるのに」

「ん？」

「部屋の締まりを自分でしたりってことは、できないんだね」

「あたりめぇじゃねぇか。それとこれとは別さ」

夫婦の座敷に戻ると、秀八はすぐに寝入ってしまった。

——ヨハン。今日は安心しておやすみよ。

おえいは天井に向かってつぶやき、自分もとろとろと眠りの中に入っていって、どれくらい経ったろうか。

はしご段の下に、明らかに人のうずくまっている気配がある。

まさか、秀八の細工が利かず、ヨハンが逃げ出してでも来たのだろうか。

おえいは綿入れを引っかけると、そっと起き出してみた。

「誰だい？　ヨハンかい」

闇の中に、ささやき入れてみる。

「おかみさん……」

——この声。

「竹箕だね。どうしたんだい。そんなとこにいたら風邪を引くよ。こっちへおいで」

幸い、夫婦の座敷の炬燵《こたつ》にはまだ温みが残っていたので、竹箕の足をそこへ入れてやった。

「なんだ、どうしたんだ」

ようやくのことで秀八も目を覚ました。

「竹箕、まさかおまえ……」

「事は荒立てないから、あったことをそのまま言ってごらん」

夫婦に促されて、竹箕はようよう口を開いた。

「よ、世之介師匠が……。昨夜《ゆうべ》は来なかったから安心してたら……。ヨハン兄さんの部屋に入れてもらおうとしたんですけど、兄さんの部屋の襖《ふすま》、開かなくて……」

「竹箕、今、〝昨夜は〟って言ったかい」

「はい……一昨日の晩に、その……妙なことがあって、その」

「なんてこった」

秀八があきれた声を出すと、竹箕が慌てたように言った。

「あの、あの、おれ、世之介師匠が嫌いなわけじゃないんです、ただ、あの、たぶん、もし、うちの師匠に知れたらきっとひどく叱られるし、それに、おれ、隠し事下手《へた》だから、きっと……」

——やれやれ。

翌日早速、秀八は竹箕の部屋にも同じ細工をした。

これでなんとか、と思ったのだが、一つ、おえいには思いも寄らない変化が、舞台袖で起きていた。

「ね、おえいさん、芸人さん同士、なんかあったのかしら」

夜席の始まる前、おふみがそっとおえいに話しかけてきた。

「なんかって？」

おえいはいくらか胸騒ぎを覚えながら、おふみの言葉の続きを待った。

「あのね、ヨハンさんと竹箕さん。昨日まであんなに仲が良かったのに。今日はとってもよそよそしいの。必要なこと以外はまるっきり口を利こうとしないのよ」

——ええ？

「それにね、なんだかさっき、廊下の端っこでヨハンさんが世之介さんとこそこそ隠れるようにしゃべっていて。なんか妙な感じで」

「何か、言ってた？」

「あんまりよく聞こえなかったけど、世之介さん、ヨハンさんにお小遣い渡そうとしてたみたい。そしたら、ヨハンさん〝そんなものいりません〟って、半泣きの声で」

——なに、それ……？

「そう……心配させちゃって、ごめんなさいね。でも、ほっといてやって。芸人同士の間柄をうまくやっていくっていうのも、ある意味芸人の器量と了見だって、うちの人、前に浜本のお席亭から教わったって言ってたから。ほんと、ごめんなさいね」

おえいは一人になって、おふみの言っていたことをもう一度考えてみた。

――二人とも……。

竹箕は、自分の部屋に秀八が細工をしてくれたことで、昨夜、なぜヨハンの部屋の襖が開かなかったのか、悟ったのだろう。

ヨハンはヨハンで、秀八が今日細工をしているのを見て、事情が分かったということか。

――ああ、面倒くさい。

世之介が一番悪い。

でもそれ以上に、竹箕もヨハンも、結局、案外絆《ほだ》されちゃって、〝イヤよイヤよも好きのうち〟みたいになっちゃってるところが、一番いやだ。ある意味、そこが一番、世之介の狡猾《こうかつ》なところ、と言えるのかもしれない。

――ああ、でも。

こういう狡猾さが、きっと高座に生きちゃってるんだろうな。

……芸の良い人が、必ずしも人柄が良いとは限らない。

浜本の席亭の言葉が、今更ながら蘇《よみがえ》ってきた。

――だいじょうぶかしら。

秀八は、お世辞にも狡猾さやしたたかさとはほど遠い。いろんな芸人さんと、ちゃんと渡り合っていけるのかな。

おえいの不安は、その夜になって的中してしまった。

「お席亭。ちょっと良いかい」

客が帰り、いつものように、秀八が宿まで送っていこうとすると、竹右衛門がそれを押しとどめてこちらの座敷へと入ってきた。

「なんか、妙なことになってるようじゃないか。あたしはね、自分の大事な弟子を陰間扱いされて、黙っているほどお人好《ひとよ》しじゃありませんよ」

知られてしまったようだ。あの様子では無理もない。

「師匠、面目ない……」

「世之介さんをすぐやめさせないなら、もうあたしは明日から出ないよ」

正論だ。しかし、代わりの芸人をすぐに探すのは難しい。しかも、世之介目当ての客もかなり多い。たとえば急場しのぎに竹右衛門が二席やる、と言ってみたところで、きっと客は減るだろう。

「や、そうおっしゃられると本当に。あの、竹箕さんの部屋には、ちゃんと内側から締まりができるようにしましたから」

「安心できないね。あの声色でかきくどかれちゃ、若い男衆がどうなるもんだか」

おえいは二人のやりとりを固唾《かたず》を呑んで聞いていた。

「しかし、世之介さんをここへというのは、浜本のお席亭さんのお計らいです。それを反故《ほご》にはできませんし、竹箕さんにはぜひお気を強く持っていただいて。耳に栓をしてでも」

――お、ちょっとがんばってる。

「それは筋違いだろう。おかしな振る舞いをしないよう、お席亭から世之介さんを戒めるのが本当じゃないか」

――はい。そのとおりです……。

「もちろん、それも話します。それは、もう」

「ま、そうかといって、あの世之介さんが、おまえさんの言うことを素直に聞くとも思えない。じゃ、こうしよう、竹箕はあたしと同じ宿に泊まる。で、ここへは通いでくるということで」

――ええと、そうなると……。

「宿代は、悪いがそっちへ回させてもらう。それでいいね」

「あ、はい、分かりやした……」

あらら。すっかり、してやられたようだ。

竹右衛門が竹箕を連れて帰って行くと、秀八はさっそく愚痴をこぼした。

「あんなに言うなら、御自ら世之介さんに直談判《じかだんぱん》してくれればいいじゃねぇか」

「ま、そこらへんが、竹右衛門さんのしたたかさなんじゃない」

「したたかさ？」

「だってほら、こういうことって、結局矢面《やおもて》に立ったら貧乏くじでしょう。自分では世之介さんに何にも言わないで、責めはお席亭にぜんぶ負わしちゃえ、ってとこじゃないの？」

「責めもマクラもか。ちぇっ。しょうがねぇなぁ……」

「それがお席亭ってことかも。……好きで始めたんじゃない。あんまりグチグチ、言わないの」

もう一人分、宿代を出すとなると、毎日昼夜、大入りとまではいかなくても、昨日今日より客が減らないようにと、願うばかりである。

「さ、くよくよしてもしょうがないよ。今日は早めに寝よう。昨夜あんまり眠れなかったから」

寄席の入りは、お客さんの機嫌と風向き次第だ。こればかりは席亭や芸人はもちろん、きっとお天道さまだって、なかなかたやすく分からないだろう。

――なんとかなる。たぶん。

六

思わぬことで煩わされた正月の興行だったが、秀八にはまだ他にも、片付けておかなければならないことがあった。というより、本来はこちらの方が、清洲亭にとっては大きなことのはずである。

――大橋のご隠居、いつおいでくださるかな。

こちらからお訪ねするのが筋だが、あちらの方から「近いうち行くから」と手紙が来てしまった。そうなると、待っているより他はない。

先日は、木霊のこと、さらに思わぬ天狗の来訪で聞きそびれてしまったのだが、やはり件《くだん》の大晦日の始末については、きちんとしておかなければならないと、秀八は思っていた。

つい自分の都合の良いようにばっかり考えて人をあてにする――おえいに言われるまでもなく、自分の悪いくせだ。

だから今回は。

もし、隠居があの証文の二十両を出してくださったのなら、なんとしてもお返しすると約束をしなければならない。

「お席亭。いるかな」

聞き覚えのある声だ。

――待ちかねた。

戸口に迎えに出る。

「ご隠居。よくおいでくださいました」

「世之介に竹右衛門だってね。なかなか面白そうだ、楽しみに来たよ。今日から二、三日品川に逗留《とうりゆう》するつもりだ」

「それはそれは」

隠居が来てくれたのは、十五日の昼席と夜席の間だった。おえいはまだ店から帰っておらず、おふみが茶を淹《い》れてきてくれた。

「ご隠居。こういうことは、もしかすると改めてお聞きするのは野暮かもしれません。ですが、手前も一応、ここの主でございます。あれこれ、うやむやにするわけにはまいりません」

秀八はここで、あてていた座布団を外し、きちんと膝の前に手をついた。

「暮れには、手前どもの危ういところをお助けくださいまして、まことにありがとうございます。お礼の申しようもございません」

「おやおや、お席亭、ずいぶん今日は堅いね」

隠居は軽い調子で返してきた。しかし、それに甘えてはいけない。秀八は気を引き締めた。

「それにつきまして、二つほど、お尋ねがございます。あの証文の二十両はどうなったのか、ということと、あの証文を持っていた者たちは今どうなっているのか。このことを、お教え願いとう存じます」

隠居はそうか、そうか、とつぶやくと、うんうんと幾度もうなずく仕草をした。

「そうか、そうだね。私としては、ともかくここが続いてくれたらと思ってやったことだったんだが、お席亭にしたら、いささか狐につままれたように思っても無理はありませんね」

「いや、狐って……。こんなありがたい狐はないと思いますが」

木霊を助けてくれて、清洲亭を助けてくれて。狐なら定めし、正一位《しょういちい》清洲大稲荷さまだ。

「分かりました。きちんとネタを明かしておきましょう。互いのこれからのためにも」

そう言うと隠居は茶で口を湿らせた。まるでこれから一席語ろうという噺家のような、良い形である。

「暮れに、清洲亭さんが脅されているらしいという噂をうかがいました。私も、長く江戸で商売をしております。動いてもらえる懇意の目明かしの一人二人、ないでもない。で、まずはその証文とやらの真贋《しんがん》、確かめさせてもらいました。残念ながら、証文はちゃんと言い分が通っていた。返済の期限が切ってなかったのが、かえってあだになったようです。ああいうのは、貸主側がすぐに返せと言ったら、そちらの言い分が通るのが通例だそうですよ」

――そうなのか。はじめて知ったぞ。

今後は気をつけよう。もちろん、大金を借りるなんてこと、できればないにこしたことはないけれども。

「まあそれで次に考えたのは、証文を握っていた千太とかいう無宿者をどうにかすることでした。ああいう手合いは、いったん金を得てしまうと、つけこんでまた何をしてくるか分からない。博打絡みならいくらでもお縄にできるだろうというので、手っ取り早くそうしてもらいました。で、その目明かしに頼んで、証文をこっちへ、ね」

隠居は「頼んで」と言うところで、自分の右手を左の袖に差し込んで、金を渡す仕草をした。

――袖の下、か。

申し訳ない。そこまでしてくださったとは。

「ですから、あの証文については、お席亭が二十両用意して、木曽屋さんにお渡しすればいいだけのことです。私に気遣いは要りませんよ」

「さようでしたか。本当に、ありがとうございます」

秀八は心に決めた。もし庄助に会うことができたら、いつでも即刻、二十両渡せるように、大工も寄席も、もっと精を出そう。

――庄助さん、どこにいるんだろう。

頼むから、変な気だけは起こさないでいてくれ。

恩人の無事を祈りつつ、一方で、お縄になった厄介者の兄、千太のことも、気がかりである。

神田のおっ母さんや親父《おやじ》のところには、知らせが行っているんだろうか。

「その、あの、千太っていう無宿者は、どれくらいの罰になるんでしょうか」

「さあ、どうでしょうね。博打だけだと、せいぜい遠島《えんとう》か手鎖《てぐさり》か。印判の偽造なんかの、重い罪になりそうな証拠が挙がると、罰が厳しくなって良いのですがね。ただ今のところ、それは難しいかもしれないと。残念です」

隠居はもちろん、千太と秀八が異母兄弟であることは知るまい。

「木曽屋さんをぺてんにかけた者と、あの無宿者たちとのつながりを調べてもらうように言ってはあります。ぺてんにかけたのが黒幕でしょうからね。ただ、ああいった企《たくら》みは、証拠が、ねぇ」

手鎖でも遠島でも、それこそ死罪にされたって知ったことか、と思うものの、両親のことを考えると、そうも言い切れない。

ふと、振り切ってきた昔に引き戻されそうになって、秀八は気を取り直した。

「あの、ご隠居。何かお礼をと思いやして、いろいろ考えたんですが、手前のような者から、ご隠居のような方に差し上げられるものなんて、どうにも思いつきませんで。それであのう、こんなもので本当に申し訳ねぇんですが」

秀八は、神棚へ立っていき、上げてあった紙包みを両手で押しいただいてから、盆の上へ載せて、隠居に差し出した。

「ほう、これは……木札ですね。檜《ひのき》か。さすが、棟梁だ。良い肌になってるね」

弁良坊に書いてもらった字を版下に、秀八が彫りを入れ、磨いたものだ。

表には、

〝南品川清洲亭　木戸往来無料手形〟

とあり、裏は
〝大観堂大橋善兵衛さま
期限　お好きなだけ〟

となっている。

「あはは、最後の〝お好きなだけ〟ってのが良いね、終身とか永代《えいたい》とかって言われるより、よほど良い。分かりました、これはありがたくいただきましょう」

　木戸の開く音がした。

「ただいま……まあ、ご隠居、おいででしたか、すみません、どうも、このたびは」

　帰ってきたおえいが深々と頭を下げる。

「ああ、いやいや、おかみさん、もうそういうあいさつはよしましょう。でないと、またはじめっから私が一席やることになる。それより早速、この夜からこれを、使わせていただきますよ」

　隠居は木札についていた紐《ひも》を指でつまんでみせた。紐は、おえいが小裂《こぎれ》を裂いて編みこんだものだ。

　袖からおふみの三味線の音が聞こえてきた。

「それじゃご隠居、どうぞ楽しんでいっておくんなさい」

七

「おかみさん、私にまでご祝儀だなんて……」

「良いんじゃない、いただいておけば。ご隠居、世之介さんの高座は、ご本人はもちろんだけど、三味線もなかなかって——ええっと、なんておっしゃったのかな、そうそう、確か〝けんさんの技〟って。あたしにはどういう意味かよくわかんないけど、とにかくすごく褒めていらしたから」

「そうですか。それはうれしいわ」

その夜、隠居はおふみに祝儀を弾んで帰って行った。

——ほんと、よく分かってるご隠居だわ。

普通の客なら気づきそうにない、楽屋の苦労を思いやってくれるのは、うれしいものである。

「けんさんってね、知ってるよ、この間先生に教えてもらった。研《けん》はといだり磨いたり、鑽《さん》は穴をあけるんだって。なんか穴あいちゃうくらい、稽古するってことなんじゃやない」

清吉がなんだか知ったかぶりだが、何しろあの弁良坊の仕込みだから、これはこれで合っているのかなとおえいは思う。

「あ、でもおっ母さんのは三味線だから、穴あいたら困るよね。皮張り替えなきゃいけない」

「いいのよ、もののたとえだから。……そういえば、おかみさん、先生のお身内とか、ご親類って、知ってます？」

「ええ？　全然聞いたことないけど。そういえばあの先生はご自分のお身の上の話はなさらないわねぇ。でも、どうして？」

「え……ええ。今日、海藏寺の方から、お武家の娘さんと連れだって歩いておいでなのをお見かけしたものだから……」

——あらら、おふみさん。

三味線じゃなくて、胸の内に穴あいちゃったのかな？

風変わりだが、博学で気さくな弁良坊は、このあたりのおかみさん連中には人気で、

「差し入れだけで毎日飯食えちゃうんじゃないか」と秀八が感心するほどだ。

清吉は門下の中でもとりわけ懐いて、かわいがってもらっているから、おふみがなんとなく心を惹《ひ》かれるのもうなずける。

それにしても、あの先生がお武家の娘さんと歩いていたというのは、穏やかでない。きっとお光《みつ》あたりがめざとく見つけて騒ぎだすのではないか。

おふみが三味線を長袋にしまった。

三味線が三つに分解できて、四角な箱にしまえることを教えてくれたのは、山崎屋《やまざきや》のお梅《うめ》だった。なんだか手妻を見るような気がしたものだ。

おふみの今使っている三味線も三つになるらしいけれど、いちいち組み上げているのはたいへんなので、長いままで袋に入れて、秀八が作った箱に胴を入れ、舞台袖に掛けられるようにしている。

「じゃあまた明日」

おふみが清吉の手を引いて、帰って行った。

珍しく、竹右衛門がまだ残っていて、秀八と話し込んでいる。

――お茶を出した方がいいかな。

秀八が、何やら竹右衛門に頼み事をしているようだ。

「お願いします、師匠。竹箕さんを、下席までお借りできませんか」

「冗談じゃない。今は私が宿に同宿させているからいいが、下席の真は弁慶さんだろう。よその師匠、しかも私よりも格上のお方にそんなご迷惑はかけられないからね」

二十一日から始まる下席では、真打ちが竹右衛門から弁慶に代わる。弁慶は竹右衛門より芸歴は長いが、まだ弟子を取っていないので、誰に前座をやってもらうか、秀八は思案中だった。

前座の仕事は師匠の許しなしには頼めない。仕事にも慣れてきた竹箕を、引き続き頼みたいと、竹右衛門に掛け合っているところだった。

「聞いたところでは、世之介さんは下席まで出るっていうじゃないか。なら、楽屋泊まりはもちろんさせられないし。悪いが」

「師匠、そこをなんとか……たとえば、竹箕さんお一人に宿を一室ご用意するとか」

「なんだいそれは」

竹右衛門の口調が明らかにきつくなった。

「前座の分際で、そんな扱いを受けるなんぞ、許さないよ。贅沢《ぜいたく》な。一人前にならないうちにそんな贅沢をさせたら、勘違いの多い芸人になる」

こういうとき、おえいは口を出してはいけない。あくまで、黙ってお茶と菓子とを置いて、下がってくる。

結局、竹右衛門は首を縦には振らないまま、弟子を連れて宿へ帰って行ってしまった。

「参ったな。弁慶さん、早く弟子を取ってくれれば良いのに」

弁慶はじわじわと人気を伸ばしている。若い者たちはそのあたりを聡《さと》く感じ取るのか、弟子にしてほしいという者はちょくちょく来るらしいが、こちらはこちらで、頑として首を縦に振らないという。

「どうするかな、前座」

真打ちに困るのならともかく、前座に困るというのが、どうにも妙なことではある。

――木霊。

本名が三太郎であることを、おえいは先日はじめて知った。今は海藏寺で、「木念《もくねん》」と仮に名付けられている。

「お席亭さん」

声に振り向くと、世之介が腕組みをして、柱に斜めにもたれかかっていた。やさぐれているのにどこか品があるのが、まるでそのまま与三郎である。

「どうしました、世之介師匠」

「下席のことですけどね」

何か望みでもあるのだろうか。芸の良さは分かっているから、他はできたらもうちょっとおとなしくしていてほしいものだ。

「あたしは、もう楽屋泊まりはいやですよ」

「そうおっしゃられても。どうなさろうと」

「寝床でね、物言わぬ枕《マクラ》としか添い寝できないようじゃ、芸が枯れちまう」

女郎のいる宿に泊まりたいというのか。とてもそこまで面倒は見られない。

――おまえさん。がんばっておくれ。

ついつい、芸人の良いようにされてしまう。その人の好さが、秀八の良いところではあるけれど。

「自分で好きな宿、取らしてもらいます。んで、通いにさせてもらう」

「あ、あの、ですね、師匠。あの、アゴはともかく、マクラ、まして花代なんて、こっちじゃ持ちきれません。それは、どうぞ、聞き分けていただかないと」

――よく言った。

と思いつつも、世之介の返答が気になる。ここでへそを曲げられたら、どうすれば良いのだろう。

「おっと。お席亭さんぇ、棟梁さんぇ、秀八さんぇ」

なんだか妙な節回しだ。

——ああ、そうだ、与三郎。

ご新造《しんぞ》さんぇ、おかみさんぇ、お富さんぇ。

与三郎がお富に再会して啖呵《たんか》を切る直前の台詞回しに、よく似ている。

「この玉虫世之介、見くびってもらっちゃぁ、困ります。仇《あだ》な世間に未練はないが、命の綱の切れるまで、二つ浮き名の世之介と、好色《いろ》の道には末代まで、名を残したいいたずら者」

——なんだか、どこまで芸なんだろう。

「花もマクラも命の水と、手銭で受けての声色芸人。どうぞ好きにさせて、おくんなせぇよ」

「手銭？」

秀八の声が裏返った。

「ほ、ほんとに手銭でよろしいんですね。それならお好きになさってください。高座さえきちんとつとめてくだされば。もちろん、アゴのお約束の分はお渡しいたしやす」

秀八はかなり早口になっていた。

「あたしはね、毎日艶《つや》で暮らしたいから、芸人なんかしてるんだ。金を残そうなんて思っちゃいない。好きなようにさせてもらうよ」

世之介は下席からと言わず、今日からでもその言葉通りにしたいようで、「締まり、しちまって構わないよ。朝まで帰らないから」と言い捨てていなくなってしまった。

おおかた、橋を渡って北へ行くのだろう。女郎を幾人も抱える宿は、南よりも北に多い。

「あきれたもんだ。でも、それなら、明日、もう一度竹取の師匠に話ができる」

あきれたり、ほっとしたり。なかなか、気持ちが忙しい。

「お茶、入れ替えてこようか」

おえいはすっかり冷たくなった秀八の湯飲みに手を伸ばした。

「ああ、頼む。ゆっくり、あったかいのを飲もう」

新しく淹れた茶に、店でお弓《ゆみ》が試作中のかりんとうを添える。

「へぇ、かりんとうか。お、うまいな。店で出せるだろ」

「うん。そうできるといいなと」

ぽり、ぽり。こういう、食べ物をかじる音って、仕合わせな音だと思う。

「あ、そういえば今日、隅に置けないものを見たぞ」

「何、隅に置けないのって」

「先生だよ、弁良坊の。なんか、若いお武家のお女中と歩いてた。お女中、泣いているみたいだったぞ」

――あら。

おふみは、武家の女と歩いていたとは言っていたが、その女が泣いていたとまでは言わなかったが……。

「ま、ご浪人さんなんて、みんなそれぞれきっとご事情があるものでしょう、きっと。あんまり詮索すると、いろいろ頼みにくくなるから、やめよう」

「あ、うん。別に詮索する気はないさ。ちょっとへえって思っただけだ」

ぽり、ぽり。ぽり、ぽり。

みんないろいろある。ご浪人じゃなくても。

――かりんとう、清ちゃんに。

持たせてあげるつもりだったのに。うっかりしていた。

明日は、忘れないようにしよう。

八

「すまなかったな九郎。まさか、織江《おりえ》どのがここを訪ねてくるとは」

「いや、参りました。まあでも、もう来ることはないでしょう。祝言も近いそうですし」

彦九郎は海藏寺に、住職の昴勝を訪ねていた。

「まだ四郎のことを忘れかねているのだろうが……、あまり執着されては、あの世のためにも、この世のためにもならぬであろう」

「はい。織江どのは、兄とは許嫁であっただけで、仮祝言さえも挙げていないのですから。あまり河村の家のことは気にせず、穏やかに暮らしていただきたい。兄もそれを望んでいると思います」

「それにしても、拙僧がここの住職であると、誰から聞いたのか。かねて四郎から聞いていたかな」

「さあ……」

手習い処での授業を終えると、彦九郎はたいてい書見などをして過ごしている。その際、手習い処にそのままいるよりも、海藏寺へ来ることの方が多かった。

もともと、あの手習い処は海藏寺の管理下のものだから、まわりもそれをおそらくなんとも思わないだろうが、実は、住職の昴勝は高須の出で、兄の幼なじみでもあった。ただし、そのことは他の者たちには秘してある。

俗世にいた頃は光之助《こうのすけ》といった昴勝は、兄の彦四郎とは同年で、よく三人で川遊びをしたり、輪中《わじゅう》の石垣をよじ登ったりした仲だった。

光之助の父は、兄弟の父の上役にあたる人だったが、母が本妻でなく、下女の一人であったせいで、早くからなんとなくまわりで寺入りの空気が作られていたようだ。彦四郎が元服したのと前後して、光之助は尾張熱田《あつた》の円福寺《えんぷくじ》へと入り、その後、縁あってこの海藏寺の住職となった。

円福寺にいた頃は兄弟との交流も途絶えていたが、彦四郎が江戸詰になったとき、たまたま互いに消息を知ることができた。

「しかし、だいぶ詰め寄られたたな」

「はぁ」

「拙僧も開口一番で〝お坊さまは、河村彦四郎をご存じですね〟と言われた時は、ずいぶん驚いた。ごまかしようもない気迫でな。そこへよりによってそなたが訪れてきてしまったから、もうどうしようもなくて」

彦九郎は、一昨日の織江との対面を、苦々しく思い出した。

「……九郎どのは、ここで何をしておられるのです。兄上のこと、なんとかしようとは思われなかったのですか。私は今でも……」

織江は、今でも兄の死が事故でないこと、使い込みの件が偽りであることを信じてくれているらしい。

「両親は、四郎どののことはもう忘れよと申します。親戚たちの中には、許嫁であったことさえ忌まわしいと、それ自体をなかったことのように扱いたがる者も多いのです。でも、私は悔しい。なぜ……」

兄が亡くなってそろそろ五年。

織江は、他へ縁づけようとするまわりの言葉に耳を貸さずに過ごしてきたらしいが、両親から「そなたがいつまでも嫁《ゆ》き遅れていると、弟の縁談にまで差し障って、いつまでもこの家の行く末が拓《ひら》けない」と、叱責され泣き落とされ、ついに他家へ縁づくことを承知させられたと話した。

「それでも、どうしても、嫁してしまう前に、一度は九郎どのにお目にかかって恨み言を申し上げたかった。私に黙って姿を消しておしまいになって。四郎どののことを話せるのは、もうあなたしかいなかったのに」

——そう言われても。

四谷から品川まで、いったいどう言いつくろって家から出てきたのか知らぬが、彦九郎に会ったところで、何が変わるはずもないものを、何を思って訪れてきたのか。

「四郎どのの無実を証《あか》し、お家の再興を願うお気持ちはないのですか」

何を問われても、彦九郎には答えようがなかった。強い調子で言われれば言われるほど、不愉快になっていた。

兄が亡くなってからこれまでのことを、どう話せというのか。〝お気持ち〟などと言われても、気持ちだけでできることがあるのなら、どうか教えてもらいたい」

「もうお帰りください。どうか兄のことも、某《それがし》のことも、もうお忘れくださるように」

そう言って、追い立てるように、織江を帰らせてしまった。街道へ出るまで送ると、涙ぐんでいるようでもあったが、彦九郎にはそれがいっそう迷惑で腹立たしかった。

「しかし、そなたも、あそこまでせずに、もう少し言い訳をしておけば良かったのではないか。織江どのも、別にそなたを責めに来たわけでもなかろう。きっと、気持ちに区切りが付けたかっただけであろうに」

――気持ちに区切り。

そういうものか。

今更そう言われても。

織江と向かい合っている間中ずっと、彦四郎は〝不肖の弟〟、兄のために何もできぬ男と責められていると感じていた。いわば針のむしろにでもいる思いだったのだから、仕方ない。

なんと言えば良かったのか。

自分には、区切りなどない。

心底では諦めずに、しかし日々は、諦めて過ごす。今の彦九郎の日常は、まるで禅の問答である。

──海蔵寺は、時宗《じしゅう》だがな。

「和尚さま。富士見屋《ふじみや》さまから、お引き取りのお願いが」

小坊主の珍念《ちんねん》が姿を見せた。

「おお、そうか。今行くと伝えてくれ。そなたたち留守を頼む。九郎はどうする」

「ああ。この巻子本《かんす》を見終えたら、帰らせてもらいます」

「うむ。まあゆっくりしていけ。珍念。あまり先生の邪魔をしないように」

「はい」

珍念はそう返答はしたものの、どうやら何か、彦九郎に言いたそうである。まだ八歳くらいのはずだが、妙に眉間の皺が深い。

「こ、いや、木念はちゃんとやっているかい」

彦九郎は話のとっかかりに、木念、すなわち木霊のことを尋ねてみた。

「はい。でも木念さんの読むお経、なんとなく妙な調子がつくから、こちらが間違えてしまいそうになります」

「そうか。ま、僧侶としてはそなたの方が先達《せんだつ》なんだ、いろいろ、教えてやってくれ」

「はい……。先生、あの」

珍念の目の底に、不安そうな色が浮いている。話したいのはそのことだろう。

「なんだい。言ってごらん」

「私、怖いんです。お女郎屋からのお引き取りがあると……」

富士見屋は南品川の小さな女郎宿だ。お引き取りというのは、身寄りのない女郎が亡くなったから、無縁仏として海蔵寺で葬儀、埋葬してやってくれという依頼である。

「そうか。そなた、見えるんだったね」

「はい。言うと、和尚さまに叱られますけど」

真の仏道者は、仮に異形《いぎょう》の者の姿を見ても、それをたやすく衆生《しゅじょう》に語ってはならない。そうでないと、人々の心をいたずらに騒がせることになると、いつも、昴勝は珍念に教えているという。

「お引き取りは、なぜ怖いんだい。何が見える？」

「ええ、その仏さまによるんですけど、でもよく、動物の化け物が見えるんです」

「動物か……」

彦九郎は考えた。

怖いという心持ちは、しばしば、それがなんだか分からないという不安から生じるものだ。逆に言えば、それが何かを納得できれば、怖さはぐっと小さくなる。

「見えるのは、四つ足の獣が多いかい？」

「四つ足……多いです、あ、でも、鳥のことも」

――獣に鳥か……。

「そうか……それはきっと、お女郎さんたちを守っているんだ。お女郎さんたちは、よく、客を取る様子を猫や狐にたとえられたりするだろう。一方で自分たちのことを〝籠の鳥〟って思ったりしてる。そういう、お女郎さんたちにこの世で縁のある動物が、仏さまとのご縁ができるまで、身寄りのないお女郎さんたちにきっとつき添っているんじゃないかな」

「じゃあ、あれは、恨みとかそういうんじゃないんですね」

「違うと思うよ。恨みの強いモノは、このお寺へは入って来られないはずだから。ここのご本尊とご住職は、それくらいの力を持っておいでだよ」

「そうなんだ……じゃあ、見えても、怖くない、ですね」

「ああ、だいじょうぶだ。お経さえ唱えていれば」

珍念はよほどほっとしたらしい。深々とため息を吐《つ》いている。

――嘘《うそ》も方便、かもしれぬ。

されど、まるっきり嘘というわけでもないはずだ。

ひたひたと足音がして、元木霊の、木念が現れた。何か箱を抱えてきて、珍念の前に掲げて見せ、首を傾げた。

「あ、今行きますよ」

坊主頭に墨染めの衣。猿のような新発意《しんぼち》は、彦九郎の顔を見ると黙って頭を下げた。

「慣れたかい」

彦九郎のかけた声に、木念はやはり黙ったまま、もう一度お辞儀をしただけで、くるりと向こうを向いて歩き去った。

「先生、木念さんはね」

珍念がそっと囁《ささや》いた。

「今、和尚さまから〝無言の行〟を命じられているんです」

「無言の行？」

「はい。お経を唱える以外は、しゃべっちゃいけないって」

「ほう……」

嘶家をしていた木念に無言の行とは。昴勝もなかなか、厳しいことをする。

――きっと、黙っているといろいろ考えてしまうだろうな。

自分が使っている「弁良坊黙丸」の名は、もうこれ以上、高須のこと、兄のことは口にするまい、考えまいと思って、使い始めた名だった。

しかし、言うまいと決めると、考えることは、かえって増えるものだ。

「珍念さん。この書はお借りしていくと、ご住職に伝えてください」

「分かりました」

九

竹右衛門が真打ちをつとめる七日間はどうにか終わった。

入りはまあまあで、二日の追加興行をやることも考えたのだが、六日目の夕方に気の重い知らせが来て、迷ったあげく、それはやめにした。

「知るか。おれは行かねぇ」

父の弟、叔父《おじ》の亀蔵《かめぞう》からの手紙。秀八は最初、知らぬ顔の半兵衛《はんべえ》を決め込むつもりだったのだが、おえいから「一度行っておいでよ。ね。あたしもそうしてくれた方が気が楽だから」と拝まれると、それでも知らないとは言いにくくなった。

――お袋。

千太のことは、やはり神田の両親の耳に届いているらしい。気に病んだのだろう、継《まま》母《はは》のおとよが寝付いてしまったから、一度見舞ってやってくれというのが、叔父からの便りだった。

ろくでなしの兄と、理の通らない母親。どうなろうと、知ったことか。

「おまえのこと、下女って言った女だぞ。ほっときゃあいい」

手紙を読んだ秀八が吐き捨てると、おえいは「覚えてる。忘れるわけ、ないでしょょ」

と言った。

「もちろん、許してもいないけど。でも、ね。それとこれとは、別にしておかないと。……あたしは、おまえさんが後で気に病む方が、いやだから」

気に病んだりするもんか——とも、やはりきっぱりとは言いかねて、楽日の翌日、秀八は出かけてみることにした。

神田まで行くとなると、一日仕事だ。秀八は朝まだ暗いうちに家を出た。竹箕とヨハンは、まだ起きてこない。

「今日は、ゆっくり朝寝坊させてやれ」

「分かってるよ」

おえいの頬にえくぼはない。いろいろ、思うところがあるのだろう。

——すまねぇな。


春はまだ浅く、吐く息が白い。

増上寺《ぞうじょうじ》の塔が朝日に照らされる姿は、いつ見ても壮観だ。さらに歩みを進めて、公方さまのお城が左手に見えてきた頃には、すっかり明るくなってきた。

品川へ来て以来、両親とは一度も顔を合わせていない。仕事がらみでたまに神田へ来ることはあるが、そんな時も、家のある方へは足を向けずに帰ってきた。

竪大工町界隈《たてだいくちょう》は、昔と変わらぬにぎわいだ。威勢の良い話し声や鉋《かんな》を調整する音など、普請《ふしん》に出かける支度をする気配がそこら中から聞こえる。

——やっぱり、いいな。

職人たちが腕と意地とを競う町。

ここを出ていくときは、本当に品川でなんぞやっていけるのかと思ったものだが、腕につけた職は、それでもどうにかこうにか、身を助けていってくれる。

——あれ？

幼い頃境内でよく遊んだ稲荷社の鳥居から、母を背負った父が出てきた。支えきれないのか、足取りが覚束《おぼつか》ない。

「お父《と》っつぁんじゃないか」

こちらを見ようとして顔を上げた拍子に、万蔵《まんぞう》の右肩ががくっと下がった。

「危ない」

秀八は慌てて駆け寄り、おとよを自分の背に担ぎ上げた。

「秀八……」

夫婦がほぼ同時に、息子の名を小さくつぶやいた。

——お袋、こんなに軽かったか……。

久しぶりに敷居を跨《また》いだ家で、まず母を奥へ運んで寝かせると、秀八は居間で万蔵と二人になった。

「いったい……」

「済まねぇ。ちょっと目を離した隙に、お稲荷さんへ行っちまって」

「お稲荷さん……」

「自分が体壊してるくせに、お百度踏むって聞かねぇんだ」

「お百度？」

「千太の罰が軽くって済みますようにってな」

胸に応える。

「で、おまえ、何しに来たんだ」

——何しにって。

「兄貴がお縄になって、お袋の具合が悪いっていうから、様子見に来たんじゃないか。どうなんだ。ちゃんと医者には診《み》せたんだろうな」

万蔵は軽く舌打ちをした。

「そうか……知らせたのは亀蔵だな。余計なことを」

「余計なことじゃないだろう。どうなんだよ」

万蔵は煙管《きせる》に手を伸ばした。こつりと音がして、煙が吐き出された。

「心配するな。医者は、単なる気疲れだから、精のつくものを食べて、ゆっくり休めばだいじょうぶだと言ってる」

——気疲れ。

「で、兄貴には……会ったのか」

「ああ。地獄の沙汰も金次第っていうからな、伝手を頼んで」

「おれのこと、何か言ってなかったか」

「おまえのこと？　別になんとも言ってなかったが。おまえ、千太と何かあったのか」

どうやら千太は、秀八とのことは話さなかったらしい。

「あ、いや、いいんだ。で、お袋が寝込んでて、家の中、だいじょうぶなのか」

万蔵の鬢《びん》が半ば以上白くなっているのに気づいて、秀八は思わず目を背けた。

「おまえなんぞに心配してもらわなくてもいい。若い連中はいるし、声ひとつかけりゃ、手伝ってくれる女手だっていくらもある。この万蔵を見くびるんじゃねえ」

万蔵の煙管から、思いっきり煙が吐き出された。燻《いぶ》り出されているようだ。

——ちぇ。

なんだよ。せっかく心配して来てやったってぇのに。

「ふうん。そうかい。じゃ、おれはこれで帰るよ」

秀八は腰を浮かせた。

「おう、早く帰れ。こんなところで油売ってんじゃねえ。おまえは自分のことさえしっかりやってりゃあ良いんだ……諸悪の根源は、どうせおれにあるんだから。何もかも、おれの若気の至りってヤツだ」

言葉尻は小さくなり、煙草の煙といっしょに消えていく。万蔵はさらに追い打ちでもかけるように、煙を盛大に吐き出した。

――諸悪の根源、若気の至りか。

だったら、おれはいったいなんなんだ。

万蔵が若気の至りで女郎を家に入れたりしてなけりゃ――秀八は生まれていなかったのだ。諸悪の根源、若気の至りでできた息子でも、こうやって様子見に来てやってるんじゃねえか。もうちょっと物の言いようってものがあるだろう。

胸の内に湧いた悪態だったが、さすがにそれを口には出せず、秀八は黙ったままだった。

万蔵の方も、黙ったまま煙を吐き続けている。

「じゃ、おっ母さん、大事にな。なんかあったら知らせてくれ……あ」

忘れるところだった。

「これ、何かの足しにしてくれ」

見舞いに持って行けと、おえいが包んでくれた金包みだ。おえいの団子屋は、ごくたまにだが、打ち出の小槌《こづち》みたいに秀八の窮地を救ってくれることがある。

「なんだ、金か。おまえに金なんぞもらう筋合いはねえ。持って帰れ」

万蔵に突き返された包みを、秀八はもう一度押し返した。

「何言ってる。これは親父にやるんじゃない、お袋に精のつくもの、好きなもの、食べてもらってくれっていうんだ」

「ふうん……」

万蔵は金包みと秀八の顔とを、交互に見た。

「ふん。腕も未熟なくせに、一人前の味な真似しやがって。ま、もらっといてやらぁ」

——なんて言い草だ。

「じゃあな」

あいさつもそこそこに、家を出る。

「あれ、秀八さんじゃないか。ずいぶん貫禄《かんろく》がついて」

近所の糊屋《のりや》の婆さんが、珍しいものでも見たように目を瞬《しばたた》いた。

「おう、婆さん。達者でな」

「もう帰るのかい、久しぶりだっていうのに。お茶でも飲んでいかないかい」

「ありがとうよ、また今度な」

婆さんを振り切るように歩き出す。おのおの普請先へ向かうのだろう、若い大工たちが道具箱を抱えて早足で行き来していく。

――ああ、クサクサする。

どこかで早昼でも食べるか。そういえば腹が減っている。朝の出立が早かったから無理もない。

おとよが食べられそうだったら、鰻《うなぎ》でも天ぷらでも寿司《すし》でも、おとよの良いと言うものをあつらえて、二人にごちそうしてやろうなどと心づもりして、見舞いの金だけでなく、懐の持ちあわせもいくらか奮発してきたのだ。肩すかしを食った仇討ちに、自分の口におごってやっても、罰は当たるまい。

どの店というあてがあるわけではなかったが、秀八は神田川の方へぶらぶらと歩き出した。

――良い匂いだ。

香ばしい煙と威勢の良い声がしている。

――鰻でも食うかな。

一人で鰻屋に入るなんて、これまで一度もやったことがない。

――〈子別れ〉には、おれは出てこない。

久しぶりに会った父親に鰻をごちそうになる息子。あれは、自分ではないのだ。

いいんだ。おれはおれで、自前で鰻を食うんだから。

かりっと焼けた鰻とタレをほどよく吸った飯。きっと美味《うま》いだろう。よし。

思い切って店ののれんをくぐろうとして、足が止まった。

——やめた。

こんな心持ちで一人で鰻を食うくらいなら、その金、庄助さんに返す分の足しにしよう。

親孝行に使うのだからと思って、蓄えを少し持ち出してきたのだ。一人で贅沢するくらいなら、もっと別の使い方をしよう。

折良く、川沿いには屋台のそば屋が出ていた。

「そばぁー、うー」

「おう、蕎麦屋さん。卓袱、頼む」

「ほいきた」

蕎麦二杯で腹が一杯になると、秀八は品川を目指してとぼとぼと歩きはじめた。どうにも足取りは、重くなりがちだ。

——そういえば。

浜本の中席《なかせき》、桃太郎師匠だって言ってたな。

桃太郎なら、間違いなく追加の二日がかかっているにちがいない。

せっかくだから昼席に寄っていこうと決めて、秀八は芝まで来た。

「お席亭、お世話になっております。今日は失礼して、客席で拝見させてもらいやす」

「おう、清洲亭の。どうぞどうぞ」

前座は一寸《いっすん》である。名は体を表すの小柄な若い衆だが、声は大きい。

「……ちと、お頼もうしやす。有楽庵善介《うらくあんぜんすけ》さんは、こちらでございますか……」

──〈金明竹《きんめいちく》〉か。

茶道具を商う店に、取引先から使いが来る。ところが、この使いの口上が、聞き取りの難しい上方言葉な上に、道具類にまつわる細々とした中身、知識がない者には、何を言っているのかさっぱりちんぷんかんぷん。あいにく主人は留守で、対応に出た奉公人はほとんど聞き取れず、さて……という滑稽な噺だ。

上方言葉で道具類のうんちくを勢いよくまくしたてるところが聞かせどころだ。

──あれ？

うーん、もう一つかなぁ。

うんちくに出てくる言葉の意味をちゃんと知らずに、ただただまくし立てているだけのように聞こえる。噺そのものがよく出来ているから、それでも面白く聞こえるかもしれないが、せっかく桃太郎に弟子入りしているのに、勉強が足りないんじゃないか。

──おっと。つい、エラそうに。

席亭なんてやってると、ついつい芸人の芸をあれこれ、品定めしてしまうのは、もうこれは習《なら》い性《しょう》で仕方ない。しかし、それがうかつに芸人に伝わると嫌われるから、くれぐれも顔に出さないように、とは、浜本の席亭から以前言われたことだ。

秀八は思っていることを隠すのが苦手だ。すぐ顔に出ると、おえいによく言われる。

一寸の次は、新内だ。鷺太夫と燕治は、ここでも見事な声と絃《いと》を聞かせていた。

次に出てきたのが浪人風の男だったので、秀八はちょっと驚いた。

――へぇ。お武家の独楽《こま》回しか。

持ってきた大きな独楽をいろんな物の上で回していく。最後には自分の大小の刀を抜いて、その刃の上を伝わせていくというのが見せ所らしい。刀から刀へ独楽が渡っていくと、客席からは「おお」という歓声が上がった。武張った風情が、かえって寄席の芸としては珍しくて面白い。

「待ってました、鬼退治」

「どんぶらこ、たっぷり」

代わって桃太郎が上がってくるとこんな声がかかる。

「……おまえさん、今日は引っ越しなんだからね、しっかりしておくれよ……」

〈粗忽《そこつ》の釘《くぎ》〉だ。

これはおえいが大好きな噺である。「だって、うちの噺みたいなんだもの」――というのが、おえいの言い分だった。

粗忽者の大工とその女房が引っ越しをする。勇んで重い荷物を背負い、一足先に出かけた亭主……のはずが、引っ越し先で待っている女房は、いつまで経っても姿を見せない亭主にやきもき。やっとのことで着いた亭主は、さて……という噺である。

——おれはこんなに粗忽じゃないぞ。

だいたい、大工が本当に八寸の瓦釘《かわらくぎ》を壁に打ち込んだりなんぞ、絶対にするもんか。そう思いながらも、秀八は桃太郎の演じる大工の繰り広げる粗忽ぶりに、腹がよじれるほど笑ってしまう。

「……お宅は、ちゃんとしたお仲人《なこうど》があって、いっしょになったんで？　うちはね、くっつき合いなんですよ……」

上がり込んだ初対面の隣家で、べらべらと自分たち夫婦のなれそめや暮らしぶりをしゃべってしまう大工。馬鹿馬鹿しいのだが、一方で、この夫婦、実は本当に仲睦《なかむつ》まじいんだろうなと微笑ましく思えるのが良いところだ。

「親を忘れてくる人がありますか。いいえ、酔っ払うと、我を忘れます」

桃太郎がゆったりと頭を下げた。

——ああ、みんな良い顔してるなぁ。

帰って行く客の顔を見ながら、秀八は自分もゆったりとした気分になった。

楽屋へあいさつに行くと、桃太郎のまわりには贔屓らしい旦那衆や、方々の顔役風の者たちなど、十重二十重《とえはたえ》に人垣が出来ていて、なかなか近づけそうにない。

秀八はとりあえず、新内の二人に声をかけた。

「よう、元気そうだな」

「おや席亭。来てりゃあたか。こっちでもようしてもらっとるで」

「そうか。また品川でも頼むよ」

「分かっとる分かっとる。けど、こっちのがあんまり居心地良かったら、帰らんに」

鷺太夫がふふんと笑い、燕治が口の端を持ち上げてにやっとした。

「そんなこと言わないでくれよ」

新内の二人と話していると、桃太郎の方が気づいてくれた。

「おや、清洲亭の。わざわざおいでとはありがたいね」

「あ、これは、どうも」

まわりの人垣が一斉に秀八の方を見たので、秀八はちょっとどぎまぎして、言葉が出てこなくなってしまった。

「あちら、品川に去年できた清洲亭のお席亭ですよ。みなさんもどうぞ、品川へおいでの節は、ぜひお立ち寄りを。いずれあたしも出るつもりでいますから」

——師匠。

なんて良い人なんだ。

頭を下げて、外へ出る。来る前とは、ずいぶん心持ちが違っていた。

——帰ろう。

おえいが待っている。

おれには清洲亭がある。浜本とは比べようもないくらい小さいけれど、それでも、いきさつはともあれ、九尾亭天狗も、御伽家桃太郎も、出てやろうと言ってくれる寄席だ。

おれのうちは、品川だ。

秀八の歩みが早くなった。

十

弁慶を真に据えての一月下席は、幸い何事も起きずに七日間が過ぎた。七日間、昼夜ともほぼ大入り、竹箕、世之介、ヨハンの三人も、仲良くとは言わないが、事を構えることなく、無事につとめあげてくれた。

「せっかくの入りなのに、追加をやれなくて済まねぇな」

「とんでもない。最後までやっていただいて、本当に」

弁慶は最後の一席を終えると、呼んであった駕籠に乗り込んだ。

——どうぞ、ご無事で。

浅草に住んでいる母親が倒れたと、昨夜弁慶に知らせがあったのだ。清洲亭のことは良いから駆け付けてくれと言う秀八に、弁慶は首を横に振った。

「今からじゃ、誰かに代わりも頼めねぇ。ちゃんとつとめてから行くよ」

「でもそれじゃ」

「心配するな。うちのお袋は、長いこと自分も三味線抱えて高座に上がってた人だ。芸人の親子は、たとえ死に目に会えなくたって、お互い覚悟の上ってもんだ。分かってくれるさ」

人の親が倒れたというのに不心得だが、秀八は弁慶のこの台詞を聞いて、うらやましく思った。

駕籠舁《か》きが腰を入れて駕籠を持ち上げた、そのときだった。

「そうだ、お席亭。おまえさん、次はいっそう、気合い入れてやんなよ。天狗の旦那が久しぶりに高座に出るってんで、あちこちで噂になってる。きっと、大入りで忙しくなる。しくじらねぇようにな」

弁慶はそれだけ言うと、「さ、出しておくんねぇ」と駕籠舁きを促した。

一月も晦日になった。

いよいよ、明日から天狗を真にしての興行が始まる。二階では、戻ってきた鷺太夫と燕治が、ヨハンに浜本でのあれやこれやを話して聞かせているようだ。

天狗はすでに品川に来ていて、清洲亭にほど近い、槿花庵《むくげあん》という宿に泊まっている。弟子で二つ目の磔が身の回りいっさいの面倒を見ていて、今回、清洲亭の前座も磔が引き受けてくれることになった。本来は、もう二つ目の磔に前座仕事をしてもらうのは申し訳ないのだが、天狗の指図だからというので、甘えることにした。

「もし、あんまり大勢お客が並んだら、欲張らずにお断りしよう。うちのお客席は二階じゃないから落ちることはないが、それでもけが人や病人が出たら困る」

「そうね。師匠にもお客さんにも、嫌な思いしてほしくないものね」

おえいと話しながら、秀八は手文庫に入れた升の中を見た。

――十七両二分……。

升に入れているのは、庄助に返そうと思って貯めている分だ。芸人たちへの払いや暮らしにかかる入費とは別にしてある。

芸人たち、それにおえいのやりくりもあって、庄助に返すための金も、少しずつだが貯まっていた。

――庄助さん。どこにいる。

秀八が二十両返したところで、庄助がもとのような材木商に戻れるわけではない。それでも、何かの役に立つのではないか。もし、どこかで新しい商いをはじめているというのなら、ぜひそのために用立ててほしい。

手文庫を片付けていると、いつの間に降りてきたのか、ヨハンが廊下に立っている。

「どうかしたかい」

「あの、お席亭……木霊には、何にも言ってやらなくていいんでしょうか」

——うーん。

木霊がこのまま坊主になってしまえば良いなどとは、もちろん秀八は思っていない。久しぶりの天狗の高座。もし木霊がその場に立ち会うことが許されるなら、どんなに良いだろうか。もう一度噺家として出直したいと、木霊が心から思って、それを天狗が認めてくれるなら……。

でも、それはたぶん甘すぎるのだ。

「まあ、まずは三年じゃないでしょうかね、こういうことは」

この件を相談したとき、弁良坊と住職は口を揃《そろ》えてそう言った。

「なぜ三年なのかと言われると困りますが、古来、だいたいこういった、身の上の問題は、三年が区切りとされるものなんですよ。石の上にも三年だし、梓弓《あずさゆみ》も三年です」

——あずさゆみってなんだ？

弁良坊の話には時々、こっちには分からない符丁だか呪文だかが混じるが、とりあえず秀八は〝三年〟という年月だけを理解することにした。

「だから、木霊さんが三年、お寺できちんと暮らせたら、次を考えることができるんじゃないでしょうか」

木霊こと木念が海藏寺へ入ってから、まだ三年どころか、三十日も経っていない。

――今は、そっとしておくしかねぇんだろうな。

自分が余計なことをして、余計にこじれたりすれば、悔やんでも悔やみきれないことになる。

「木霊のことは、しばらくそっとしといてやってくれ。ありがとうな」

一夜明けて、昼。

「おまえさん、大変だよ」

念のためと団子屋を朝だけで早仕舞いにして、昼席から手伝ってくれることにしたおえいが、帰ってくるなり悲鳴のような声を上げた。

「なんだよ、素っ頓狂な声を出して」

「だって、外、外。ほら、見てごらんよ」

――うわっ。

客入りまでまだ一時以上あるというのに、人が二十人くらい並んでいる。

「これは……たいへんだ。木札使おう」

日頃は、木戸を開けて木戸銭を払ってもらったら、来た順に入ってもらうだけなのだが、あんまり並ぶと入り口が混み合う上、良い場所を取ろうと客同士が揉《も》めたりすることがある。秀八は数字の書き込んである木札を取り出した。

開場してすぐの頃にあんまり混乱して懲りたので作った木札だが、結局今日まで、これを使うほどの大入りにはなったことがない。

「こちらをお持ちください。この木札の数字の順に、お入りいただきやす。中の支度が調いますまで、もう少しお待ちください」

列はみるみる長くなり、木札の止め番「八十八」まで使ってしまった。

「恐れ入ります。これにて札止めでございます。こちらのお客さままでとさせていただきやす」

「なんだって。せっかく来たのに」

「立ち見でもいいんだ。入れてくれないか。天狗が出るなんて、こんな機会はもう」

「申し訳ございません。手前ども、小さな寄席でございます。どうか、夜席、それから明日からもございます、どうぞお許しを」

客席は十二畳しかない。廊下まで座布団を敷いたって、限りがある。

八十八は末広がりで良い数だ。秀八は、これより多くは入れないと決めていた。

駕籠が着いた。側には礫が寄り添っている。

「師匠、どうぞこちらへ。ご覧の通り、おかげさまで大入りでございます」

天狗は黙ったまま、礫の手を借りながら中へ入っていく。客の中には今日の主役の到着に気づいて騒ぎはじめる者もあったが、天狗はそちらへは一切顔を向けることがなかった。

座敷へ案内して茶を出すと、かすかに天狗の手が震えているのが分かった。

「お席亭。実は手前、高座に上がるの三年ぶりでございましてね。昨夜は一睡もできませんでした」

――三年ぶり。

「すみませんが、高座の前は、礫以外の者はここへ入れないように願えますか」

「承知いたしました」

前座の礫、手妻のヨハン、新内と続き、いよいよ天狗の出番になると、大入りの客席が静まりかえった。

――固唾を呑む、ってのは、こういうことか。

袖ではおふみが台本を前にして三味線を構えている。この二日ほどの間、天狗とは槿花庵でずいぶん細かに打ち合わせをしていたらしい。

「……日本橋横山町《よこやまちょう》の鼈甲《べっこう》問屋伊豆屋《いずや》に、今業平《いまなりひら》と噂される……」

〈お富与三郎〉である。

世之介がいわゆる「イイ場面」だけ、声色でやっていたが、天狗はこれを通しでかけるつもりらしい。

「……たしかに江戸の。そんならあれが……」

噂に聞こえた良い男と良い女が、すれ違いざま、相手に目を留める。

「良い景色だねぇ。……さて、互いに見交わす顔と顔、この二人いかなることになりまするか、続きは明日のお楽しみでございます」

お富と与三郎が浜辺で出会い、一目惚《ぼ》れして、一日目はお開きである。

――こういう話だったか。

よく知っている話のはずだが、秀八は妙に腑《ふ》に落ちた。

声をあまり作ったりせず、むしろ淡々とした語り口。それがかえって、主役二人がどういう環境に置かれてここまで来たか、脇役たちが二人をどう思っているかまで、浮き彫りにする。芝居では役者の演技でやっているところを、あっさり地で語るのも、さすが、噺家ならではの語りだ。世之介の時には、台詞や所作が役者に似ていることに面白みがあったのだが、こたびは話の筋そのものに興味が向かう。

――こういうの、奥が深いってぇんだろうか。

「お席亭、すみませんが、桶《おけ》に水をもらえませんか」

礫が座敷から出てきた。

「お、気がつかなくて済まない。……師匠、どうしていなさる？」

「ええ……だいぶお疲れの様子で。今、手前がお着替えを差し上げますんで」

幸い、今し方ヨハンが井戸から水瓶《みずがめ》にしっかり水を足してくれたばかりだった。秀八は桶に水を入れて、座敷の前まで来た。

座敷の襖がほんの少しだけ、空いている。覗《のぞ》いては悪いと思いつつも、秀八は気になってしまう。

畳の上で、細い筋張った体が横になっている。目を閉じているが、帯を解いた胸板が盛んに上下して、呼吸の荒い様子が見えた。

「師匠、体起こせますか」

礫が背を支えるようにして起こした。とても、さっき高座で生き生きとしゃべっていたのと同じ人には見えない。

「あのう、水、お持ちしやした」

「あ、そこへ置いといてください」

「あ、あの、だいじょうぶですか」

秀八が思わず問うと、礫はちょっと困った顔になって、小声で言った。

「正直言うと、手前には分かりません。ただ、師匠がどうしてもやるんだとおっしゃってますから、手前は言われた通りにするだけです……それが、弟子ですから」

それからずっと、清洲亭は毎日大入り満員の日が続いた。

大橋の隠居は五日目から現れていた。

「本当は毎日来るつもりだったんだが、どうしても商売の都合で店を離れられなくてね。でも、今日からは最後までいるよ。もちろん追加も出るんだろう」

「追加、やりてぇのはやまやまなんですが」

秀八は言葉を濁した。天狗の身が、まるで鶴の恩返しの鶴みたいに見えてきているからだった。

「なんか、高座に上がれば上がるだけ、御身が細るみてぇで、どうにも……。こちらからは言わねぇでおこうかと」

「そうか……。まあ、無理にとは言えないか。お体が持つよう、祈るばかりだな。また何か精のつく食べ物でも、お差し入れしよう」

「ありがとうございます」

「そうそう、お席亭、例の千太とかいうならず者だがね」

忘れていた――わけではないが、考えないようにしていた。

「入れ墨の上、江戸払いだそうだ。残念だったたな、遠島にでもなれればと思ったんだが」

――江戸払い……。

「江戸払いってのは、この南品川は、どうなんでしょうか」

江戸、という線引きをされたとき、品川の宿はその境目になって、お触れによって、江戸のうちに入れられたり、入れられなかったりすることがある。

「ううん、確か住まいをするのは禁止のはずだが」

所払い――追放の刑というのは実はわかりにくい刑罰だと、佐平次から聞かされていた。立ち入ることも許されないところ、立ち入りは構わないが住まいは許されないところなど、罪の重さによって、その境目がいろいろあるらしい。

「そうだね、そのあたり、はっきりしておいた方がいいね。今度聞いといてあげよう」

「お世話おかけいたしやす」

神田の両親のことが頭に浮かんだが、秀八はそれをかき消した。

「おまえさん、ちょっと」

おえいが秀八を台所に引っ張ってきたのは、六日目の朝だった。

「先生から聞いたんだけど。どうもここんとこ、夜席に、いつも窓の下に立っている人があるらしいの」

おふみは、今回の〈お富与三郎〉だけは、清吉が近くにいるとどうしても気を持ち続けにくいというので、夜席にいつものように清吉を連れてくるのをやめていた。すると一人で留守番をしている清吉を見かねて、弁良坊が自分が相手をしてやるからと連れてきて、二人で木戸番のようなことをしてくれるようになった。楽屋や舞台袖に入らないよう、清吉には言い聞かせてくれているらしい。

「窓の下？　ああ、そりゃあ、木戸銭払わねぇで噺聞こうって図々しい輩《やから》か。しかし天狗師匠の声は、外からじゃほとんど聞こえねぇだろうし、おとなしく聞いてるだけなら、見て見ぬふりでもいいけどな」

天狗の噺を聞きたがる乞食なんてのも、乙だろう。何かの根多《ねた》になりそうな景色だ。ただ、今の天狗の声量はぎりぎりだ。客は前へのめるように聞いていて、それがかえって良い空気になっているが、外へは到底聞こえまい。

「まああたしもそう思ったんだけどね。ただ、その人、姿形《なり》はぼろぼろなんだけど、帯からなんていってたかな、そうそう、なんとかのカエルってのが下がっているんだって。先生が言うには、おもらいの人かと思ったら、あんな良い品を持っているから、妙に気になってと。あたしそれ、おまえさんからなんかで聞いたような気がするんだけど……」

「なんとかのカエル？」

「ええっとね、なんだっけ、そうそう、まさなおのカエル。しょうじきって書くんだって」

正直のカエル。秀八も聞いたことがある。確かそれは――。

「お、おまえそりゃ、庄助さんが大事にしていたやつだ」

根付け作りの名人、鈴木正直の作ったカエル。庄助が集めた根付けのうちで、一番気に入っていると話していたことがある。

「え、じゃあ……」

浅田屋の宗助によれば、根付けもずいぶん質草になってしまったというが、お気に入りの一品だけは、情が残って手元に残したのかもしれぬ。

——庄助さん。きっとそうだ。そうであってくれ。

今なら、二十両返せる。天狗のおかげだ。

「よし、今日、その人が来たら、どうでも捕まえておくように、先生にお願いしておこう」

「……さて、二人揃ってお縄、お召しとりとなりましたお富与三郎、いかなる裁きを受けることになりますやら。続きは、明日でございます」

すれ違い、だまし合い、裏切って、でも離れられず……人殺しや詐欺を重ねながら、切れない鎖のような腐れ縁で続く、二人の仲。最後はいったい……という一歩手前で、六日目の噺が終わった。

客を送り出す太鼓をヨハンが叩いている。

もどかしい思いで客席が空になるのを待った秀八は、やっとのことで弁良坊のところへ行った。

「さて、お客人。観念してください。某も、これ以上手荒なことはしたくないのでね」

「そこに立っていただけだ。何も悪いことはしていない。離してください」

「悪いことをしたとは言っていませんよ。おまえさまはお客人だと、お席亭がおっしゃるから。ま、お客人をこうして縛っておくっていうのも、おかしなものですが」

弁良坊が押し問答する声が聞こえてきた。男の帯から小さな黄楊《つげ》のカエルがぶら下がっている。間違いない。相手は庄助である。

「庄助さん。なんでもっと堂々と入って来てくれないんですか。こんな頰被りなんかして」

秀八は思わず手を伸ばし、手ぬぐいを取った。

「面目ない」

「面目なくなんか、ないです。なんで、おれにちゃんと、早く金返せって、言ってくれなかったんですか。さ、中へ入ってください」

――良かった、無事で。ともかく、無事で。

灯りの下で、秀八は庄助の手指の先がささくれ立ち、爪の間に土が入り込んでいるのを見つけた。

今どうしているのかと尋ねる秀八に、庄助は、お内儀は離縁して、娘とともに実家のある信州へ行かせたこと、自分は台場普請の人足になって働いていることなどをぽつりぽつりと話した。

――台場普請の人足。

自分を追い詰める遠因になったところで働いているとは。

「庄助さん。ここに二十両あります。もう一度前みたいな店ってわけにはいかないでしょうが、これでぜひ、また何かはじめてください」

「済まない、秀さん。私が見栄を張ったばかりに。本当はもっと早く謝りに出てきたかったんだが、結局、おまえさんにずいぶん嫌な思いをさせちまったらしいと噂で聞いて、とても合わせる顔がないと。でも、天狗さんが来てるなんて聞いたら、嬉《うれ》しくて、どうしても、様子が知りたくなって」

「良いんですよ、もう」

「あの、お席亭」

礫がそっと顔を見せた。

「師匠が、何やらお取り込みがあったようだが、良かったらそのお話、聞かせてくれないかと申しております」

「話？」

「はい。男二人、男泣きの良いお話のようだが、と」

「分かりました。庄助さん、今日は泊まっていっておくんなさい。幸い、上に一つ部屋がある」

「ありがとう。遠慮なく、そうさせてもらいます」

それから、秀八は天狗のもとへ行って、庄助とのいきさつを包み隠さず話した。

「それは、良い話を聞かせてもらいました」

天狗はそう言いながら何度もうなずいて、広げた紙に矢立で何か書いていたが、やがて顔を上げると、秀八に改めて向き直った。

「さて、お席亭。一応、明日で〈お富与三郎〉は楽を迎えますが、どうでしょう、追加二日は、やらせてもらえますか。ただし、できれば夜席だけということで」

「そいつはもう、願ったり、叶《かな》ったり、ですが……しかし、師匠、お体の方は」

「どうぞ、ご心配なく。高座に上がれると思うと、気力が湧きます。では今日はこれで」


翌日、お富が終身入牢《じゅろう》、与三郎は遠島と決まったところから語り出された〈お富与三郎〉は、お富に会いたさに与三郎が島抜けするものの、結局裏切られて殺され、一方のお富も人殺しでふたたび捕まり、斬首になるという悲劇の結末を迎えた。

すれ違う男と女の気持ちの哀《かな》しさ、ややこしさ。筋は知っていたはずなのに、秀八は胸にどんと何かぶちこまれたような気分になった。

終幕、お富が与三郎を殺す場所が品川だったこともあり、客はみな、瞬きするのも惜しいという顔で見入り、聞き入っていた。

「……長らくのお付き合い、ありがとう存じました。さて、お席亭のお計らいによりまして、明日から二日、追加をいたします。この二日は、これまでに手前が一度もやっていない噺をいたします。どうぞお越しを」

客席がどよめいた。

――えっ、根多おろし？　そんなとんでもない。

天狗ほどの人が、さらに新しい噺を覚えてやるというのか。

驚いた秀八だったが、当日になると、その驚きはもっと大きいものになった。八日目に天狗が披露したのは、新根多どころか、天狗自身が新しくこしらえた噺だったのだ。吾妻橋《あずまばし》から身を投げようとする若い手代。すんでのところで助けてくれたのは――という、おそらく、大橋の隠居と先代天狗との昔話から発案したらしい噺は、助けたのは噺家ではなく、博打狂いの左官職人とされて、その女房や娘のからんだ、良い人情噺になっていた。題はと尋ねると「〈貸本屋善七〉とでもしておきましょうか」とのことだった。

「なんか、鳥肌立っちゃった」

「ねえ。すごいわ。あたしなんて泣けちゃって泣けちゃって」

おふみとおえいが代わる代わる言うのを聞きながら、秀八は天狗の執念みたいなものを感じた。礫に聞いたところでは、天狗は高座に上がるぎりぎりまで、何度も噺を作り直したりして工夫していたという。

――それで、夜席だけと。

「お席亭。とっても良いものを見せてもらったが、しかし、なんだか私は怖くなってきてしまってね」

そう話しかけてきたのは、大橋の隠居である。

「なんというか、天狗師匠、命を削っているみたいで。不吉なたとえをしたくはないが、頼むから蠟燭《ろうそく》が消える前の最後の光なんてことに、ならないでもらいたいよ」

――ご隠居。

自分も似たようなことを思っていたので、秀八はちょっと背筋が寒くなった。

二月九日、いよいよ、本当に最後、千秋楽である。

「品川で材木問屋を営んでおりました庄助という男。ある時、人にだまされまして、家作財産一切合切を奪われ、妻子とも別れ、たった一つ手元に残ったのは小さなカエルの根付けだけでございました。もはや根付けをつけるような印籠も財布もないのに、とは思いましたが、愛着があったんでしょう、懐へこのカエルを入れまして……」

秀八は耳を疑った。

——この数日で作った噺ってことか？

噺の中の庄助は、世を恨んだあげく、人の目を眩《くら》ます仙人になろうと木曽の御嶽《おんたけ》に登る。山をあちこち歩き回り、ようやく仙人に巡り会って、弟子になりたいと言うと、

「これからおぬしの目の前で起きることは、すべて私の見せる嘘だ。だから、私が良いというまで、何を見せられても、一言も口を利いてはいけない」と言われる。

——無言の行か。

木霊は今、海藏寺でこれをさせられているはずだ。天狗は知っているのだろうか。

庄助は、地獄を思わせる様々な怖い思い、痛い思いをさせられるが、どうにか堪えて黙り続ける。大太刀《おおだち》で首を落とされる場面では、あまりに真に迫った所作に、客席の方からぎゃっという声が上がった。

やがて、牛と馬が引き出されてきて、散々にむち打たれる。これがそれぞれ、庄助の親の顔をしているので、庄助は必死で顔を背けて堪え続ける。

「これは、杜子春伝《としししゅんでん》の翻案ですね」

弁良坊が小声で話しかけてきた。昨日今日は、清吉といっしょに舞台袖にいてもらっている。清吉の方はさっきから恐怖ですっかり震え上がっていた。

「ほんあん……？　それ、なんですか」

「唐土《もろこし》の古い書物にある話ですよ。ずいぶんいろんな書物に目を通していらっしゃるの

しい。

秀八にはなんだかよく分からないが、博識の弁良坊をも唸《うな》らせる噺になっているらしい。

痛めつけられる、親の顔をした牛と馬。秀八も背筋が、というより、腹の底からぞわぞわしてくる。

「……牛と馬の姿が幻と消えてなくなりますと、岩の上に一匹、小さなカエルがげこ、げこ、と鳴いておりますのを、うしろから蛇が狙っております。なんだこのくらい、これまで見せられたむごい幻に比べるとどうってことあるまい、と思って庄助が眺めておりますと、一瞬、カエルの小さな顔が、別れた娘の顔に変わりまして、それをちろちろとした蛇の舌がぺろり、っというところで思わず庄助、逃げろっ！」

隣で清吉が食い入るように見ている。

「……と叫んだ途端、庄助、ひゅううっと崖から突き落とされたような心持ちになりまして、はっと起き上がる。あれ、おまえは……目の前、苔《こけ》むした岩の上にちょこんと鎮座ましましておりましたのは、いつも腰につけております根付けのカエル。どうやらこのカエルが、我が娘の顔をもちまして、庄助の気持ちを引き戻したようでございます」

——おや、あれは。

窓の下に、猿のような人の顔が半分見えていた。

たぶんそうだ。きっと、木霊がのぞきにきているのだ。

確かめたくて外へ走り出ていきたいのを、秀八はどうにか抑えた。今はまだ、その時ではない。のぞきに来たのが本当に木霊なら、その気持ちがいつか報われる日まで、自分はじっと、待っていてやらなくてはならないのだろう。

「さすがは名人正直の彫ったカエル。正直だけに、庄助をもとの真っ当正直な男に立ち帰らせたという、正直のカエルの一席、お付き合いどうもありがとうございます」

天狗が深々とお辞儀をした。肩で息をしているのが分かる。

「よ！　名人」

「三代目！　大看板」

かけ声の飛び交う中、天狗は敷いていた座布団を外し、頭を上げた。

「ええ、清洲亭ご贔屓のみなさまに、ここでぜひ、お聞き願いたいことがございます」

――え、なんだなんだ。

「三代目九尾亭天狗、本日をもちまして、噺家を退かせていただきます。最後の最後に、この品川で良い思いをいたしました。本当にありがとうございました。手前はもう出られませんが、どうぞこの清洲亭を、みなさん末永く、ご贔屓に」

そう言うと、天狗は高座の床に突っ伏して倒れ込んでしまった。

「おい！」

礫とヨハンが駆け寄り、天狗を抱えるようにして袖まで連れてくる。
「早く太鼓、鳴らせ。お客さんにとりあえず帰ってもらわないと」
客席は騒然としていたが、今はそれしかなかった。
「あと、客に確か玄庵《げんあん》先生がいたはずだ。探して連れてこい」
なかなか帰ろうとしない客に向けて、礫がひたすらに追い出しの太鼓を叩きながら
「ありがとーうございます」を繰り返した。ヨハンが客席へと入り、秀八の知り合いの
医者を探す。
「玄庵先生。こちらです。よろしくお願いいたします」
太鼓がえんえんと鳴り続けている中、医者の玄庵がヨハンに案内されて入って来た。
天狗の脈を取った玄庵は、驚いた様子で言った。
「これはだいぶ心の臓が弱ってる。よくさっきまで高座に上がってたものだ。信じら
れん」
「それって、あの」
——木霊を、呼んで来た方が良いか。
さっき窓から覗いていたのが本当に木霊なら、まだそう遠くへは行っていまい。寺を
抜け出したのは坊主の見習いとしてはまずいのだろうが、こういう場合だ、住職も大目
に見てくれるだろう。

「おいおい、棟梁、そう先走らなくてもいいよ。確かに健康体ではないが、今すぐどうというわけじゃない」

秀八の慌てた様子が見透かされていたらしい。居合わせた者みなが息を一斉に吐き出したようだ。

太鼓がやっと鳴り止み、磔が不安そうな顔でこちらへ入って来た。

「ただ、当分はゆっくり養生した方が良い。さっきご自身で退くとおっしゃったのは、賢明なことだ、よく九日間持ったよ……誰か明日の朝にでも、薬を取りに来てください」

玄庵が帰ってしばらくすると、天狗はゆっくりと目を開けた。

「お席亭、済みませんね、見苦しくって」

「何をおっしゃいます……」

「三年ぶりにやってみて、おかげで、本当にやめる決心がつきました。心残りがないわけじゃありませんが……」

――心残り。

「お席亭。どうぞ清洲亭、ずっと続けていっておくんなさい。これからの芸人のために」

そう言うと、天狗はふたたび目を閉じてしまった。

天狗の心残り。

木霊の、三太郎のことに決まっていよう。親のむち打ちのむごたらしさにも堪えた庄助が、娘の顔をしたカエルの危難には声を上げる。そんな噺を、最後の高座のためにこしらえた人だ。

——三年か。

三年、自分はこの寄席を続けていけるだろうか。

いや、続けよう。そうしたら。

天狗はこんこんと眠り続けている。

——どうか三年、よく養生して、待っていておくんなさい。

解説

末國善己

二〇〇五年頃から落語人気が続き、一〇代、二〇代の若いファンも増えている。

このブームの切っ掛けは、落語を題材にしたテレビドラマ『タイガー&ドラゴン』や『ちりとてちん』とされるが、一過性で終わることはなかった。最近は、従来の寄席《よせ》だけでなく、ライブハウスなどでも落語会が開かれ、二〇一六年には関東近郊で月約一〇〇〇件の落語イベントが開催されたという。

これは、噺家《はなしか》一人が何役も演じわけながら、笑いあり涙ありの噺を語るシンプルながら奥深い芸が、世代を超えて日本人の心を摑《つか》んだからだろう。

落語の歴史は、戦国武将の話し相手をする御伽衆《おとぎしゅう》まで遡《さかのぼ》る。御伽衆には、軍談を語る武芸者、歌を指南する連歌師、狂歌師など多彩な人物が起用されたが、その中に滑稽な「笑話」、気の利いた落ちをつける「小咄《こばなし》」を得意とする者もいた。こうした滑稽噺を得意とした御伽衆の安楽庵策伝《あんらくあんさくでん》、曽呂利新左衛門《そろりしんざえもん》らが落語家の源流とされる。

不特定多数の観客に向けて演じる落語家が誕生したのは一七世紀後半で、京の露《つゆ》の五《ご》郎兵衛《ろべえ》、大坂の米沢彦八《よねざわひこはち》、江戸の鹿野武左衛門《しかのぶざえもん》と、〝落語の祖〟とされる三人が相次いで登場し人気を博すが、一六九三年に、武左衛門がコロリ（コレラ）に南天と梅干の実が効くとの風説を流したとして遠島になり、落語も下火となった。

それから約一〇〇年後、〝落語中興の祖〟とされる烏亭焉馬《うていえんば》が現れる。大工の棟梁《とうりよう》であり、当時は趣味人の娯楽だった狂歌師、戯作者《げさくしゃ》でもあった焉馬は、一七八六年から、大田南畝《おおたなんぽ》、朱楽菅江《あけらかんこう》などの狂歌、俳諧《はいかい》仲間らと新作の「小咄」を披露しあう「噺の会」を開催。この会には後に職業的な落語家になる朝寝房夢羅久《あさねぼうむらく》、初代三笑亭可楽《さんしょうていからく》、初代立川談笑《たてかわだんしょう》、初代三遊亭圓生《さんゆうていえんしょう》ら錚々《そうそう》たる落語家も参加している。

焉馬の「噺の会」に出ていた可楽は、一七九八年、下谷《したや》神社で寄席興行を開始。江戸初期から寺社の境内で、演者が噺を聞かせる催しは不定期に開かれていたが、専門の寄席を開いたのは可楽が初とされる。寄席は町人文化が華開いた文化《ぶんか》・文政《ぶんせい》期に隆盛を迎え、江戸と上方で桂《かつら》、林家《はやしや》、笑福亭《しょうふくてい》など現在まで続く流派も出揃《でそろ》っている。

ところが、庶民にまで綱紀粛正、質素倹約を押し付けた「天保《てんぽう》の改革」により、寄席は大打撃を受ける。一八三〇年には江戸市中に一二五軒あった寄席は弾圧され、一八四二年以降、一五席に減らされたのだ。演目も、神道講釈、心学、軍書講釈（現在の講談）、昔噺（落語の人情噺）に限られた。ちなみに「天保の改革」の時、江戸で芝居小屋、寄席などの取り潰しを押し進めたのが江戸南町奉行の鳥居耀蔵《とりいようぞう》、反対したのが江戸北町奉行の遠山景元《とおやまかげもと》とされる。景元をモデルにした〝遠山の金さん〟というヒーローが誕生したのは、景元が庶民の娯楽を守ろうとしたからとの説もある。

ただ「天保の改革」を断行した水野忠邦《みずのただくに》が一八四三年に失脚すると、早くも一八四五年には寄席を自由に開けるようになり、すぐに六〇軒が復活、翌年には七〇〇軒にもなったという。そうした寄席の多くは開業も早ければ、廃業も早かったので、病気の「百《ひゃく》日咳《にちぜき》」をもじって「百日せき（席）」と呼ばれたようだ。それから一〇年後の一八五五年には、軍談席（講談場）が二二〇軒、落語席が一七二軒に落ち着き、これらの寄席が幕末の落語ブームを牽引《けんいん》していくことになる。

奥山景布子《おくやまきょうこ》の初の文庫書き下ろし、初のシリーズものの記念すべき第一弾となる本書『寄席品川清洲亭』は、現代に匹敵するほど落語が庶民に愛されていた幕末に、品川で小さな寄席を開いた大工夫婦を軸にした人情喜劇である。著者は、晩年の豊臣秀吉が能に熱中した裏に陰謀があったとする『太閤《たいこう》の能楽師』、怪我《けが》で歌舞伎の世界を去った音《おと》四郎《しろう》と三味線弾きの異父妹お久《ひさ》が長唄の稽古屋を始める『稽古長屋　音わざ吹き寄せ』、江戸落語の祖とされる鹿野武左衛門の生涯をユーモラスに描いた『たらふくつるてん』など、芸道小説の名作を発表している。その意味で、現代の落語と直接的に繋《つな》がっている幕末の寄席を描いた本書は、満を持して発表した作品といえる。

三五歳の秀八《ひではち》は、三人の弟子を抱える大工の棟梁である。子供の頃から落語好きだった秀八は、副業としてなら席亭（寄席の経営者）になれるとの算段ができ、黒船が浦賀《うらが》に来た一八五三年、品川に大工の腕を活《い》かし文字通り自分の手で建てた寄席・清洲亭を開く。秀八が大工の棟梁とされたのは、〝落語中興の祖〟であり、「噺の会」を主催した焉馬が大工の棟梁だったのを意識した設定と思われる。

落語家を主人公にした歴史時代小説は多いが、寄席に着目した作品は珍しい。ただ落語ブームを受け、個人や数人のグループが席亭となり、小さな落語イベントを開催するケースも増えている現代では、秀八のような趣味的な席亭も身近に思えるのではないか。何より、真《しん》を打つ大物を前にすると緊張し、前座の若手にも敬意を忘れない秀八からは、現代の落語ファンも落語愛を感じるはずだ。

この解説では、「落語」という言葉を使ってきたが、「落語」が広まるのは明治に入ってからで、江戸時代は落語は「噺」、落語家は「噺家」と呼ばれていた。現代人が落語といえば、滑稽で最後にオチがつく展開をイメージしやすいが、これは「噺」のジャンルでは「落噺《おとしばなし》」となる。喜田川守貞《きたがわもりさだ》が、江戸後期の江戸、京、大坂の風俗をまとめた百科事典『守貞謾稿《まんこう》』によると、「落噺は滑稽専一なり。専ら前坐《ぜんざ》落噺、真は昔噺なり」とあるので、当時は「落噺」は前座、現代でも人気の「昔噺」（人情噺）が真打《しんうち》の芸とされていたようだ。そのほかにも、人気芝居の一部を演じたり、パロディ化したりする「芝居噺」、幽霊や狐狸妖怪《こりようかい》が起こす怪異を語る「怪談噺」、三味線、太鼓、鼓などにあわせて噺をする「音曲噺《おんぎょくばなし》」などがあった。

現代では演じられることの少ない「噺」のジャンルを掘り起こしながら、幕末の小さな寄席を鮮やかに再現した本書は、落語ファンも新たな発見が多いはずだ。作中で一度も「落語」を使っていないなど、細やかな時代考証にも注目して欲しい。

本書は全三話のタイトルが、それぞれ歌謡曲「夢は夜ひらく」「月がとっても青いから」「酒は涙か溜息《ためいき》か」のもじりになっていたり、難しい漢字が苦手な秀八が、手紙を元右筆《ゆうひつ》との噂《うわさ》もある浪人の弁良坊黙丸《べんらぼうだまる》に読んでもらうエピソードが、落語「手紙無筆」の本歌取りになっているなど、落語を題材にした作品らしい遊び心に満ちているので、それを探しながら読むのも楽しいだろう。

寄席だけでなく、物語の舞台が品川宿というのも時代小説では珍しい。東海道の第一の宿場だった品川宿は、江戸へ入る人たちが身なりを整えるためにあえて一泊する重要な宿場だった。江戸の四宿《ししゅく》（千住《せんじゅ》宿、板橋《いたばし》宿、内藤新宿、品川宿）は、仲居であると同時に色も売る飯盛女《めしもりおんな》を抱えることが黙認されており、高額で面倒な手続きも多い吉原《よしわら》より気楽に遊べるとして江戸の男たちが訪れたが、特に品川は「北の吉原、南の品川」と称されるほどの一大歓楽街だった。それだけでなく、品川宿は江戸四宿の中で唯一海が見える宿場であり、春は御殿山《ごてんやま》の花見、秋は海晏寺《かいあんじ》の紅葉が楽しめる風光明媚《ふうこうめいび》な場所でもあったので、女性にも人気だった。

江戸っ子が、日帰りか一泊程度で息抜きができる観光地であり、悪所とごく普通の町人が暮らす商家や長屋が混在していた品川宿には、庶民の生活空間としてデザインされた神田《かんだ》、日本橋《にほんばし》、深川《ふかがわ》といった人情時代小説では定番の舞台とは違った魅力があり、そこで織り成される悲喜劇も従来の人情ものとは一線を画す味わいがある。これも本書の読みどころとなっているのである。品川宿は、「品川心中」「居残り佐平次《さへいじ》」など古典落語でも描かれている。著者は、こうしたことも踏まえて、寄席ものの時代小説の舞台を品川にしたのかもしれない。

第一話「寄席はいつ開く？」は、念願の寄席「清洲亭」が完成し、こけら落としに人気の噺家・御伽家桃太郎《おとぎやももたろう》の出演を取り付けた秀八が、「品川心中」を模したかのような心中事件に直面する。品川宿で格式が高い島崎楼《しまざきろう》の遊女・如月《きさらぎ》と心中をはかったのは、実力派の噺家・三代目九尾亭天狗《きゅうびていてんぐ》を父に持つ九尾亭木霊《こだま》だった。高座でしくじった木霊は、噺ができなくなっていたらしい。自分が面倒を見るということで島崎楼と話を付け、木霊を「清洲亭」の下働きにした秀八は、順調にこけら落としの準備を進める。ところが、徳川一二代将軍家慶《いえよし》が没したことによる「御停止《ごちょうじ》」で「清洲亭」は開業延期となり、秀八はここから始まる様々なトラブルに巻き込まれていく。

「清洲亭」は、秀八とおえい夫婦の住居も兼ねていた。かつて秀八が住んでいた長屋に、一人息子の清吉《せいきち》を連れた三味線弾きの芸者おふみが越してくる。どうやら、おえいとおふみには過去に接点があったらしい。秀八は、材木商の木曽屋《きそや》に三十両の借金をして「清洲亭」を建てた。付き合いが古く、気のいい木曽屋は、返済は〝ある時払いの催促なし〟でいいとしていたが、その木曽屋が経営に行き詰まって夜逃げし、秀八の書いた証文がやくざ者の手に渡ってしまった。やくざ者は、年末までに残金を返済しなければ、「清洲亭」を打ち壊すという。このタイムリミットがサスペンスを盛り上げ、秀八とやくざものにも意外な繋がりがあると分かる第二話「寄席がとっても辛《つら》いから」は、複雑な因果の糸がからまっていくので、良質の「人情噺」の趣がある。

第三話「寄席は涙かため息か」では、「清洲亭」で前座を務めながら噺家としての再起をはかっていた木霊が失踪する。どうも心中した相手の如月の身請けが決まり、ショックを受けたようだ。息子の不行跡を知った三代目天狗は、芸人としての木霊を破門し、息子としては勘当、迷惑をかけた秀八へのお詫《わ》びとして「清洲亭」への出演を決める。重い病をおして高座にあがった三代目の想《おも》いは、涙なくしては読めない。

幕末を生きた人間としては、人生も半ばを過ぎ、本業に余裕ができたので副業として寄席の経営を始めた秀八は、勤め人生活が長くなり、このまま同じ会社に勤務するか、昔の夢を実現するため新たなチャレンジをするかで迷う現代人に近い。秀八だけでなく、子供ができないことに悩むおえい、どん底まで落ちてそこから這《は》い上がろうとあがいている木霊、生活の不安を抱えているシングルマザーのおふみなど、本書の登場人物たちは、現代人と変わらない悩みを抱えているので、必ず共感できる人物が見つかるように思える。

『守貞謾稿』によると、江戸後期に真打の芸とされた「昔噺」は、「一日あるひは一夜に噺し終らず、数日数夜を次ぎて噺し終ること行はる」とあり、何日もかけて演じる長編もあったようだ。木霊の今後、秀八と実家の関係、個性的な芸人たちの過去など、気になる伏線が多い『寄席品川清洲亭』は、まさに「昔噺」のように波乱に満ちた物語になっていくだろう。今後の展開も楽しみである。

（すえくに・よしみ　文芸評論家）

寄席まわりの言葉たち

◆席亭……寄席の経営者、支配人。

◆上席《かみせき》、中席《なかせき》、下席《しもせき》……寄席の演者の顔ぶれはおおよそ十日ごとに変更される。月の上旬に組まれるのを上席、中旬を中席、下旬を下席という。現在の寄席は原則休業日がなく、十日間すべて興行が行われるが、幕末頃には七〜九日が多かったらしい。

◆下座《げざ》……高座《こうざ》で演じられる芸に効果音などを入れるために舞台袖に設けられた場所。客席からは見えない。またそこで楽器(主に三味線)を弾く人のことを差してもいう。

◆落噺《おとしばなし》……末尾に「落ち」(サゲとも)がつくことから、もとは落語をこう呼んでいた。「落語」と表記して「らくご」と音読みするようになったのは江戸時代後期から。

◆芝居噺……芝居（歌舞伎）の真似《まね》や役者の噂《うわさ》、演目のエピソードなどを題材にしている噺。

◆講釈……歴史上の人物の事績などについて語り聴かせる芸。釈台と呼ばれる小さな机を張《はり》扇《おうぎ》で叩《たた》くなどして、独特の調子に乗って行われる。現在は講談と呼ぶことが多い。

◆声色《こわいろ》……芝居の役者の声や台詞《せりふ》の癖を真似すること、あるいはその真似によって演じる芸。現在のものまねの原形のようなもの。声色を取り入れた噺もある。

◆手妻《てづま》……もとは「手先の仕事」の意味で、現代でいう手品、奇術、マジックのこと。

◆太神楽《だいかぐら》……数人で玉や鞠《まり》、皿や椀《わん》などを使った曲芸を見せる演芸。ルーツは獅子舞《ししまい》にあるといわれ、神への祈りのために行われたさまざまな芸能の要素を併せ持っている。

◆音曲《おんぎょく》……もとは「音楽」と同じような意味だが、現在では主に三味線に合わせて唄うもの一般を差すことが多い。

◆浄瑠璃《じょうるり》……室町時代末頃から発達した、物語を語り聴かせる音楽。古くは琵琶《びわ》などでも行われたが、江戸期になって三味線を使うことが主流となり、各地で多くの流派を生み、芝居の伴奏としても発達した。また操り人形と結びつくことで、今の文楽《ぶんらく》の原形を作った。義太夫節《ぎだゆうぶし》はこれの発達したもの。女性が語りを担当する「女義太夫」は、江戸時代に何度も流行、「風俗を乱す」として幕府にたびたび禁じられた。幕末明治には寄席の出演があったが、現在は出ていない。なお「浄瑠璃」は中世の有名曲であった「十二段草子《じゅうにだんぞうし》」に登場する、源義経（牛若丸）の恋人、浄瑠璃姫の名から取られたもの。

◆新内《しんない》……浄瑠璃の一種。芝居の伴奏としても、お座敷で演奏される音楽としても流行した。また、「流し」として街を歩き、客の求めに応じて演奏することも多く行われた。浄瑠璃と同じく、幕末明治には寄席の出演があったが、現在はあまり寄席で演じられることはない。

◆端唄《はうた》……浄瑠璃などの長い語りの音楽に対し、ごく短い詞を三味線に乗せて唄う、江戸の「歌謡曲」。広く一般に流行し、現在でも愛好者が多い。

◆御停止《ごちょうじ》……天皇や将軍など、身分の高い人の死にあたり、哀悼の意を表して一定期間、歌舞音曲、あるいはその類いの華やかでにぎやかなことを差し止めること。

本書は、集英社文庫のために書き下ろされた作品です。

集英社文庫　目録（日本文学）

岡篠名桜　見ざるの天神さん　浪花ふらふら謎草紙
岡篠名桜　雪の夜明け　浪花ふらふら謎草紙
岡篠名桜　芝居巡り　浪花ふらふら謎草紙
岡篠名桜　花の懸け橋　浪花ふらふら謎草紙
岡篠名桜　屋上で縁結び
岡篠名桜　屋上で縁結び　日曜日のゆうれい
岡田裕蔵　小説版ボクは坊さん。
岡野あつこ　ちょっと待ってその離婚！　幸せはどっちの側に？
岡本嗣郎　終戦のエンペラー　陛下をお救いなさいまし
岡本敏子　奇跡
小川糸　つるかめ助産院
小川糸　にじいろガーデン
小川貢一　築地　魚の達人　魚河岸三代目
小川洋子　犬のしっぽを撫でながら
小川洋子　科学の扉をノックする
小川洋子　原稿零枚日記

小川洋子・平松洋子　洋子さんの本棚
荻原博子　老後のマネー戦略
荻原浩　オロロ畑でつかまえて
荻原浩　なかよし小鳩組
荻原浩　さよならバースディ
荻原浩　千年樹
荻原浩　花のさくら通り
奥泉光　虫樹音楽集
奥泉光　東京自叙伝
奥田英朗　東京物語
奥田英朗　真夜中のマーチ
奥田英朗　家日和
奥田英朗　我が家の問題
奥山景布子　寄席品川清洲亭
長部日出雄　古事記とは何か　稗田阿礼《ひえだのあれ》はかく語りき
長部日出雄　日本を支えた12人

小沢一郎　小沢主義《オザワイズム》　志を持て、日本人
小澤征良　おわらない夏
おすぎ　おすぎのネコっかぶり
落合信彦　モサド、その真実
落合信彦　英雄たちのバラード
落合信彦・訳　第四帝国
落合信彦　狼たちへの伝言2
落合信彦　狼たちへの伝言3
落合信彦　誇り高き者たちへ
落合信彦　太陽の馬(上)(下)
落合信彦　運命の劇場(上)(下)
ハロルド・ロビンス　落合信彦・訳　冒険者たち(上)　野性の歌
ハロルド・ロビンス　落合信彦・訳　冒険者たち(下)　愛と情熱のはてに
落合信彦　王たちの行進
落合信彦　そして帝国は消えた
落合信彦　騙《だま》し人《にん》

集英社文庫

寄席《よせ》品川《しながわ》清洲亭《きよすてい》

2017年12月20日　第１刷　　定価はカバーに表示してあります。

著　者　奥山《おくやま》景布子《きょうこ》

発行者　村田登志江

発行所　株式会社 集英社
東京都千代田区一ツ橋2-5-10　〒101-8050
電話　【編集部】03-3230-6095
【読者係】03-3230-6080
【販売部】03-3230-6393（書店専用）

印　刷　中央精版印刷株式会社　株式会社美松堂

製　本　中央精版印刷株式会社

フォーマットデザイン　アリヤマデザインストア　　マークデザイン　居山浩二

ISBN978-4-08-745683-7 C0193